ЕКАТЕРИНА ВИЛЬМОНТ

ПОЛОСА ВЕЗЕНИЯ, ИЛИ ВСЕ МУЖИКИ КОЗЛЫ

аст
ИЗДАТЕЛЬСТВО

Олимп
Москва 2000

УДК 820/89-31
ББК 84(2Рос-Рус)6
  В46

Оформление серии и компьютерный дизайн
Н. В. Пашковой

Вильмонт Е. Н.
В46   Полоса везения, или Все мужики козлы. —
М.: «Издательство «Олимп», «Издательство
АСТ», 2000. — 336 с.

ISBN 5-17-004249-3 («Издательство АСТ»)
ISBN 5-8195-0158-6 («Издательство «Олимп»)

У Марии Шубиной, героини повести, начинается полоса везения.
Она неожиданно получила высокооплачиваемую работу в издательстве, директор которого проявляет к ней особое внимание. К тому же
некий таинственный незнакомец присылает ей роскошные цветы и дорогие конфеты...
    Два вопроса терзают Марию: кто этот незнакомец и действитель-
но ли все мужики козлы или все-таки есть исключения?..

УДК 820/89-31
ББК 84(2Рос-Рус)6

Итак, в этом месяце мне стукнет сорок. Бабий век, никуда не денешься. И, значит, пора подводить итоги. Фу, до чего же скучно звучит — подводить итоги, особенно если итоги такие хреновые, как у меня. Что же мы имеем накануне сорокалетия? Впрочем, легче сообразить, чего мы не имеем. Мужа нет, хотя было их три, детей Бог не дал, любовника в настоящий момент тоже нет, и любви нет... А что есть? Работа есть, хотя платят за нее такие гроши, что ее тоже можно зачислить в минус. А что же у нас в плюсе? Двухкомнатная квартира в центре и старенький «жигуленок-копейка», который почему-то еще бегает, хотя ему давно уже пора на свалку. А еще есть подруги. Да и внешностью Бог не обидел вроде бы. Моих лет мне никто не дает, и на улице до сих пор пристают, значит, еще не причисляют к старухам. В общем, не так уж плохо. Вот если б денег чуть побольше... Но тут телефонный звонок отвлек меня от грустных раздумий.

— Алло, Машка? — услышала я голос Татьяны, старой подружки.

— Привет!

— Маш, я что узнала! Оказывается, сорокалетие нельзя праздновать!

— Почему это? — удивилась я.

— Говорят, плохая примета.

— Ну и отлично! Шумно праздновать я и не собиралась, бабок нет. А теперь и вовсе все зажму из-за приметы.

— Правда, что ль?

— Правда. Настроения нет... Да и вообще... Ты меня отвлекла.

— От чего это?

— Я, Танька, подводила итоги.

— Какие итоги? — растерялась Танька.

— Итоги своей жизни. И они довольно хреновые.

— Сдурела, да?

— Почему это?

— Кто в сорок лет итоги подводит? Что такое сорок лет? Это даже не юбилейная дата! Ее нормальные люди не отмечают, а тебе вздумалось подводить какие-то итоги! Дура ненормальная!

— Танька, ты чего орешь?

— А как на тебя не орать? Если хочешь знать, в сорок лет все только начинается! Ты вспомни, вспомни, Зинаида в сорок лет первый раз влюбилась по-настоящему, Люська в сорок лет первый раз родила!

— А библейская Сара родила вообще чуть ли не в сто лет! — рассмеялась я.

— Библия тут ни при чем, я тебе про живых

женщин толкую, про наших знакомых, и вообще...
Ой, Машка, а зачем я тебе звоню? У меня же было
какое-то важное дело...

— Ты хотела мне сообщить, что сорок лет нельзя
праздновать... — напомнила я подруге.

— Господи, у меня уже склероз, Машуня! Совсем из головы вылетело! Для тебя есть шикарная
работа! Я как услыхала, прямо зубами в того мужика
вцепилась!

— В какого мужика? Что за работа?

— Надо срочно перевести какую-то суперновую
поваренную книгу!

— Поваренную книгу?

— Ну да! Она здоровенная, а платят они шикарно — пять баксов за страницу!

— Пять баксов за страницу? Ты уверена?

— Уверена, уверена! Запиши телефон и завтра в
десять позвони. Если он сам еще сегодня не объявит-
ся. Я ему такого о тебе наговорила! Расписала, какая
ты, рассказала, каких ты авторов переводила, и он,
похоже, впечатлился.

— Ну, Татьяна, если это выгорит, считай, ты мне
сделала шикарный подарок к сорокалетию. Слушай,
а сколько там страниц?

— Хочешь уже баксы подсчитать? — засмеялась она. — Точно я не знаю, но, кажется, около
трехсот, так что полторы тысячи наверняка зарабо-
таешь.

— Танька, ты не шутишь?

— В наше время за такие шутки морду бьют, а
меня эта перспектива не привлекает. Ладно, кончаем

треп, а то вдруг он тебе звонит. Только не думай, что он какой-нибудь романтический герой, который подворачивается в минуту жизни трудную. Самый обыкновенный деляга, ни кожи, ни рожи, только бабки.

— На фиг мне его кожа? С меня вполне хватит, если он мне даст работу и честно за нее заплатит.

— Заплатит. Я знаю, как на него найти управу, так что смело впрягайся.

— Тань, а сроки? Какие сроки? — закричала я, сообразив, что такие деньги скорее всего дают за какую-нибудь сверхсрочность.

— Чего не знаю, того не знаю! Все, в окно вижу, Федька приехал, надо его кормить. Пока, подруга!

— Пока.

Господи, только бы все получилось, только бы все получилось, твердила я про себя. Нет, нельзя настраиваться на удачу — она живенько может отвернуться. Не буду ждать звонка, лучше завтра позвоню сама и обязательно немножко покочевряжусь, чтобы этот тип не думал, что я так уж нуждаюсь в работе. Тогда он точно меня облапошит, знаю я нынешних издателей, они за грош удавятся. Буду изображать из себя весьма занятую даму, которой просто из чистого кулинарного любопытства хочется перевести поваренную книгу.

Однако мысль о возможности заработать хоть какие-то нормальные деньги не давала покоя, и я уже думала, на что их потрачу. Первым делом надо купить дубленку и зимние сапоги. Попробую уложиться с этим в пятьсот долларов, а тысячу... Тысячу отложу на черный день. Хотя откладывать я ничего не умею. Слава богу, долгов нет. Этого я боюсь больше всего на свете. Даже занятая на день десятка тяготит меня. Зато сама даю в долг легко и с удовольствием, когда есть что дать. Как-то я подсчитала, что, если бы все мои должники вдруг разом вернули мне деньги, я могла бы неплохо жить, наверное, целый год.

Так или иначе, а подводить печальные итоги мне уже не хотелось и я решила перегладить накопившееся белье. Больше глажки я ненавижу только возню с ниткой и иголкой. Включив телевизор, я разложила на столе старенький плед и взялась за дело. Передавали какую-то муть, но во время глажки это как раз то, что нужно. И вдруг зазвонил телефон. Приятный мужской голос попросил Марию Никитичну.

— Это я.

— Мария Никитична, очень рад, меня зовут Борис Евгеньевич Вырвизуб.

— Как? — не поверила я своим ушам.

— Вырвизуб, — с легким смешком повторил он. — Ничего не поделаешь, такая вот у меня стоматологическая фамилия. Вам Татьяна Андреевна обо мне еще не говорила?

— Говорила, но только в общих чертах...

— Отлично, тогда поговорим конкретно. Вы сейчас очень заняты?

— Ну, не то чтобы очень...

— Великолепно! Мы хотим издать одну весьма необычную поваренную книгу, она изумительно красивая и написана с большим юмором. Признаюсь, мы уже отдавали ее одному переводчику, который, мягко говоря, с нею не справился, а вернее, попросту запорол. Вот мне и порекомендовали вас. Ставка — пять долларов за страницу.

— Ну...

— Даже если на странице пять-шесть строк, а остальное картинка. Мария Никитична, это неплохо, я ведь знаю, как нынче платят переводчикам.

— Это смотря каким! — гордо заявила я. — И смотря в каком издательстве.

Он промолчал, но я так и увидела его насмешливую улыбку. Меня сразу бросило в жар.

— Что ж, в принципе я согласна, а какие у вас сроки?

— Сроки? Сроки, уважаемая Мария Никитична, сжатые.

— Насколько сжатые? — уточнила я.

— Месяц!

— А сколько страниц?

— Триста пятьдесят. Это для вас реально?

— Трудно сказать... Надо сначала взглянуть на текст.

— Там очень много иллюстраций. Полагаю, вы справитесь. Вы могли бы завтра заехать в редакцию? Если вас все устроит, мы сразу же подпишем договор.

Я хотела спросить об авансе, но дурацкая гордость не позволила. Ничего, завтра спрошу, а может, и спрашивать не придется, может, он сам все скажет. Я записала адрес издательства и обещала прийти в половине второго. На том разговор закончился.

Неужто повезло? Правда, триста пятьдесят страниц за месяц — это круто, но и тысяча семьсот пятьдесят долларов за месяц — тоже не жук начихал. Ничего, справлюсь, буду сидеть с утра до ночи. Только бы до завтра эта работа не уплыла куда-нибудь, а то ведь все бывает. Нет, глупости, никуда она от меня не уплывет, и вообще... Кажется, для меня начинается полоса везения. Тьфу, тьфу, тьфу, чтоб не сглазить! Поплевав через левое плечо и постучав по дереву, я снова взялась за утюг и сама не заметила, как перегладила гору белья.

Утром, принимая душ, я вспомнила вчерашний разговор с Борисом Евгеньевичем, который носит такую малопривлекательную фамилию — Вырвизуб. А у него очень приятный голос, подумала я, и манера говорить тоже приятная. Что, если он мне понравится? Надо привести себя в порядок, на всякий случай. Да и вообще, когда идешь в незнакомое место, нельзя выглядеть лахудрой. А еще — нельзя опоздать даже на минутку. Пусть Вырвизуб увидит, как я хороша собой, а главное, пунктуальна.

Ровно в половине второго я уже звонила у какой-то довольно обшарпанной двери без вывески. Мне открыл здоровенный детина, впрочем, вполне вежливый.

— Вы к кому? — осведомился он, глядя на меня сверху вниз.

— К Вырвизубу!

— Фамилия?

— Шубина.

— Проходите. Вторая дверь направо.

Не успела я и шагу сделать, как вторая дверь направо распахнулась, и оттуда высунулся весьма потертого вида мужчина в маленьких модных очках.

— Мария Никитична? Вы поразительно точны! Прошу вас в мой кабинет!

Кабинет был довольно тесный, весь заваленный рукописями, книгами, дискетами. Там помещался только средних размеров стол и два даже с виду неудобных кресла. Усадив меня в одно из них, он восторженно на меня уставился.

— Рад знакомству, много о вас слышал хорошего, и, надеюсь, мы найдем общий язык.

Я промолчала.

— Вот, Мария Никитична, эта книга! — Он протянул мне огромную по формату книгу в ослепительно красивой лаковой суперобложке. — Я вас оставлю минут на десять, а вы пока ознакомьтесь... — и с этими словами он вышел из кабинета.

Я быстро раскрыла книгу, пробежала глазами первую страницу, заглянула в конец, в середину и радостно перевела дух. Это было именно то, что надо. Легкий изящный текст, очень много иллюстраций... Я, безусловно, за месяц справлюсь, однако перед Вырвизубом надо разыграть небольшой спектакль, чтобы не думал, будто делает мне одолжение.

Он вернулся ровно через десять минут. Тоже демонстрирует пунктуальность и обязательность.

— Ну-с, дорогая Мария Никитична, каково ваше решение? Месяца вам хватит?

— Да как вам сказать... Это очень большой объем, но дело даже не в этом...

— А в чем же? — встревожился он.

— Тут масса специальной терминологии, которой я, естественно, не знаю. Понадобится куча всяких справочников, консультаций, а это все требует времени.

— Сколько?

— Что?

— Сколько времени это потребует?

— Так сразу трудно сказать...

— И все же? Две недели, месяц?

— Может быть...

— Но это катастрофа! Настоящая катастрофа!

— Две недели — катастрофа? — удивилась я, прекрасно знакомая с издательской практикой.

— Но мы уже потеряли два месяца с первым переводчиком, который книгу запорол, а вас мне так рекомендовали, сказали... что вы работаете хорошо и быстро... Мария Никитична, умоляю вас, выручите! Век не забуду.

Я молчала.

— Хорошо, семь долларов за страницу! — выкрикнул он вдруг. — Меня это разорит, но я просто не могу подвести наших немецких партнеров.

Вот это да, возликовала я. Только не надо показывать свое ликование.

— Ну что ж, пожалуй, это меня устроит. Однако какие у меня гарантии?

— Что вы хотите сказать? — не понял он или сделал вид, что не понял. — Мы сию же минуту заключим договор, и я выдам вам аванс, ну, скажем, триста долларов. Вы это имели в виду?

— Нет, не совсем... То есть я согласна, но давайте заранее договоримся: я представляю рукопись, и в тот же день вы платите мне всю оставшуюся сумму. Товар — деньги!

— То есть как? — опешил он. — Но нужно ведь время на одобрение рукописи... И вообще...

— На одобрение моей рукописи вам хватит и четверти часа, — нахально заявила я.

— Иными словами, вы мне не доверяете? — горестно вздохнул Вырвизуб.

— Извините меня, Борис Евгеньевич, но мой печальный опыт...

— Да-да, я знаю, — быстро закивал он, — многие сейчас ведут себя нечестно, в издательском деле проходимцев хоть пруд пруди, но я... Я согласен на все ваши условия, дорогая моя Мария Никитична! Вера! Вера!

На пороге возникла сухопарая дама с бледно-сиреневыми волосами и без тени улыбки на жестком лице.

— Вера, бланк договора! — потребовал Вырвизуб. — Я сам все оформлю!

Пожав плечами и не удостоив меня даже взглядом, она вышла и тут же вернулась с бланками в руках. Через десять минут я уже подписала договор и положила в сумочку триста долларов.

Внутри у меня все пело, и даже Вырвизуб показался просто душкой, особенно когда предложил довезти меня до дому на своей машине, поскольку

поваренная книга оказалась довольно увесистой. Я с
благодарностью приняла это предложение, тем более
что теперь в самом деле каждая минута на счету. Он
довез меня до дому и даже поцеловал на прощание
руку. В этот момент в его тусклых глазах мелькнуло
выражение живейшего интереса ко мне, но уже не
как к переводчице. Так вот почему он так легко
накинул два бакса за страницу.

— Мария Никитична, у меня к вам есть просьба...

— И я даже знаю какая, — улыбнулась я. —
Сохранять коммерческую тайну и никому не говорить, сколько вы мне платите, я угадала?

— Вы не только поразительно красивы, но еще и
поразительно умны!

Войдя в квартиру, я первым делом позвонила
Таньке.

— Татьяна, с меня причитается!

— Договорилась? — обрадовалась она.

— И даже получила аванс — триста баксов, так
что сорокалетие все-таки отметим!

— А примета?

— Черт с ней, с приметой, хотя...

— Хотя что? — испугалась Танька.

— У меня сейчас времени совсем не будет. Придется с утра до ночи корпеть над переводом. Кстати,
Татьяна, у тебя вроде бы много поваренных книг?

— До фига и больше. А тебе они нужны будут?

— Обязательно! Я ведь не очень сильна в кулинарной терминологии.

— Поняла. Получишь все, что потребуется. Так ты уже завтра за работу садишься?

— Сегодня. Надо хоть вступление быстренько сделать. Тань, ты мне к утру приготовь все книжки, а я заеду на машине. Между прочим, твой Вырвизуб...

— Кто мой?

— Вырвизуб!

— Какой зуб?

— Ты что, не в курсе, что у этого работодателя фамилия Вырвизуб?

— Кроме шуток?

— Честное слово!

— Ну и ну! Понятия не имела! Так что этот Вырвизуб сделал?

— Довез меня до дому на машине, у меня ведь книжка тяжелая была.

— Джентльмен! Слушай, Машка, а что, если бы он был зубным врачом? Ведь прогорел бы, а? Ну кто, скажи на милость, пойдет к стоматологу с такой фамилией?

— Это уж точно! — засмеялась я. — Вот он и решил издавать книги.

— Машка, а почему это он тебя домой повез, ты что, без машины была?

— Ага. Сейчас такие пробки, я боялась опоздать. Тань, так я утречком к тебе заскочу?

— Во сколько?

— Часиков в девять. Федор уже уедет?

— Конечно! Маш, ты дома не завтракай, мы с тобой кайфанем часочек, ладно?

— Часочек? Ладно, кайфанем! — согласилась я.

Утром я отправилась к Татьяне. Когда она мне открыла, лицо у нее было насмешливо-хитрым.

— Тань, ты чего? — полюбопытствовала я.

— Ты этого Вырвиглаза наповал сразила!

— С чего ты взяла?

— Разведка донесла. Говорят, он тебе даже денег прибавил?

— Татьяна, откуда дровишки?

— Нет, ты скажи, это правда?

— Ну, прибавил немножко за скорость... Постой, у тебя кто-то в этой конторе есть?

— Да нет...

— Не морочь мне голову! — рассердилась я.

— Понимаешь, Машка, этот Вырвиглаз...

— Вырвизуб, — поправила я подругу.

— Ах, да какая разница, — отмахнулась Татьяна.

— Ну, положим, некоторая разница есть... Но ты все же скажи, откуда информация? И вообще, откуда ты взяла этого Вырвизуба?

— Я с ним у Веры познакомилась, она живет в нашем доме, мы разговорились, я сказала про тебя... ну и вот... А вчера поздно вечером Вера ко мне заявилась просто потрясенная!

— Это чем же?

— Тем, что ее дражайший шеф так легко раскошелился и даже отвез тебя домой. Она уверена, что он в тебя втюрился!

— Ее это огорчает? У нее на него виды? — деловито осведомилась я.

— Да нет, она замужем. Просто она его знает давно, и такое поведение ему несвойственно. И еще... Она по его просьбе наводила справки о тебе. О твоей личной жизни.

— Интересно! И что ты ей сообщила? Про всех мужей разболтала?

— Дура ты, Машка! Зачем лишняя информация? Я просто сказала, что сейчас ты свободна и что детей у тебя нет. Только и всего. И еще, что тебе очень нужна работа. А больше ни звука!

— Ну и молодец, Татьяна! Спасибо тебе огромное!

— Ты это иронически? — испуганно спросила она. — Но я, честное слово, ничего лишнего не говорила. В конце концов, если он в тебя втюрился...

— Танька, прекрати. Успокойся, что сказала, то сказала. А его любовь нужна мне как прошлогодний снег. Если будет давать работу и по-человечески за нее платить, слава богу!

— А если он потребует за это...

— Чтобы я с ним спала?

— Ну да...

— Перетопчется. Он не в моем вкусе, — засмеялась я. — Да ладно, Танька, не волнуйся, все будет отлично. По-моему, у меня началась полоса везения. Тьфу, тьфу, тьфу, чтоб не сглазить.

Мы еще потрепались о том о сем, и я, прихватив

целую сумку поваренных книг, помчалась домой и села за работу. Как ни странно, она доставляла мне удовольствие. Хорошо написанные остроумные тексты, красивые картинки, от которых текут слюнки. Я и опомниться не успела, как перевела семь страниц, правда, устала до чертиков. Сорок девять долларов, считай, уже в кармане. Я повеселела, поняв, что вполне справлюсь с задачей. Вот только перепечатать набело сама конечно же не успею. Придется искать машинистку. Впрочем, в наше время это не проблема.

Шесть дней я сидела, не разгибаясь, и уже здорово продвинулась. Меня только удивляло, что в большинстве рецептов авторы советовали, сняв мясо со сковородки, налить в нее воды и на этой основе готовить разные соусы, хотя давно известно, что это ужасно вредно из-за канцерогенов. Но ведь не сумасшедшие же эти авторы? Тем более что вся книга считается новым словом в кулинарии! Вероятно, кто-то выяснил, что такие соусы, напротив, страшно полезны. За мои сорок лет каких только веяний не было в этой области! То самым страшным ядом объявлялись помидоры, то кофе и молоко. Потом соль и сахар. А теперь вот я прочла, что организм не может существовать без соли и сахара. Как говорится, без пол-литра не разберешься. Кстати, насчет пол-литра мнения медиков тоже расходятся. Считается, что алкоголь смывает какие-то склеротические бляшки... Тьфу, черт, и что за мысли дурацкие в башку лезут? Наверное, от перенапряжения... Надо выпить кофе...

Я встала и побрела на кухню. Во рту пересохло,

и кофе совсем не хотелось. И почему так холодно, отопление отключили, что ли? Нет, батарея горячая. Наверно, я просто проголодалась. Ага, уже семь часов, а я в последний раз ела утром. Но есть тоже неохота. Выпью чаю, заодно и согреюсь. Надо бы перевести еще страничку-другую, но что-то нет сил. Ох, только бы не заболеть. Вот это будет номер!

Я схватила градусник и сунула себе под мышку. Меня трясло. Так и есть, тридцать восемь и семь! Только этого не хватало! Надо срочно принять какие-то меры. Я развела в стакане аспирин, выпила его, разделась, вся дрожа, напялила теплую рубашку и халат, надела шерстяные носки и завалилась в постель. Главное — заснуть, а к утру все должно пройти, ведь у меня сейчас полоса везения!

Но к утру мне стало еще хуже, и я поняла, что моя выгодная работа горит синим пламенем. Из последних сил я накинула на плечи куртку и спустилась к почтовому ящику. Мне когда-то внушили, что забитый корреспонденцией ящик показывает грабителям, что хозяев квартиры нет в городе. И я взяла себе за правило каждый день вынимать почту. Вернувшись, я сразу набрала номер Таньки. Она меня не узнала.

— Что у тебя с голосом? Ты больна?

— Тань, прошу, позвони Вырвизубу и скажи, что я заболела и не успею в срок при всем желании. Если ему надо, заезжай ко мне, я отдам тебе книгу...

— Машуня, не вздумай! А вдруг ты через пару дней оклемаешься и будешь себе локти кусать? Я пока не стану ему звонить. А как ты там одна? Может, тебе что-то нужно?

— Ничего мне не нужно, я делаю морс из клюквы и пью, а есть мне не хочется.

— А врач? Ты вызвала врача?

— Зачем? Грипп я и сама вылечу... Больничный мне не нужен... Все, Танюша, не могу больше говорить...

Она еще что-то верещала, но я уже не слушала. Уронив трубку на рычаг, я завернулась в плед и закрыла глаза. Мне было так плохо...

Я разлепила веки и почувствовала, что просто умираю от голода. Который час? Десять? Ничего себе! Надо встать скорее, поесть и садиться за работу. Но тут до меня дошло: ведь я больна, у меня грипп. Я прислушалась к своим ощущениям — температуры явно нет, но и сил тоже. Ничего, оклемаюсь. Вдруг я заметила, что на мне розовая ночная рубашка, которую много лет назад подарила вторая свекровь и которую я так ни разу и не надела. Она валялась в шкафу вместе с другими. Странно. Хотя чего не сделаешь в бреду! Однако это было не единственной странностью. На столике возле кровати стояла тарелка с мандаринами. Инга! Ну, конечно, это приехала Инга, моя лучшая подруга, почти сестра. Мне сразу стало легче. Ингуля! Ну, теперь-то я не пропаду! В комнате было прибрано. На спинке стула возле кровати висел махровый халат. Я потянулась за ним. Надо же, чистый! Она даже успела постирать... А я и не слышала, как работала машина. Хотя что я вообще слышала? Ничего не помню, прямо-таки амнезия, как в сериалах. Я поплелась на кухню. Там тоже было чисто и прибрано. А в холодильнике прорва всякой еды. Я включила чайник и отломила кусок батона. Потом бросила в кружку пакетик чая, намазала на хлеб какой-то умопомрачительно вкусный творожный сыр, и жизнь показалась мне поистине прекрасной. Ай да Инга!

Собравшись с силами, я пошла в большую комнату, которую язык не поворачивается назвать гостиной, хотя ее функции именно таковы. Но тут меня ждал еще один сюрприз. На столе в большой вазе стоял поистине роскошный букет желтых и сиреневых хризантем. А на журнальном столике большущая коробка конфет и еловая веточка с шишками в стеклянном кувшине. Что за чудеса? Допускаю, что Инга могла купить цветы, но конфеты? Это исключено. Она не переносит сладкого. Ей такое даже в голову никогда не пришло бы. Танька? Ну, Танька могла бы купить конфеты и даже цветы, но убирать и тем паче стирать она бы не стала. Какая же я дура! Это они вместе, Инга и Танька. Ну, конечно, ключи от моей квартиры есть у обеих. Инга живет в соседнем доме... Сейчас я ей позвоню, поблагодарю. Но Ингина мама Елена Вячеславовна удивленно сказала, что Инга по-прежнему в Праге и в ближайшее время в Москву не собирается. Тогда я позвонила Таньке. Но у нее никто не отвечал, видно, она отправилась по магазинам. Однако силы мои были на исходе. Я доплелась до кровати и буквально рухнула. Не знаю, сколько я спала, но когда проснулась, за окнами было уже темно. Часы показывали пять вечера. Господи, а какое сегодня число? Сколько времени я провалялась как бесчувственное бревно? В дверь позвонили. Три раза. Это Танька! Но у нее же есть ключи. Я вылезла из постели и побрела в коридор.

— Кто там? — прохрипела я. Тот еще голосок!

— Машка! Ну, слава богу, открой!

Это и в самом деле была Танька. Вид у нее был крайне испуганный.

— Господи, на кого ты похожа! — всплеснула она руками. — Просто узница концлагеря, кожа да кости! Ой, Маш, я уже третий день мучусь, от кого эти цветы и конфеты? А? Такой букетище кучу денег стоит, тем более в это время года. А конфеты какие! Бельгия! Это же чудо! От кого, Машка? — тараторила она. — Ой, Маш, ты сядь, а еще лучше ляг! Ты чего-нибудь ела сегодня, а?

— Бутерброд.

— Хочешь, я тебе омлет сделаю?

— Хочу! Только я пойду лягу!

— Иди-иди, я принесу!

Через десять минут Татьяна принесла мне тарелку с пышным омлетом, горячий чай с лимоном и два куска хлеба с маслом.

— Ешь, несчастная, — со слезами в голосе проговорила она и села рядом с кроватью. — Смотри, не подавись.

Я с жадностью набросилась на еду. А Танька тем временем кинула в стакан с водой какую-то рыжую таблетку.

— Это что? — спросила я с полным ртом.

— Витамин С, растворимый. Тебе надо быстрее поправляться. Работа тебя дожидается.

В недоумении я уставилась на нее.

— Ну, поговорила я с Вырвизубом...

— И что?

— Сказал, что будет ждать, сколько потребуется. Ох, Машка, он так на тебя запал, ужас просто!

— Значит, из-за моих прекрасных глаз...

— Ну, не только... — как-то смущенно проговорила Танька.

— То есть? — насторожилась я. Танька способна на самые неожиданные поступки.

— Понимаешь, Машуня, я когда поняла, что ты надолго выбыла из строя, я ему все же позвонила, и он сначала расстроился и сказал, что придется искать другого переводчика. Ну я тут развопилась, что такого переводчика ему днем с огнем не сыскать и все такое прочее, а он говорит, мол, это еще неизвестно, в конце концов, я непрофессионал и твоя подруга, поэтому не могу судить объективно... Тогда я предложила...

— Что ты предложила?

— Ничего особенного! Я сказала, что возьму у тебя уже сделанный кусок и покажу ему. Ну и показала! А он просто в восторг пришел! И обещал ждать!

— Постой, я что-то ничего не пойму. Ты что, была здесь с ним?

— Боже упаси, я что, псих? Я взяла с твоего

стола несколько первых страниц, отксерила их и отдала Вере. А она показала их ему. Вот и все.

— И сколько страниц ты взяла?

— Пять. А что?

— Ну если пять, то ничего, — с облегчением вздохнула я. — Тань, а что со мной было-то?

— Ты была в полной отключке! Я к тебе врача вызывала.

— Послушай, а сколько же я так провалялась?

— Трое суток.

— Ничего себе! Тань, а эту рубашку ты на меня напялила?

— Нет.

— Точно?

— Ну я ж не сумасшедшая!

— И цветы, конечно, не от тебя?

— Еще чего! Своих дел невпроворот, и ты тут с гриппом валяешься... Да и с какой стати я буду тебе такие букеты покупать?

— И белье ты не меняла?

— Нет, я, Машка, честно скажу, очень боялась заразиться, — потупилась Татьяна. — Я тебе только мандарины на столике оставляла и чай в термосе. Ну и лекарства, конечно. Но в квартире явно кто-то еще побывал.

— То-то и оно! Я сперва решила, что вернулась Инга, но оказалось, что она еще в Праге. Ничего не понимаю! Здесь кто-то убирал, стирал, делал покупки, а кто это мог быть?

— У кого еще есть твои ключи?

— Ни у кого. Только у тебя и у Инги.

— А Ингина мама не могла?

— Ингина мама? Не смеши меня! Она к родной дочери не подойдет во время гриппа, с чего бы ей разыгрывать тут добрую фею?

— Ой, Машка, как интересно! — Она вскочила и пошла по квартире. А вернувшись, заявила: — Машка, это был мужик!

— С чего ты взяла?

—Чувствую! Причем мужик небедный и нежадный! Колись, подруга, кого ты завела?

— Тань, сама подумай, когда я могла успеть? — улыбнулась я. — И потом, небедный, нежадный, да еще с ключом от моей квартиры? Ох, не нравится мне это! Татьяна, я боюсь!

— Боишься? — задумчиво переспросила она. — А вообще-то и вправду все очень странно. Ой, Машка, надо проверить, у тебя ничего не пропало?

Мы вместе все обследовали, но на первый взгляд никаких пропаж не обнаружили. Даже двести пятьдесят долларов, оставшиеся от аванса, все так же лежали в сумочке.

— Машка, а у твоих бывших мужей остались ключи?

— Да нет, я после развода всякий раз меняла замки. Да и потом, на такие жесты способен только Козлов, а он давно уже живет в Австралии.

— Но Австралия все-таки на этом свете, а не на том. Он вполне мог приехать...

— И первым делом кинулся изображать из себя волшебника? Не смеши меня! Особенно если учесть, как мы с ним расстались...

— Но тогда... Тогда выходит... что это мог сделать только Федор. — В глазах моей подружки отразился неподдельный ужас. — Только он мог взять ключи!

— Татьяна, ты спятила? Ты ничего более идиотского не придумала?

— А вдруг ты — его тайная страсть? Хотя я, наверное, заметила бы... Но Федор ни за что не купил бы хризантемы, он покупает всегда только красные розы. Нет, слава Богу, это не он. И что получается? Машка, это Вырвизуб. Он в тебя влюблен, он небедный и нежадный. Точно, это он!

— Ты сошла с ума!

При одной только мысли, что Вырвизуб хозяйничал у меня в квартире и, более того, переодевал меня, я передернулась от омерзения.

— Но больше просто некому!

— А откуда у него ключи? Получается, что ему их дала ты! — накинулась я на Татьяну.

— Я что, больная? На всю голову?

— Значит, ты ему ключей точно не давала?

— Клянусь богом!

— Нет, поклянись Федором! — потребовала я.

— Да пожалуйста! Клянусь Федором, что не давала никому твои ключи! Ни одной живой душе!

— А Федор? Он не мог дать их...

— Вырвизубу? Он с ним даже не знаком.

— А Вере?

— Вере? — задумалась Танька. — Нет, во-первых, он не знает, где у меня твои ключи лежат, а во-вторых, Веру он терпеть не может... Нет, это исключено. Очень странная история, прямо как в кино.

— Мне лично такое кино не нравится. Кто-то беспрепятственно входит в мою квартиру... Ужас какой-то.

— Да никакого ужаса! Ты что? Это так романтично!

— Ты дура, Танька! Какая романтика? Таинственный незнакомец роется в моих вещах, вот даже рубашку достал, которую я сроду не носила, и, значит, он меня переодевал... И еще белье в машине стирал... Хорошая романтика! Скорее всего, это какой-то маньяк!

— Машка, ты права, это маньяк! Точно, маньяк! Он запросто мог раздобыть ключи, или подобрать, или ловко взломать замок... Надо немедленно звонить в милицию! Немедленно!

— Погоди, Тань, у меня голова раскалывается, — взмолилась я.

— При чем тут твоя голова? А что, если он опять явится?

— Но вообще-то он мне никакого вреда не причинил, скорее, наоборот!

— А если он не причиняет вреда только когда жертва без сознания? Может, ему нужно сопротивление, тогда он ее и убивает. Может, для него самый кайф возиться с бесчувственным телом? Тогда как?

— А зачем цветы и конфеты?

— Вот именно, чтобы ты ничего не подумала... Ой, Машка, а вдруг он тебя трахнул, пока ты без сознания валялась?

— Танька!

— Что Танька? Что Танька? Я вот в одном романе читала, как маньяк усыплял женщин, потом их трахал, и они оказывались беременными, и некоторые даже считали, что у них непорочное зачатие... Так что надо заявить в милицию!

— Глупости. Надо просто поменять замки, и чем скорее, тем лучше. Прошу тебя, позвони дяде Грише, пусть купит замки и...

Но тут силы совсем оставили меня. Все-таки я была еще очень слаба. Татьяна, однако, свое дело знала. И через два часа у меня уже были новые замки. Благо дядя Гриша, симпатичный пенсионер и мастер на все руки, жил в соседнем доме и всегда был готов прийти на помощь за весьма скромную плату. Пока он возился с замками, я спала крепким сном, а проснувшись, почувствовала себя куда лучше.

— Машка, ты правда не хочешь в милицию обратиться? — снова завела Танька.

— Да меня же там на смех поднимут. И вообще... Я думаю, не сегодня завтра все прояснится. Уверена, это Ингины штучки...

— Но она же в Праге!

— Ну и что? Поручила кому-нибудь... Она может...

— Раз так, то и замки менять не стоило!

— А если не так?

— Ну все, Мария, мне пора!

— Что это ты вдруг меня Марией зовешь? В предвкушении непорочного зачатия, что ли?

— Дошутишься, дура! — И с этим подруга удалилась.

Думать обо всем происшедшем не хотелось. Хотелось только спать.

...Утром я проснулась и сразу все вспомнила. Но
опять ничего не поняла. Поднявшись с кровати, я
обошла квартиру и не обнаружила ровным счетом
никаких перемен. Так же стояли в вазе хризантемы,
и вообще все было так же. Ощутив даже некоторое
разочарование, я поставила чайник и прислушалась к
себе. Мне явно стало лучше, хотя еще пошатывало и
голова кружилась. Ничего, сегодня отлежусь, а завтра с утра сяду за перевод. Я с удовольствием
позавтракала деликатесами, которые оставил таинственный незнакомец, улеглась на диван в большой
комнате и включила телевизор. Хорошо иногда побо-
леть в свое удовольствие!

И все же мысли мои то и дело возвращались к
загадочной истории. Танька предполагает всякие
ужасы, а я теперь уверена, что ничего страшного в
этом нет. Наоборот. Просто со мной случилось чудо.
Я всю жизнь подсознательно ждала его, и вот оно
произошло. Идиотка, одернула я сама себя. Такие
чудеса в сорок лет не случаются. К сорокалетним,
трижды разведенным дамам обычно принцы не явля-
ются, и уж во всяком случае не столь таинственно.
Скорее всего, это просто недоразумение.

А вдруг это был кто-то из прошлой жизни, кого
я попросту забыла, какой-нибудь бедолага, когда-то
в меня влюбленный? Допустим, но как он мог сюда
попасть? Чушь какая-то!

Нет, это судьба хочет разубедить меня в том, что все мужики — форменные козлы. А как, спрашивается, у меня могло бы сложиться иное мнение о них, если мой первый муж носил фамилию Козельков, второй был Козлитин, а третий попросту Козлов? Я уж не говорю об их поведении и привычках! И не то чтобы я была мужененавистницей, отнюдь, но уже никакие кретинские поступки представителей сильного пола удивить меня не могут. Поэтому, когда кто-то из подруг начинает жаловаться на мужа или любовника, я всегда отвечаю им так: «Что ты хочешь от мужиков, они все до одного козлы, в большей или меньшей степени».

Из задумчивости меня вывел телефонный звонок.

— Машка, как твое здоровье? — осведомилась Татьяна.

— Лучше.

— Машка, я все поняла!

— Что ты поняла?

— Ну, про таинственного незнакомца! Это Костя!

— Костя? — поразилась я.

— Больше просто некому. А он такой; он вполне способен!

Костя — мой старший брат, правда, он живет в Петербурге, но не так уж редко бывает в Москве. И он, действительно, способен на красивые поступки. Да, похоже, больше некому!

— Татьяна, ты гений! В мою больную голову это не пришло.

— У него есть твои ключи?

— Конечно, есть!

— Вот видишь, как все просто! Хорошо, что ты не дала мне обратиться в милицию. Но вообще-то немножко жалко...

— Тебе жалко, что это Костя, а не таинственный незнакомец? — засмеялась я.

— Именно! А тебе, что ли, не жалко?

— Жалко, Татьяна, еще как жалко! Но приятно, что это не маньяк и мне не грозит сумасшествие из-за непорочного зачатия.

— Ну, судя по шуточкам, тебе явно лучше. В таком случае садись за работу, не стоит злоупотреблять добрым отношением Вырвизуба. Он тебе еще пригодится.

— Танька, по-моему, ты от этой истории все-таки немножко сдурела. Я когда-нибудь нуждалась в твоих нотациях, чтобы сесть за работу?

— Ладно, не злись. У тебя там еще есть еда?

— До фига и больше.

— Тогда все. Только не забывай хотя бы два раза в день пить растворимую аскорбинку!

— Слушаюсь!

— Ну пока!.. Маш!

— Какие еще распоряжения будут?

— Маш, ты все же позвони Косте, — посоветовала подруга. — А то мало ли... Сообщи ему, что у тебя новые замки...

Я хотела сразу позвонить в Питер, но сообразила, что брат уже на работе, а беседовать с его супружницей мне вовсе не хотелось. К тому же он вряд ли посвятил ее в эту историю. Ничего страшного, позвоню вечером. И села за работу. Голова еще плохо соображала, но я пересилила себя и все-таки продвинулась вперед. Через два часа меня неудержимо повлекло в постель, и я сразу уснула. Проснулась от телефонного звонка.

— Маша, детка, куда ты пропала? — услышала я нежный голос своей тетушки Елизаветы Михайловны.

— Ох, Лиза, у меня грипп!

— Но почему же ты не сообщила? Я бы к тебе приехала, помогла... Как ты там одна?

— Да ничего, уже лучше, Татьяна меня опекает, и Костя заезжал...

— Костя? — в голосе ее прозвучало крайнее недоумение. — Когда?

— Ну, я точно числа не помню...

— Но Костя уже больше двух недель в Америке! Это более чем странно.

— В Америке? — упавшим голосом переспросила я. — Ты уверена?

— Еще бы! Маша, в чем дело?

— Если бы я знала!

— Когда у тебя был Костя?

— По-видимому, это был не Костя...

— Что за чушь? Ты что, родного брата не узнала? Маша...

— Я его не видела, но я предположила...

— Ну, вот что, Маша, я ровным счетом ничего не понимаю, кроме одного. Ты нуждаешься в помощи. Я скоро буду! — решительно заявила тетушка и бросила трубку.

Честно говоря, я страшно обрадовалась. Мне ведь предстояло снова мучиться догадками, а вдвоем с тетушкой это куда приятнее, тем более что она даже лучше, чем я, помнит мои любовные истории.

Не прошло и часа, как в дверь позвонили.

— Машенька, что за вид! Ты отощала! Вот тут грейпфруты, они тебе сейчас необходимы! Витамин С прежде всего! Я тебя не целую, ты еще можешь быть заразной. Ты сегодня хоть что-нибудь ела? О, да у тебя в квартире порядок! Господи, какие хризантемы! Откуда, Маша? — она многозначительно улыбнулась мне.

— Я думала, что от Кости.

— Позволь, что значит ты думала?

— Это значит, что я понятия не имею, кто принес эти цветы, эти конфеты, кто тут хозяйничал и наводил порядок. Если не Костя, то я уже не знаю, что и думать!

Она в ужасе уставилась на меня.

— Ты хочешь сказать, что ничего не помнишь?

— Абсолютно! Начисто!

— Это Инга!

— Инги нет в Москве!

— У кого есть ключи от твоей квартиры?

— Теперь уже ни у кого, кроме Таньки. Я поменяла замки.

— Слава богу! Хоть один разумный поступок! Вот что, детка, расскажи мне все с самого начала. Попробуем разобраться вместе.

— Что ж, попробуем, — согласилась я и поведала любимой тетушке все, что знала сама.

— Но это же страшно романтично! — всплеснула руками она. — Просто невероятно! Неужели ты настолько приземленный человек, что не ощущаешь всей прелести?

— Всей прелести не ощущаю, — призналась я. — Меня слишком смущает выстиранное белье и вообще... Меня кто-то переодевал, я ничего не помню. И это мне совсем не нравится. Если бы все ограничилось цветами и конфетами, дело другое, а так...

— Да, может, ты и права, — задумчиво покачала головой тетушка. — А что, если их было двое?

— То есть? — насторожилась я.

— Ну, предположим, здесь были мужчина и женщина. Она занималась тобой, стирала-убирала, а его послала в магазин за продуктами и цветами. Может такое быть?

— В принципе может быть все... Но кто эти мужчина и женщина?

— Какие-нибудь твои друзья.

— Но как они сюда попали?

— Ты же сама их и впустила, только не помнишь этого.

— Амнезия, что ли? — фыркнула я.

— Никакая не амнезия, просто ты была с очень высокой температурой и совершенно ничего не помнишь. Ты открыла дверь, они увидели тебя в таком состоянии и решили помочь.

— Тогда почему они не оставили никаких следов? Могли хотя бы записку написать, мол, мы, такие-то, были тут...

— Может, они заторопились или решили таким странным образом подшутить над тобой. Мало ли что бывает. Возможно, это добрые, но не слишком умные люди.

— Да уж... Сроду не оказывалась в более идиотском положении.

— И у тебя нет даже никаких версий, кто бы это мог быть?

— Ни малейших. Все мои знакомые либо слишком умны, либо слишком бедны для подобных выходок. Сказать по правде, Лиза, мне это совсем не нравится. К тому же теперь еще Татьяна в курсе, а у нее никакие секреты не задерживаются. Так что в результате еще начнут говорить, что это я сама себе все устроила, чтобы напустить таинственности. Что я, наших баб не знаю?

— Ну, это не беда, тут есть простейший выход.

— Какой?

— Татьяна предположила, что это дело рук Кости?

— Ну да.

— Вот и отлично. Скажешь ей, что все выяснилось и это действительно был Костя. По дороге в Америку. Тогда обсуждать это станет неинтересно и вскоре все обо всем забудут.

— Да, это лучший выход... Но я-то не забуду.

— Со временем и ты забудешь. Но не исключено, что скоро это как-то прояснится. Вот тогда и поговорим. А ты успокойся, тебе вредно волноваться, да и не с чего. Ведь ничего плохого не случилось, верно? Любуйся цветами, ешь конфеты и берись за работу. А если тебе захочется поговорить на эту тему, для этого есть я. Я уж никому ничего не разболтаю.

— Лиза, какая ты мудрая! — с облегчением вздохнула я.

— Доживешь до моих лет, тоже помудреешь, — улыбнулась она. — А сейчас я хочу чаю с этими шикарными конфетами. И кстати, что будет с твоим сорокалетием?

— Ничего. Зажму! — ответила я, отправив в рот умопомрачительно вкусную бельгийскую конфету.

Тетушка вопросительно подняла брови, но ничего не сказала, так как тоже была занята конфетой.

— Мне некогда, и к тому же говорят, отмечать сорокалетие — плохая примета.

— Да, я тоже слышала... Маша...

Я точно знала, что последует дальше. И не ошиблась.

— Маша, а от Романа по-прежнему ни слуху ни духу?

Этот вопрос она задает мне вот уже почти десять лет. Я покачала головой. Сама я уже давно пережила эту свою любовную неудачу, а тетушка никак не может смириться.

— Девочка, но ведь это ненормально, что ты одна. В сорок лет нельзя жить без любви, без мужчины, наконец...

— Может, ты мне еще скажешь, где его взять?

— Но мужчин кругом уйма, а с твоей внешностью...

— Но мне не нужен первый попавшийся, да и

вообще... Никто мне не нужен. Три мужа, и все козлы...

— А Роман?

— И Роман твой тоже типичный козел! Ты с этим не согласна?

— Нет! Решительно не согласна. Что касается твоих мужей, тут я не спорю... Но Роман...

Ну вот, завелась. По-моему, она сама немного к нему неравнодушна. Он и вправду был хорош...

— Впрочем, с мужьями все ясно, — пустилась в рассуждения на любимую тему тетушка, — ты никого из них по-настоящему не любила...

— А я, кажется, вообще еще не любила по-настоящему...

— А Романа?

— Да не знаю я, Лиза, ничего не знаю! И сейчас мне совсем не до любви, уж тем более бывшей. И вообще, ну ее, эту любовь, от нее одни неприятности. Мне сейчас надо деньги зарабатывать.

— Боже, что за поколение! — сжала пальцами виски тетушка.

Мы еще долго пили чай с конфетами, и когда наконец Лиза отбыла, я без сил повалилась в постель. Но, вероятно, я слишком много спала в последнее время, и сон не шел. Тетушкины разговоры все-таки взбаламутили меня, и я стала вспоминать свою дурацкую жизнь.

Первый раз я выскочила замуж за Пашку Козелькова, когда мне стукнуло восемнадцать. Все говорили, что мы самая красивая пара в инязе. Он и

вправду был хорош. И поначалу мы были влюблены
друг в друга как сумасшедшие, но потом я вдруг
стала замечать, что он очень подолгу смотрится в
зеркало, любуется собой. Совсем как баба. Я никогда
в жизни не торчала подолгу у зеркала, и так знала,
что красива. А он... И еще он болезненно интересо-
вался тряпками. И был вечно недоволен тем, что я,
по его мнению, слишком небрежно одеваюсь. Однажды он сказал, недобро глядя на меня:

— Завтра мы идем на свадьбу, пожалуйста, при-
веди себя в божеский вид, мне не хотелось бы, чтобы
люди сказали, что я женат на лахудре.

— Успокойся, Паша, так никто и никогда не
скажет, поскольку с этой минуты ты на мне уже не
женат! — И не успел он опомниться, как я собрала
свои вещички и вернулась к матери. Она была до
смерти рада. Паша ей никогда не нравился.

Наш брак длился всего год. Правда, Паша долго
еще таскался за мной, просил прощения, канючил, но
ничто уже не могло меня поколебать. Он для меня
перестал быть мужчиной. Все кругом считали, что я
должна страдать, но я нисколечки не страдала. Наоборот, я с новой силой ощутила радость жизни,
которую едва не утратила в этом браке.

После окончания института я почти сразу вляпа-
лась в новый брак. Александр Дмитриевич Козлитин
был не чета Козелькову. Старше меня на десять лет,
подающий большие надежды доктор технических
наук, веселый, жизнерадостный, он умел красиво
ухаживать, говорить именно те слова, какие мне

хотелось слышать, и я без памяти в него влюбилась. И только Костя сказал мне тогда:

— Сестренка, тебя не настораживает сходство фамилий? Больно уж они однокоренные.

Но в тот момент я была слишком влюблена, а в этом состоянии, как правило, я начисто лишаюсь чувства юмора. И на завуалированное предостережение всегда очень деликатного брата попросту не обратила внимания.

Мама и тетушка тоже не были в восторге от нового жениха, хотя теоретически он должен был им понравиться. Из хорошей семьи, интеллигентный, начитанный, веселый... Я недоумевала, чем он их не устраивает. Но когда через полгода его послали работать по контракту в Западную Германию, мне многое стало ясно. Но, разумеется, не сразу. Поначалу я была на седьмом небе — еще бы, в те годы это было огромной удачей — поехать на несколько лет за границу, а в моем случае особенно: мне предоставлялась идеальная возможность попрактиковаться в живом немецком. Поселились мы в крохотном городке Рейнбах, неподалеку от Бонна. И вот тут началось! Уже через месяц я поняла, что абсолютно не знала собственного мужа. Оказалось, что он не то чтобы жаден, но чудовищно расчетлив. Я должна была экономить каждый пфенниг, что было мне глубоко чуждо.

— Пойми, — говорил он мне, — у нас в жизни может уже не быть такой возможности заработать приличные деньги, а нам еще столько нужно...

Я все терпела, единственное, что позволяла

себе, — иногда посидеть в кафе, да и то не в Рейнбахе, а в Бонне, куда время от времени моталась на распродажу в одном из универсальных магазинов. Я не съездила за год никуда, кроме Кельна. И однажды я взмолилась:

— Саша, давай на выходные съездим хотя бы в Мюнхен, я так давно мечтаю туда попасть, или, еще лучше, в Любек!

Он посмотрел на меня как на полоумную, укоризненно покачал головой и спросил:

— А ты представляешь себе, сколько это будет стоить?

— Сашенька, ну пожалуйста, я очень тебя прошу!

— Машка, кончай бодягу! — ответил мне доктор наук, рафинированный интеллигент.

Я заткнулась, но затаила зло. И когда неделю спустя в боннском уличном кафе под цветущими розовыми каштанами ко мне приклеился Райнер, симпатичный веселый немец, который давно не сводил с меня глаз, я не стала кочевряжиться, а с удовольствием приняла приглашение поужинать и потанцевать нынче вечером. Поскольку Козлитин обычно возвращался довольно поздно, я могла спокойно уйти из дому, что я и сделала, наведя немыслимую красоту и оставив мужу записку следующего содержания: «Умираю с тоски. Решила развлечься сама. Материального урона ты не понесешь. Целую. Маша».

Райнер ждал меня на станции с машиной. Мы весело болтали всю дорогу, потом ужинали в уютном маленьком ресторане. Он ухаживал за мной по всем правилам, а я все время думала, интересно, как Козлитин отнесется к фразе о материальном уроне? Мне казалось, что я невероятно остроумна. Райнер в этот вечер ничего себе не позволил, был галантен и безупречен. Зато мой супруг встретил меня увесистой затрещиной и потоком самой отборной ругани, произносимой, впрочем, почти шепотом — чтобы соседи не услышали. От этого все казалось каким-то ненастоящим, глупой и некрасивой игрой. Однако утром я обнаружила, что щека здорово вспухла, и этого я уже не смогла перенести. Я позвонила маме и попросила прислать мне срочную телеграмму с просьбой приехать в Москву. Телеграмма пришла. Козлитин не стал возражать против моего отъезда.

Так закончился мой второй брак. И я приняла непоколебимое решение больше не выходить замуж. Очевидно, я не создана для семейной жизни, тем более выяснилось, что у меня не может быть детей. А раз так, то зачем? Можно прекрасно жить и не связывая себя брачными узами.

Но прошло несколько лет, и я познакомилась с человеком, который показался мне надеждой и опорой. Правда, меня немного смутила его фамилия — Козлов, но желание к кому-то прислониться — в стране уже «бушевали ветры перестройки» — оказалось сильнее, и я вышла замуж. И снова ошиблась. Козлов был человеком жестким, умел зарабатывать деньги, по мере возможности стараясь избегать криминала. И еще увлекался политикой, входил в Межрегиональную группу, а на меня почти перестал обращать внимание. Вся его любовь ограничивалась деньгами. Теперь я иногда думаю, что это было не так уж плохо, но тогда я ужасно огорчалась. Посудите сами, каково молодой влюбленной женщине смириться с тем, что супруг в постели обсуждает с нею политическую ситуацию в стране, не замечая восхитительной ночной рубашки или полного отсутствия таковой? Я обижалась, злилась, потом пыталась проявить понимание, вникнуть в его дела, но ничего не помогало. Наша близость случалась не чаще раза в месяц, да и то наспех, невнятно, и не приносила никакого удовлетворения, даже морального. Я не выдержала, высказала ему все, что думаю, и ушла. Он страшно расстроился, пытался меня вернуть, а потом вдруг выяснилось, что ему все-таки не удалось избежать криминала, его прижали, и он был вынужден срочно смотаться за границу. Слава богу, мы до этого успели развестись.

Я погоревала, но недолго: надо было думать о куске хлеба, а переводы, которыми я раньше неплохо зарабатывала, стали приносить все меньше и меньше, хотя работала я все больше и больше. Пришлось еще давать уроки немецкого, но как ни трудно мне было, думать о новом замужестве не хотелось. Конечно, случались какие-то романы, вполне мимолетные. В то время всем было не до любви, и мужчинам и женщинам... Когда меня спрашивали, почему такая красивая женщина живет одна, я отвечала: «С меня хватит, я трижды была замужем, и все мои мужья были козлы».

А потом вдруг я влюбилась, до сумасшествия, до отчаяния. Он был известным, даже знаменитым пианистом, невероятной романтической красоты, умным, ироничным, — словом, я видела в нем одни только достоинства. Еще бы: высокий, стройный, с густой гривой седых волос, жгучими черными глазами, великолепный музыкант, интеллектуал, умница. Женщины из-за него сходили с ума. Но... он был алкоголиком. Настоящим, запойным. Когда мы встретились, он не пил уже полтора года, был в прекрасной форме. И очень много гастролировал, из-за чего мы виделись нечасто, но тем упоительнее были эти встречи. А потом он сорвался, запил... И куда что девалось? Он превратился в обычного подзаборника. Я искала и находила его в каких-то жутких компаниях, пыталась лечить, но результатом было лишь то, что он начал пить один, дома, и это было страшнее всего. Мое сердце разрывалось от жалости, и вместе со мной страдала тетушка Лиза, которой я только и могла излить душу, ибо мама и подруги все как одна уговаривали меня бросить Романа и твердили, что его запои не должны быть для меня неожиданностью, что о них давным-давно знает вся Москва, и вообще, у него есть законная жена, она не дает ему развода, вот пусть с ним и возится. Но я была не в состоянии так легко отказаться от своей великой любви. Мне чудилось, что только я смогу его спасти, что я отчасти виновата в его срыве — словом, воображала себя новой декабристкой и готова была на любые подвиги. И я их совершала. Я отыскивала каких-то лекарей-знахарей, потом знаменитых профессоров. Некоторым из них

удавалось приводить его в чувство на неделю или
даже месяц, а потом все начиналось сначала.

Но вдруг ему стало лучше, начался долгий про-
свет, он вновь целыми днями сидел за роялем, словно
черпая в нем новые силы, а я по мере возможности
улаживала его дела, здорово пошатнувшиеся из-за
долгого пьянства, — короче, трудилась, что называется, в поте лица и даже, встав на уши, поехала с ним
на гастроли по странам Бенилюкса и Германии. Не
могу передать, какой гордой и счастливой я себя
чувствовала, сидя в зрительном зале, когда публика
награждала его овациями. Он опять играл изумительно, особенно Шопена, Листа, Дебюсси. Я снова
ощущала острую влюбленность в этого ослепительно-
го мужчину и музыканта, напрочь забывая о том,
каким он бывал во время запоев.

Он был мне благодарен или делал вид, что благодарен, и, безусловно, нуждался во мне. Но любил
ли он меня? Не уверена, что он вообще был способен
на настоящую любовь в моем понимании этого слова.
Слишком много душевных сил уходило у него на
борьбу со своим недугом и на любовь к музыке. Но
я готова была смириться со своим третьим местом в
его жизни. Однако не ниже! Четвертое меня уже не
устраивало, и потому, когда мне его предложили, я
категорически отказалась.

Дело было так: мы уже неделю жили в Вене. Он
давал там концерты, а потом еще должен был провести мастер-класс, после чего мы собирались две
недели отдохнуть в чудесной горной деревушке, где
был крошечный уютный отель с прекрасным старым

«Бехштейном». То есть перспективы были самые радужные. И вдруг меня вызвали в Москву. Тяжело заболела моя мама. Я застала ее в больнице, задыхающуюся, с посиневшими губами, и она умерла у меня на руках пятидесяти семи лет от роду. Меня душило отчаяние и чувство вины. Мне казалось, если бы я была в Москве, с нею, может, я сумела бы ее выходить, хотя врачи сказали, что сердце ее было безнадежно изношено и вообще непонятно, как она жила с таким сердцем.

Тетушка Лиза уже через несколько дней после похорон стала настаивать, чтобы я вернулась к Роману.

— Пойми, — говорила она, — маму уже не вернуть. А он там один. Он нездоровый человек, и к тому же артист, у него куча поклонниц, и уж кто-нибудь из них непременно попытается занять твое место, тем более что ты-то ему не жена.

— Пусть попробуют, — грустно улыбалась я, — это удовольствие ниже среднего. Вытаскивать его из запоев, выслушивать его пьяные бредни...

— Деточка, они ведь этого скорее всего не знают, они видят романтического красавца, изумительного музыканта, одинокого мужчину, наконец! Ты должна ехать, если ты его любишь.

Я любила. И поехала. Но тетушка как в воду глядела. Уже на третий день я обнаружила, что одна из слушательниц мастер-класса, обворожительная итальянка Лилиана смотрит на Романа как-то уж очень по-хозяйски, что ли. Мне это не понравилось. Я стала приглядываться и поняла, что подозрения небеспочвенны. В мое отсутствие между ними явно что-то произошло. Что именно, догадаться было нетрудно. Мне хотелось устроить скандал, оттаскать за волосы юную красотку, разбить что-нибудь, выкричаться, но... Я взяла себя в руки и решила посмотреть, что будет дальше. В конце концов небольшой зигзаг мало что значит, к тому же, Лиза права, я все-таки не жена Роману. И я сдержалась. Но в один прекрасный день эта юная нахалка заявилась ко мне в гостиницу и, смущенно опустив свои потрясающие глаза, проговорила:

— Синьора, я должна вам сказать, что мы с Романом любим друг друга.

Я промолчала, выжидательно глядя на нее. Она немного смешалась, очевидно ожидая от меня бурной реакции, но на удивление быстро справилась с собою и продолжила:

— Мы любим друг друга и хотим быть вместе.

Тут уж я не выдержала и спросила:

— А Роман знает, что вы пришли ко мне с этим разговором?

— Нет, но...

— Значит, вы действуете на свой страх и риск?

— Не совсем... Он хотел сам поговорить с вами... Но... Просто он щадит вас, вы потеряли мать... у вас горе... и он не решается...

— А вы, значит, решились? Прелестно!

— Я люблю его и не могу больше ждать. К тому же вы ведь уже не любите его.

— Это он вам сказал?

— Да. И я решила взять это на себя... Он

великий музыкант, и я счастлива избавить его от
любой трудности.

— Сколько вам лет?

— Двадцать. А какое это имеет значение? —
насторожилась она.

— Может, и никакого, просто только в ранней
молодости можно так легко распоряжаться чувствами
и судьбами других людей в угоду собственной при-
хоти.

Произнеся это, я вдруг ощутила себя такой старой и несчастной, что чуть не взвыла. Мне хотелось
рассказать этой влюбленной красавице, что ждет ее
рядом с Романом, но я сочла это ниже своего достоинства.

— Но что вы от меня хотите?

— Разве вы не понимаете? — с мольбой в голосе
спросила она. Видно, этот разговор и ей нелегко
давался.

— Понимаю, вполне понимаю, — усмехнулась
я. — Надеюсь, вы не ждете от меня немедленного
ответа?

— Нет, что вы... Я просто хотела, чтобы вы
знали...

И она выскочила из комнаты.

Когда Роман вернулся, я неимоверным усилием
воли сдержала себя, ни словом не обмолвилась о
визите Лилианы, и мы пошли обедать в маленький
ресторанчик неподалеку от гостиницы. Он был ожив-
лен, даже весел, и, по-видимому, не замечал чудо-
вищного напряжения, в котором я находилась, или же
приписывал его пережитому мною горю. В его глазах

все время сиял какой-то счастливый огонек. Вот
этого я уже не могла вынести. И все-таки промолчала. Но для себя все решила. В моем отношении к
нему кроме любви присутствовала еще и некая обре-
ченность — что с ним будет, кто станет выхаживать
его, ведь он глубоко больной человек, и так далее, и
так далее. Я понимала, что ничего романтического
между нами уже не осталось после всего, что мы
пережили вместе. А он, видимо, отчаянно нуждается
в романтической любви, которой я не могу ему дать
при всем желании. Что ж, может, и для меня это
будет спасением?

И на другой день, когда он ушел в консервато-
рию, я быстренько сложила свои вещи, погрузила их
в такси и, не оставив даже записки, так как боялась,
что залью ее слезами, переехала в другую гостиницу,
где проревела всю ночь, а утром улетела в Москву.

Так закончилась моя самая большая любовь. Тетушка Лиза нещадно меня ругала, говорила, что я
еще горько пожалею о своей глупости, а Инга, наоборот, сказала, что это самый здравый поступок за
всю мою жизнь, что жертвенность вообще не мой
жанр, что я должна по гроб жизни быть благодарна
Лилиане, одним словом, всячески поддерживала
меня.

— И не слушай ты свою тетку, она сама по уши
влюблена в Романа!

— С чего ты взяла? — удивилась я. Мне такое
раньше в голову не приходило.

— Я же не слепая и не дура! — отрезала Инга.

И все-таки по возвращении в Москву я впала в

депрессию, все ждала, что он хотя бы позвонит мне, поблагодарит за все, что я для него сделала, но напрасно. Он не мог заставить себя так поступить, хотя наверняка терзался раскаянием. А может, и не терзался, а просто блаженствовал со своей юной красоткой. Ну и на здоровье.

И вот завтра мне уже сорок. Я всем объявила, что юбилея не будет. Но для себя решила: последние десять лет относительной молодости я буду жить иначе. И первое, что я сделаю завтра с утра, — отрежу волосы. В сорок лет ходить с такой гривой уже не подобает! И я это осуществила. Проснувшись очень рано, я села за работу, а в десять отправилась в расположенный неподалеку новый парикмахерский салон, где было не слишком много посетителей и не слишком высокие цены. Немолодой мужчина-мастер, сразу внушивший мне доверие, сказал с сожалением:

— Зачем резать такие шикарные волосы?

— Надоели! — заявила я. — И потом, мне уже сорок лет!

— И вы думаете, что в сорок лет надо отрезать такую роскошь?

— Непременно! Да и вообще... Хочу начать новую жизнь!

— Ну, если новую жизнь, тогда дело другое. Только вы никому не говорите, что вам сорок. Больше тридцати трех вам ни за что не дашь!

— Спасибо.

Он долго смотрел на меня в зеркало, обдумывая, как лучше постричь, а потом спросил:

— У вас есть какие-нибудь идеи?

— Да нет, я только не хочу очень коротко...

— Боже упаси, об этом не может быть и речи! Такие роскошные волосы должны быть видны. Может, еще подумаете, дама?

— Нет, все обдумано. Режьте!

Через час он закончил возиться с моей сорокалетней головой.

— Что ж, неплохо получилось! — произнес он с удовлетворением.

Женщина в зеркале показалась мне незнакомой, но очень и очень привлекательной. Неужели это я?

— Нравится? — осведомился мастер.

— Да! Спасибо! Это то, чего я хотела!

— Рад!

— Если вы не против, я буду вашей постоянной клиенткой!

— Договорились. Меня зовут Василий Семенович!

— А я Мария Никитична Шубина. Как вы думаете, когда мне теперь надо прийти?

— Не раньше, чем через месяц, а то и через полтора.

Я вышла на улицу страшно довольная и старалась заглядывать во все витрины, где можно было уловить свое отражение. Хорошо, что сегодня не холодно и можно идти без шапки. Очень хотелось пройтись по улицам, подышать воздухом, но времени не было, пора возвращаться к работе. Ничего, Машка, сказала я себе, чем скорее ты кончишь работу, тем скорее купишь новую дубленку. А то с этой стрижкой особенно заметно, как вытерся воротник у старой. Его, конечно, можно довольно эффектно прикрыть модным шарфом, подаренным Ингой, но...

Я побежала домой. Не прошло и часа, как в дверь позвонили. Кого это черт принес? На пороге стояла молоденькая девушка с букетом цветов.

— Шубина Мария Никитична это вы?

— Я.

— Тогда распишитесь, пожалуйста!

Я расписалась в затрепанной тетрадке и приняла букет. Сердце почему-то тревожно забилось. А вдруг эти цветы от того таинственного человека? Букет был завернут в несколько слоев шелковистой бумаги. Дрожащими руками я стала срывать бумагу. Вот еще мгновение — и все выяснится. И действительно выяснилось. Пять крупных белых роз и визитка «Борис Евгеньевич Вырвизуб». На обороте визитки мелким педантичным почерком написано: «Прелестнейшей из переводчиц в день рождения с надеждой на успешное сотрудничество». Разочарованию моему не было предела. Однако белые розы зимой мне не так уж часто дарят. И я поставила их в воду. Красивые, никуда не денешься.

Работать мне в этот день не давали. То и дело звонил телефон. А ближе к вечеру позвонила Танька.

— Ты работаешь? — с места в карьер спросила она.

— Пытаюсь.

— Не дают? — догадалась она.

— Точно! А почему это ты меня не поздравляешь?

— Успею! — засмеялась она. — Есть предложение.

— Танька, какие предложения, мне работать надо.

— Ну, Машуня, пожалуйста! — взмолилась она.

— В чем дело-то?

— Федор нас с тобой приглашает сегодня в шикарный ресторан!

— В ресторан? С какой стати? — страшно удивилась я. На Федора это было непохоже.

— Понимаешь, там будут деловые переговоры, у Федора, а мы уж заодно...

— Да я-то тут при чем, Тань?

— Но я же одна там со скуки сдохну. Машуня, пойдем!

— Ты предлагаешь нам вдвоем со скуки дохнуть? Нет уж, у меня есть контрпредложение. Приходи ко мне, посидим вдвоем, чокнемся за мой день рождения. Чем плохо?

— Совсем даже неплохо, — горестно вздохнула Танька, — но Федор требует, чтобы я пошла с ним, а то, говорит, приглашу девушку по вызову...

— Танька, ты должна пойти, но я-то тут при чем? — отнекивалась я. Но случайно взгляд мой упал на зеркало, на новую прическу... А в самом деле, почему бы не пойти, не поесть чего-нибудь вкусненького, не показаться на люди после долгого перерыва?

Татьяна почувствовала мои колебания.

— Машуня, пойдем! Хоть поедим, выпьем, как белые женщины!

— Ладно, уговорила, речистая! Только что надевать? Я сто лет не была в ресторанах. Вечерних платьев у меня нет, сама знаешь!

— Да на кой они сдались! Надень что хочешь, большое дело! Маш, ты умница, я так рада! Ты собирайся, а через полтора часа мы за тобой заедем!

— А в какой ресторан-то пойдем? — уже заинтересовалась я.

— Понятия не имею. Не все ли равно? Уж точно, что в хороший! Все, пока, мне еще голову помыть надо. Жди нас!

Ну что ж, совсем даже неплохо пойти в день рождения в ресторан. Вполне укладывается в полосу везения. А вдруг будет весело? Может, удастся потанцевать... Я так давно не танцевала... Ой, а что же надеть? Я бросилась к шкафу. У меня есть так называемое маленькое вечернее платье, правда, я купила его еще в Вене, когда ходила с Романом в оперу, на концерты. Оно, конечно, уже не модное, но можно что-то придумать... Однако платье оказалось безнадежно широко, я с тех пор здорово похудела, особенно после гриппа. Не пойдет. И вообще, что-то я обносилась. Совершенно нечего надеть на такой случай... И тут же я приняла решение: все деньги, которые получу за поваренную книгу, потрачу на шмотки. В конце концов мне всего сорок лет, я красивая... и у меня полоса везения! В результате я надела узкую черную юбку и блузку из зеленого шифона под цвет глаз. Туфли у меня вполне приличные, вот дубленка подкачала, впрочем, черт с ней! «Во всех ты, душенька, нарядах хороша!» — сказала я себе и принялась красить ресницы.

Вскоре в дверь позвонили. Это оказалась Танька, с букетом и коробкой.

— Ну, ты готова? — выпалила она. — Вот, подруга, это тебе в честь славной даты! Ой, постриглась! Как тебе идет! Отлично, помолодела лет на десять. Блеск! Дай-ка я тебя поцелую!

Мы расцеловались. Я побежала ставить цветы, а Татьяна тем временем распаковывала коробку. В ней оказался роскошный махровый халат нежно-розового цвета, два таких же полотенца и тапочки.

— Татьяна, спасибо, какая прелесть! Как раз то, что нужно! — искренне обрадовалась я. — Тебе правда нравится моя стрижка?

— Класс! Маш, дай чашку кофе, Федор заедет за нами минут через двадцать.

Я включила чайник, насыпала в чашку кофе и выбросила пустую банку. Ведро было переполнено. Надо вынести, ненавижу оставлять мусор. Подойдя к мусоропроводу, я услышала жалобное мяуканье, вернее, просто писк. На полу сидел крохотный черный котенок и смотрел на меня большими да к тому же голубыми глазами. У меня сжалось сердце. Это судьба!

— Что, маленький? Бросили тебя?

Я нагнулась и взяла его на руки. Он сразу прижался ко мне, все его тельце сотрясала дрожь. Я схватила ведро и ринулась в квартиру.

— Танька! Смотри, что я нашла!

Она выскочила в прихожую.

— Ой, какой хорошенький!

Я распахнула холодильник. Слава богу, молоко есть. Я его чуть-чуть подогрела, и вскоре котенок уже громко лакал молоко.

— Тань, знаешь, я никуда не поеду!

— Что? — не поняла Татьяна. — Куда не поедешь?

— Ну с вами, в ресторан не поеду!

— Почему?

— А как я тут его одного брошу?

— Ты хочешь его себе оставить? А если он блохастый?

— Подумаешь, большое дело! Выведу!

— Маш, ты серьезно?

— Конечно! Вот поест, я его вымою... Мне, Танька, его Бог послал в подарок на сорокалетие. Черные кошки счастье приносят.

— Скажешь тоже! Но вообще-то он чудный... Слушай, а он кот или кошка? У таких маленьких и не разберешь.

— А мне все равно. Я ему уже имя и фамилию придумала.

— Фамилию? — прыснула Танька. — Козловский? Это было бы в твоем стиле!

— Нет, это мне подарок ко дню рождения, а по-немецки подарок «гешенк», сокращенно Геша, подойдет и для мальчика, и для девочки. А фамилия Глюк.

— Кажется, «глюк» — это счастье?

— Вот именно! Геша Глюк, чем плохо?

— Дура ты, Машка, просто отпетая дура, — рассмеялась Татьяна. — Но все-таки не понимаю, почему ты не можешь поехать в ресторан?

— Да у меня минутки спокойной не будет! И потом, его надо помыть, сортирчик ему устроить, постельку.

— Нет, ты точно ненормальная, — покачала головой подруга. — Ну, как говорится, была бы честь предложена, а вообще-то я бы и сама тут с тобой осталась. Неохота одной с этими мужиками в кабак переться. Надоело.

Зазвонил телефон.

— Это Федор! — воскликнула Татьяна и схватила трубку. — Да, Федя, я. Сейчас спущусь. А Маша не сможет, она себя плохо чувствует, все-таки после такого тяжелого гриппа. Все, иду!.. Знаешь, — повернулась она ко мне, — я ему про котенка говорить не стала. Он бы не понял.

— Спасибо тебе, Танюша, за цветы, за подарок...

— А между прочим, от кого эти ро́зы? — поинтересовалась она, заглянув в большую комнату.

— От Вырвизуба!

— Ничего себе! Откуда он про день рождения знает? Я ему не говорила.

— Так у него же записаны мои паспортные данные в договоре.

— Слушай, Маш, а ведь он и вправду втюрился.

— Да ради бога, мне не жалко!

— Зря смеешься. Очень полезный дядечка. Ты его уже поблагодарила?

— Нет еще. Успеется.

— Не откладывай! Завтра же позвони!

— Слушаюсь, ваше превосходительство!

— Да ну тебя! Все, я побежала! — И дверь за нею захлопнулась.

Я хотела вернуться в кухню, к котенку, но увидела, что он сидит на пороге и выжидательно на меня смотрит.

— Ну что, Геша, будем мыться или сперва поспим? Поспим, конечно, а кстати, ты совсем даже негрязный. Признавайся, удрал откуда-то, да? Там, может, дети плачут, тебя ищут, а ты тут прохлаждаешься.

Я взяла его на руки, раздвинула шерстку на вздувшемся от молока пузе. Блох не было. И пахло от него домашним котенком. Что же делать? Наверное, надо бы повесить объявление, что найден котенок? Но мне так не хотелось с ним расставаться. И я решила: если те, кто Гешу упустил, будут его искать, я его верну. А если нет, извините, тогда уж он мой, на полном и законном основании. Что с возу упало, то пропало! И не успела я это подумать, как Геша Глюк замурлыкал, словно в нем включился моторчик. Не отдам! Никому не отдам! У меня полоса везения, и этот живой комочек — тоже мое везение. Зазвонил телефон, Геша вздрогнул. Я подхватила его на руки и сняла трубку. Незнакомый мужской голос попросил Марию Никитичну.

— Это я.

— Здравствуйте, Мария Никитична, я приехал

из Торонто, привез вам письмо и маленькую посылочку, ну и, разумеется, приветы.

— О! — обрадовалась я. — От Белиловских, да?

— Верно.

— Как они там?

— Видите ли, я, собственно, с ними едва знаком... Просто меня попросили...

— А, поняла. Спасибо большое. Как же нам увидеться?

— Вообще-то я на машине, — неуверенно начал он, — а вы, судя по номеру телефона, живете где-то в центре?

— Ну да...

— Хотя нет, простите, я совсем забыл, — вдруг спохватился он. — Если вам несложно, может, мы встретимся где-то в городе?

— Сегодня? Нет, сегодня я не могу!

— Да-да, я сегодня тоже не могу, я забыл... А вот завтра... Какие у вас маршруты?

— Нет у меня никаких маршрутов, я безвылазно сижу дома, работа такая! — раздраженно ответила я. Идиот какой-то! Сначала предлагает привезти все домой, а потом... Джентльмен, называется! — Впрочем, могу встретиться с вами на каком-нибудь углу или на остановке транспорта.

— А в котором часу вам удобнее?

— Это зависит от того, куда я должна буду переться!

Он, кажется, почувствовал мое настроение. Но остался непреклонен.

— Вас не затруднит подойти к остановке троллейбуса Б, напротив «Форума»?

— Нет, не затруднит! — обрадовалась я. — Мне до этой остановки пять минут ходу.

— Ровно в десять устроит?

— Вполне. Хотя... Вы имеете в виду десять утра?

— Разумеется!

— Тогда устроит. Но как мы друг друга узнаем? Я буду в темно-зеленой куртке. Волосы у меня рыжие.

— А я на зеленом «фольксвагене» в цвет вашей куртке, — засмеялся он. — Зовут меня Максим Павлович. Так, значит, ровно в десять, Мария Никитична?

— Да, да, непременно. Спасибо!

— До встречи!

Так, интересно, что же мне пишут друзья? И что прислали в подарок? Надо дожить до утра. Ничего, с Гешей Глюком это несложно. Он давно спал у меня на коленях. Я осторожно переложила его на диван, нашла просторную обувную коробку, выстелила ее стареньким махровым полотенцем и отправила туда Гешу. Он даже головы не поднял. Я уже без памяти его любила. Что ж, не такой уж плохой день рождения получился. Цветы, подарки. И вот завтра еще посылка из Торонто. А у этого мужика приятный голос, интеллигентный, только он, наверное, псих, сейчас каждый второй псих, — почему он вдруг раздумал ехать ко мне? Испугался, что я его изнасилую? Впрочем, какая разница? Просто такой же козел, как они все!

...Утром я вскочила рано, накормила Гешу, уже кажется вполне освоившегося в новом жилище, выпила чашечку кофе и решила все же навести легкий марафет, чтобы этот мужик на зеленом «фольксвагене» пожалел, что не привез посылочку ко мне домой. Хорошо, что сегодня не слишком холодно и вполне можно выйти в куртке, у нее вид куда приличнее, чем у дубленки, которую я в последнее время просто возненавидела. Коричневые вельветовые брюки, коричневый шарф. Очень даже недурно, решила я, и без пяти десять вышла из дому.

Ничего похожего на зеленый «фольксваген» я поблизости не обнаружила. Опаздывает, черт бы его взял.

— Здравствуйте! — раздался за моей спиной мужской голос. — Вы Мария Никитична?

Я обернулась. О, бывает же такое! От его улыбки у меня захватило дух, хотя он вовсе не блистал красотой. Довольно высокий, широкоплечий. А улыбка...

— Здравствуйте, — взяв себя в руки, кивнула я. — А где же ваш «фольксваген»?

— Да я его во дворе поблизости поставил, у меня еще одно дело тут было... Рад знакомству.

Он смотрел на меня с некоторым удивлением.

— Почему вы на меня так смотрите? — вырвалось у меня.

— Просто не ожидал...

— Чего вы не ожидали?

— Не ожидал встретить столь интересную женщину. Просто, можно сказать, остолбенел, — засмеялся он.

— Настолько остолбенели, что забыли про посылку, да?

— Ох, а ведь верно!

Он сунул руку за пазуху кожаной куртки и вытащил небольшой пластиковый пакет.

— Вот, здесь письмо и...

— Спасибо. Вы были очень любезны... — проговорила я и замешкалась. Мне так не хотелось уходить.

— Да не за что. Рад был познакомиться... Маша... А вас никуда не надо подвезти? У меня сейчас есть время, и я на машине...

— Подвезти? — удивилась я. И тут же сообразила. — Да! Надо! Просто очень-очень надо! До ближайшего магазина, где продают всякий кошачий инвентарь.

— Кошачий инвентарь? А что это?

— Ну, лоточек и то, что теперь кладут туда вместо песка... потом еще корм...

— У вас есть кошка?

— Котенок, вчера приблудился. Надо же ему все устроить...

— Разумеется! — почему-то обрадовался он. — Я знаю такой магазин. Поехали!

Его «фольксваген-пассат» стоял в соседнем дворе. Он, как положено джентльмену, распахнул дверцу, помог мне сесть, закрыл дверцу и лишь после этого сел за руль.

Выехав на Садовое кольцо, он вдруг спросил:

— А какой масти котенок?

— Черный, только пузо белое.

— Мальчик?

— Черт его знает, он еще такой крохотный, не разберешь.

— Покажете? Я разберусь.

Ага, уже напрашивается в гости! Я была жутко рада.

— Покажу, почему не показать. Только мне сердце подсказывает, что это мальчик.

Магазин был неподалеку. Максим Павлович пошел туда со мной и во всем принимал самое деятельное участие.

— Послушайте, Маша, этот лоток не годится, — решительно заявил он, беря у меня из рук тот, что я выбрала.

— Почему?

— Потому что котенок у вас еще совсем маленький, а тут вон какой высокий бортик, это для здорового котяры.

— Ох, и правда, — согласилась я. Не могла же я сказать, что и сама не такая уж дура, просто его присутствие меня волнует и сбивает с толку.

В результате я накупила много всякой кошачьей всячины, которая, кстати, оказалась отнюдь не дешевой. Ничего, решила я, есть же поговорка: если Бог дает детей, он дает и на детей. Так почему нельзя отнести это же к божьей твари?

Мешок с «Катсаном» оказался весьма увесистым, Максим Павлович не позволил мне ничего нести, погрузил все в багажник и спросил:

— Еще что-нибудь нужно?

— Кажется, нет.

— Ну, может, картошки?

— Картошки? Да нет, спасибо, картошка есть.

— А в запас?

— Нет, в запас не надо. Она у меня попросту сгниет.

— Тогда я не знаю... — с сожалением вздохнул он. — Просто неохота с вами расставаться... Вот я и ищу предлог!

— Но вы же обещали определить пол котенка, — со смехом напомнила я. — А я за это напою вас чаем или кофе.

— Маша, вы умница! — возликовал он.

Когда мы входили в квартиру, телефон буквально разрывался. Я схватила трубку.

— Машка, наконец-то! — закричала Татьяна. —Ты не представляешь, что вчера было! Это какой-то кошмар! — захлебывалась она. — Тебе так повезло, что ты не пошла с нами! Это просто уму непостижимо!

— В чем дело? — испугалась я.

— Там была настоящая мафиозная разборка! Ворвались какие-то братки с пистолетами, угрохали двух кавказцев, кровищи было, ужас... Я думала, мы живые оттуда не выберемся. Потом менты приехали, нас до утра продержали, допрашивали... — Татьяна всхлипнула.

— Какой ужас! Федор цел?

— Слава богу! Но страху я натерпелась... И такой вроде приличный ресторан, говорят, там сроду ничего похожего не было. Тебе здорово повезло, что ты не пошла!

— Это он, мой Геша, меня спас!

— Геша? Ах да, его же зовут Геша Глюк! Нет, Маш, ты представляешь, сидим себе спокойно, ужинаем и вдруг трах, бах, крики, вопли!

— Тань, извини ради бога, но тут ко мне пришли, я тебе потом позвоню.

— Кто это к тебе пришел?

— Да вот Белиловские письмо с оказией прислали...

— Правда? Ладно, только потом позвони обязательно.

Между тем мой гость уже заглянул Геше Глюку под хвостик.

— Ну, что скажете?

— Несомненно, это молодой человек!

— И как вы разглядели? — удивилась я.

— У меня опыт. Всю жизнь с кошками дело имею.

— Вы ветеринар?

— Отнюдь. А что случилось?

— Случилось? Где? — не поняла я.

— Но вам же кто-то звонил...

— Ах да...

Я рассказала ему о вчерашней ресторанной разборке.

— Вам и вправду повезло. Это очень неприятно. Мне как-то довелось...

— Вам чаю или кофе? — решила я перевести разговор.

— А можно это отложить?

— Что отложить?

— Чай или кофе.

— На когда?

— Извините, Маша, у меня уже нет времени. А выпить с вами чаю или кофе очень хочется. Можно напроситься к вам в гости?

— Считайте, что уже напросились, — засмеялась я. — И даже на обед.

— Роскошно! Когда?

— Завтра! — вырвалось у меня. Господи, что я делаю, мне же надо работать. — Завтра, но не раньше семи. Пойдет?

— Сейчас взгляну. — Он вытащил из кармана довольно затрепанную записную книжку. — Так, завтра, завтра... В половине восьмого можно?

— Годится!

— Но это уже будет ужин!

— Ну что вы! В Европе в это время обедают!

— Отлично, значит будем обедать по-европейски. Что вы пьете?

— Только не виски и не коньяк!

— Понял!

— А что вы не едите?

— Простите?..

— Ну, есть же что-то, чего вы на дух не переносите? Вдруг я именно это и приготовлю?

Он засмеялся, и у меня опять сердце екнуло.

— На дух не переношу мозги и цветную капусту.

Все остальное могу пережить! Итак, до завтра, Маша! Да, кстати, вот мой рабочий телефон, если вдруг что-то у вас переменится.

— А вы мой телефон знаете.

— Конечно. — Он взял мою руку, поцеловал, но не отпустил. — Я очень рад знакомству. До завтра.

— Спасибо за помощь! — Он улыбнулся и вышел за дверь.

А я поняла, что без памяти влюбилась. Еще один подарочек к сорокалетию. Только что меня тут ждет?

Влюбленность влюбленностью, а работать надо. Однако кулинарная книга навевала мысли о завтрашнем обеде. Чем его кормить? Ничего слишком роскошного устраивать не надо, чтобы не подумал, что я... Скромненько, но вкусно. Надо сварить суп. Мужики обожают суп. И сделать бефстроганов, он у меня отлично получается. А вот надо ли закуски перед супом? Не чересчур ли будет? Он явно хочет выпить, значит, хоть что-то нужно... Ладно, придумаю что-нибудь необременительное.

От одной только мысли о предстоящем вечере сладко замирало сердце. Работа застопорилась. Что это со мной? Или и вправду «пора пришла, она влюбилась»? Похоже на то. Вот и мужики опять стали на меня реагировать. Так всегда, достаточно одному появиться, как и другие тут же липнут, как мухи на мед. По-видимому, Вырвизуб первый заметил возродившееся во мне желание любви... Я и сама еще этого не поняла, а Вырвизуб почувствовал. Ну надо же, до чего тонкая натура! А я? Вот так с ходу втюрилась в первого встречного? Я же о нем ничегошеньки не знаю, но он мне нравится, очень нравится. В нем чувствуется мужик, к нему хочется прислониться. Красотой он не блещет, но фигура отличная, рост, глаза... А какие у него глаза? Кажется, серо-голубые, во всяком случае, светлые. Ему лет сорок пять, не меньше, а может, и побольше. Кажется веселым и добрым. Завораживающая улыбка, хорошие зубы, впрочем, это сейчас несложно, достаточно иметь энное количество денег — и улыбка как в Голливуде тебе гарантирована. Но это все на первый взгляд. Интересно, чем он занимается? На мафиози не похож, на нового русского тоже, но, судя по всему, деньги у него есть. Или бывают. Во всяком случае, держится он достаточно уверенно. В наше время это признак того, что особых материальных проблем у человека нет. Одет нормально, пахнет от него хорошим одеколоном и бензином, так, слегка. Наверное, сам возится с машиной. Говорит, как вполне интеллигентный человек, явно хорошо воспитан. Черт, а руки? Я как-то не обратила внимания на его руки. Есть ли у него обручальное кольцо? Странно, я всегда смотрю на руки мужчин. Мужчина с маленькими пухлыми ручками просто по определению не может мне понравиться. И как это я не посмотрела? Ах да, он же почти все время был в автомобильных перчатках. Только в квартире их снял, но тут позвонила Танька и... Ничего, завтра разгляжу, с удовлетворением подумала я и невероятным усилием воли заставила себя сесть за работу.

Часа через два опять затрезвонил телефон.

— Машка, ты почему не перезвонила? — накинулась на меня Татьяна. — Я такой стресс пережила, а ты...

— Что я?

— А тебе наплевать!

— Да что ты, Тань, я тебе очень сочувствую, но ты же знаешь, какой у меня цейтнот!

— Ладно, что там Белиловские пишут?

Вот так номер! О послании я начисто забыла, так увлеклась посланцем!

— Тань, поверишь, я еще письма не открывала!

— Почему это? — насторожилась она.

— Да некогда!

— Машка, не ври! Тут что-то не то! А кто его привез, это письмо?

— Какой-то тип...

— Сколько лет?

— Что?

— Сколько лет типу?

— Понятия не имею! Какое мне дело?

— Суду все ясно! Ты в этого типа втюрилась с первого взгляда! Давай, подруга, выкладывай!

Поразительно, до чего у Татьяны развита интуиция во всем, что касается амурных дел. Отпираться просто не имеет смысла. К тому же охота поделиться нахлынувшими чувствами. И я все ей рассказала. Она конечно же сразу забыла о своих стрессах.

— Так ты говоришь, он на тебя запал?

— Похоже.

— А ты уже помираешь от любви?

— Нет, но он мне понравился, по-настоящему понравился. Со мной давно такого не было.

3*

— Маш, а что тебе интуиция подсказывает, получится тут что-нибудь?

— Не знаю... Жалко, если не получится. Он, кажется, настоящий мужик, это теперь такая редкость...

— Да уж, штучный товар. Слушай, Машка, а какая у него фамилия?

— Фамилия? Я не спросила.

— А если опять козлиная? — засмеялась Татьяна.

— Тань, не надо так шутить! — всерьез испугалась я.

— Представляешь, вдруг он какой-нибудь Козлевич или Козленко?

— Я этого не переживу!

— Что ж ты, корова, не выяснила, прежде чем звать его в гости?

— Забыла! Ну ничего, как придет, прямо сразу спрошу фамилию, если окажется козлиная, буду холодна как лед и нарочно пересолю суп. Ладно, Танюша, надо работать...

— Погоди, Маш, а ты уже продумала, что будешь готовить?

— Продумала, продумала, ничего особенного!

— Но все же? — настаивала она.

— Борщ и бефстроганов. Ты удовлетворена?

— Да это какое-то меню для иностранца!

— Почему для иностранца? — удивилась я.

— Когда иностранцы в Россию приезжают, им первым делом дают борщ и бефстроганов.

— Ну и что? Это же вкусно.

— Вкусно, но неинтересно!

— А что ты предлагаешь?

— Ну, к примеру, можно сделать сациви или чахохбили.

— Еще чего! Сациви — это такая возня! Ни за что! Обойдется борщом. Все, Танька, мне работать пора.

— Погоди, а десерт?

— Какой еще, к черту, десерт? — уже не на шутку рассердилась я. — Он же не ребенок. Обойдется чашкой кофе.

— С бельгийскими конфетами?

— Да ты что, там их уже штук пять осталось. Просто кофе. Черный!

— Ты суровая стала, Машка! — засмеялась она.

— Я не суровая, я просто злая! Мне переводить надо, а ты меня всякой чепухой отвлекаешь! Пока, подруга!

Я вернулась к столу и с таким остервенением накинулась на кулинарную книгу, что опомнилась только поздним вечером от жалобного мяуканья Геши Глюка. Он плакал от голода! Ругая себя последними словами, я бросилась его кормить и ласкать. Потом вспомнила, что мне и самой поесть не мешает. А как хочется борща, подумала я, выбивая на сковородку два яйца. Кстати, чтобы сварить борщ, надо иметь как минимум капусту, свеклу, морковку, зелень. Ничего этого у меня нет, значит, завтра с самого утра придется ехать на рынок!

...Обожаю рынки! Даже в конце декабря тут так вкусно пахнет зеленью, цветами, свежей рыбой... Но сейчас что-то уж очень много народу. Господи, я и забыла, что сегодня западный сочельник, двадцать четвертое декабря. И хотя к нам этот праздник, по сути, никакого отношения не имеет — наш сочельник будет шестого января, — но все равно народ суетится, закупает продукты. Любят у нас праздновать все подряд. Совсем как у Райкина — к Спасу, к Покрову и ко Дню Парижской коммуны. И тут вдруг я подумала: если все-таки учесть, что нынче сочельник, то борщ и бефстроганов — это типичное не то! Нет, не то! Надо придумать что-то другое, более подходящее к случаю. Что-то более изящное, изысканное. Да и вообще, он сказал, что придет в половине восьмого, и даже если не опоздает, все равно раньше восьми за стол не сядем, так хорошо ли нажираться борщом и мясом в такое время? Да, как ни крути, идея была порочна и необходимо немедленно, пока я на рынке, придумать что-то другое.

Я пошла по рядам. Остановилась у фруктового прилавка в глубоком раздумье.

— Красавица, что хочешь? — спросил немолодой кавказец.

— Вопрос не в том, что я хочу, а в том, что могу! — засмеялась я. — А что вот это такое? — Я ткнула пальцем в пучок каких-то сочных бледно-зеленых стеблей в целлофановом пакете.

— Сельдерей, дорогая!

— Сельдерей? Черешковый? — возликовала я,

только в процессе перевода кулинарной книги узнавшая о существовании такового.

— Черешковый, дорогая, черешковый!

— Беру! Сколько стоит?

От цены, которую он назвал, у меня глаза на лоб полезли.

— Ну нет, дядя, я еще ума не лишилась! — возмущенно сказала я и двинулась дальше.

— Постой! Постой, женщина! — закричал продавец. — Давай поговорим!

— Да о чем тут говорить? Я не миллионерша!

— Не надо обижаться! Хочешь сельдерей? Получишь сельдерей! — И он вдвое сбросил цену.

Я задумалась. Если сделать салат, рецепт которого я перевела как раз вчера, может получиться здорово. И нужен для него только этот сельдерей, все остальное у меня в доме есть. Пока я раздумывала, вертя в руке пучок, к прилавку подошла пожилая женщина в нутриевой шубе и, с ходу оценив ситуацию, заявила:

— Послушайте, девушка, вон там, в углу, тот же самый сельдерей я купила втрое дешевле!

— Втрое? — вскинулся продавец. — Зачем врешь, дама? Втрое нет!

— А я говорю — втрое! — и она вытащила из сумки пакет с сельдереем. — Вот, гляди!

— А, черт с тобой, ладно! — и он еще вдвое снизил цену.

Я поспешила купить заветный пакет. И когда отошла в сторону, чтобы уложить его в сумку, та женщина заговорщически мне подмигнула. Я с благодарностью улыбнулась в ответ. Полоса везения!

Купив на рынке все необходимое, я остановилась у цветочного ряда. Тут мое сердце всегда замирает. Но потом я поняла, что перед Рождеством и соваться туда не стоит, тем более у меня еще стоят вырвизубовские розы, да и несколько хризантем от таинственного незнакомца тоже сохранились. Почему-то мне хотелось думать, что это был незнакомец... Да и по всем расчетам сегодняшний гость тоже должен явиться с цветами. А вот если попадется красивая еловая ветка, тогда я ее обязательно куплю, еще и к Новому году пригодится. Веточка таинственного незнакомца осыпалась, и я ее выбросила. Но еловых лап было мало, и все они казались какими-то жалкими. Ну и ладно. Это не наше Рождество! И я помчалась домой — готовить ужин к ненашему Рождеству.

Первым делом я взялась за сельдерейный салат, поскольку в рецепте было сказано, что его лучше сделать заранее, чтобы настоялся. Это будет нечто весьма изысканное! Максим Павлович просто обалдеет! Я вымыла и почистила стебли, отрезала кусочек и сунула в рот. Вкусно! Быстро нарезала сельдерей, потом очень мелко нашинковала яблоко, добавила немного грецких орехов, а затем достала из холодильника баночку ананасового компота. Сок слила в стакан и с наслаждением выпила, а кусочки ананаса высыпала в миску с салатом. Перемешала, заправила майонезом и глубоко задумалась: в какую посуду переложить этот кулинарный шедевр? Минут через десять я сочла, что салат уже немножко настоялся, и решила попробовать. Потрясающе! Такая экзотика! Зато все остальное должно быть просто вкусным и добротным. Вполне достаточно одного экзотического блюда.

Я управилась довольно быстро, потом прибралась в квартире и уже хотела сесть за работу, но вспомнила, что я так и не заглянула в пакет, доставленный мне из далекого Торонто. Вот это да! В пакете оказался довольно толстый конверт, явно с фотографиями, и еще сверток, поменьше, в котором прощупывалась какая-то тряпочка. Там и вправду я обнаружила блузку, очень красивую, лиловую, всю в осенних листьях. Здорово, обрадовалась я. Вот ее-то я сегодня и надену. Она мне очень пойдет. Письмо от старых друзей было, как всегда, сумбурным и веселым, а яркие красивые снимки запечатлели их во время отдыха на Гавайях. Живут же люди! Но завидовать я не умею, потому просто порадовалась за них и все-таки попыталась взяться за работу. Но у меня ничего не получалось. Тогда я решила: не буду зря мучиться, завтра все нагоню, не страшно. И стала думать о предстоящем свидании.

Как мне вести себя? Не подавать виду, что он мне нравится? Но я, кажется, уже подала вид... И где мне его принять? Накрыть стол в комнате? Нет, это, пожалуй, слишком. Хватит с него и кухни. Поедим там, а потом перейдем в гостиную. Но ведь сегодня сочельник, какой-никакой, а все-таки праздник, и потому вполне естественно накрыть стол в комнате. Но не слишком ли я волнуюсь? В конце концов, что особенного? Ну придет в гости незнакомый мужик, стоит ли придавать этому уж такое большое значение? Не стоит, конечно, но... Я не находила себе места. И решила позвонить тетушке Лизе, все ей рассказать, посоветоваться.

— Он так тебе понравился? — с тревогой спросила она, выслушав меня.

— Сама не пойму. Но отчего-то не могу успокоиться.

— Это с отвычки, детка. У тебя давно никого не было, вот ты и волнуешься. Уверена, все дело именно в этом.

— Может быть.

— Только прошу тебя, Маша, не делай поспешных шагов.

— Каких шагов?

— Ну, ты же меня понимаешь...

— То есть не ложиться сразу с ним в постель, да? — уточнила я.

— Разумеется. Тем более в наше время... Это так опасно.

— А если очень захочется? — засмеялась я нервно, потому что мне захотелось этого при первой же встрече.

— Безусловно, ты вольна поступать, как тебе угодно, только зачем тогда спрашивать у меня совета? — сухо заметила тетушка.

— Да нет, Лиза, ты кругом права, я действительно за последние годы утратила всякую уверенность...

— А я тебе сколько твердила, что в твоем возрасте нельзя быть одной. И тем не менее постарайся не терять головы... Ты ведь ровным счетом ничего о нем не знаешь. Даже фамилии. Может, он бандит!

— Не похоже! И потом, я тут почитала во время болезни дамские детективы, так там самые привлекательные мужики как раз бандиты!

— Маша!

— Да я же шучу!

— Когда он к тебе придет?

— В половине восьмого, а что?

— На сколько времени рассчитан твой ужин?

— Не поняла.

— Ну за сколько вы можете все съесть? За час управитесь?

— Понятия не имею! Думаю, с выпивкой это может растянуться и на все два. А какое это имеет значение?

— Ну, с порога он на тебя скорее всего не набросится...

— Вряд ли.

— Значит, после ужина, когда вы оба расслабитесь... Вот тогда-то я тебе и позвоню!

— Зачем?

— Чтобы воззвать к твоему благоразумию!

Я расхохоталась.

— А если будет уже поздно? Или, наоборот, слишком рано?

— Маша, я позвоню, а решать в любом случае тебе.

— Ладно, звони, возможно, и в самом деле я этим воспользуюсь. Потому что вдруг мне захочется от него поскорее избавиться? Ведь при ближайшем рассмотрении он может оказаться достаточно противным. Напьется и еще неизвестно, что из него полезет.

— Вот! Наконец-то я слышу нормальные речи, а не идиотский влюбленный лепет. Постарайся сохранить такое настроение до вечера, и все будет в порядке. Главное, не считай заранее, что это тот суженый, которого конем не объедешь. И выясни первым делом его фамилию.

— Это я уже усвоила. Спасибо за поддержку, Лиза!

— До вечера, детка! Я непременно позвоню!

Ровно в семь я была уже полностью готова. Одета, причесана, подкрашена. И, разумеется, надушена. Стол я накрыла в комнате и даже свечи в подсвечниках приготовила. Рождество как-никак! Взяв на руки Гешу Глюка, я уселась перед телевизором, чтобы скоротать время до прихода Максима Павловича. Судя по вчерашней встрече, он достаточно пунктуален, впрочем, сейчас в Москве такие пробки, а он ведь за рулем... Стоп! Он собирается пить, значит, либо приедет без машины, либо... Либо намерен остаться тут до утра? Каков наглец! Первым делом надо выяснить не фамилию, а каким транспортом прибыл. Но с другой стороны, даже если он приедет без машины, где гарантия, что он не намерен тут ночевать? Господи, как мне это надоело! Да не буду я ни о чем думать. В любом случае, если я не захочу, он здесь не останется. Что за идиотские сложности возникают у бабы, отвыкшей от нормального общения с мужиком! Я почти уже в старую деву превратилась. Подумаешь, большое дело — накормить ужином малознакомого человека, а я возвела это в невесть какую проблему, дура несчастная. Тоже мне, повод для драмы!

Я была так зла на себя, что вскочила с дивана, забыв про Гешу, который мирно спал у меня на коленях, и бедняжка свалился на пол.

— Гешенька, прости меня, корову окаянную!

Я положила котенка на диван, а сама кинулась в кухню выпить воды. От злости у меня пересохло в горле.

Раздался звонок домофона. Явился, не запылился!

— Кто там?

— Маша, откройте, пожалуйста!

Открою, куда ж я теперь денусь. Я прильнула к глазку. Услыхала, как подъехал лифт. Потом раздался топот. Ага, это он сбивает снег с ботинок. А вот и он! Тащит что-то огромное и непонятное. Я поспешила распахнуть дверь.

— Здравствуйте! Что это у вас?

— Привет! Это елка! Или у вас уже есть?

— Нет... Боже, какая прелесть!

Он принес елку в большом деревянном бочонке, стройную, не меньше метра высотой и неимоверно пушистую.

— Куда ее поставить, а то она тяжелая, стерва! — пропыхтел он.

— Вот сюда, в комнату. В этом углу она отлично встанет!

— Может, я сначала ботинки сниму?

— Не вздумайте! Я этого не выношу!

Наконец он поставил елку, куда было велено.

— Хороша, правда? Я просто не мог удержаться. Она у вас долго простоит. Надо ее только поливать...

— Спасибо, она просто чудо! Да вы раздевайтесь, а то уже взмокли.

— Это верно! И вот еще...

Он протянул мне висевший на запястье пластиковый пакет.

Там оказалась большая бутылка водки и две бутылки моего любимого вина «Либфраумильх», которое у нас почему-то неизменно называют «Молоком любимой женщины», что неимоверно глупо и даже немножко неприлично, потому что на самом деле это всего лишь «Молоко Мадонны». Кстати, и на этикетке изображена Мадонна. Но об ошибках и глупостях перевода я могу говорить часами.

— Вы позволите помыть руки?

— Конечно!

В комнате упоительно пахло хвоей. Если очистить апельсин, то будет настоящий рождественский запах.

— Маша, я вижу, стол накрыт, и, честно говоря, умираю с голоду!

— Отлично, садитесь! У меня все готово! Осталось только нарезать хлеб, а это одно мгновение!

— Что будем пить, я вижу тут у вас тоже напитки...

— Начнем, пожалуй, с водки.

— Я с вином не промахнулся?

— Наоборот, чудесным образом угадали мое любимое.

Он открыл бутылку, налил и голодным взглядом окинул стол.

— Максим Павлович, попробуйте вот этот салат...

— Ох, только не надо так официально, — скривился он, накладывая себе салат. — Зовите меня просто Максом. Все, Маша, если я сейчас что-нибудь не съем... Ваше здоровье, Маша!

Он опрокинул рюмку и принялся за еду. Смотреть, как он ест, было приятно. С удовольствием, но без жадности, хоть он и был очень голоден.

— А что это я ем? — спросил он. — Очень вкусно, но непонятно.

— Секрет фирмы! Ешьте, ешьте, возьмите вот это...

Утолив первый голод, он налил еще водки, поднял рюмку и посмотрел на меня.

— Господи, Маша, я полный идиот!

— Почему? — улыбнулась я. Мне было с ним легко и спокойно, как будто я знала его всю жизнь.

— Вы сегодня такая красивая... И вам так идут эти листья...

— Какие листья? — не поняла я.

— На блузке... Совсем в цвет волос...

— Эту блузку доставили мне вы!

— И я первый вас в ней увидел, да?

— Да. Ешьте, ешьте, не стесняйтесь, но предупреждаю, будет еще и горячее.

— Ах, хорошо! Я сегодня так устал, замерз, проголодался... А сейчас как в раю. Маша, давайте выпьем за наше знакомство, мне кажется, счастливое... Ох, я что-то не то, наверное, говорю... Но вы уж меня извините! Так за знакомство, да?

— За знакомство!

Мы выпили, как и положено, неотрывно глядя друг другу в глаза, отчего сердце у меня ухнуло куда-то, а потом забилось в горле, так что я едва сумела проглотить водку.

Немного справившись с собою, я вдруг вспомнила, что должна задать два вопроса. И взглянуть на его руки. Руки оказались великолепными. Крупные, с длинными красивыми пальцами, очень мужские. Но на безымянном пальце правой имелось обручальное кольцо, впрочем, я была в этом почти уверена.

— Макс, мы вот с вами сидим, встречаем Рождество, а я ничего о вас не знаю, даже фамилии...

— Ох, верно! — засмеялся он. — Просто у меня такое ощущение, будто мы давным-давно знакомы... Так вот, фамилия моя Мартьянов.

У меня отлегло от сердца.

— А по профессии я... Работаю техническим директором одной телекомпании. Женат, как вы, наверное, догадались. У меня есть сын, довольно взрослый... Ну вот... Я рассказал о себе. Теперь ваша очередь.

— А я переводчица с немецкого, иногда еще даю уроки. Трижды была замужем, в четвертый раз меня туда калачом не заманишь, я слишком ценю свою свободу, поэтому, Макс, если у нас с вами что-то получится, не надо рассказывать мне, что ваша жена тяжело больна, и вы ни при каких обстоятельствах не можете ее оставить...

Кажется, я опьянела. Что я такое несу? Он смотрел на меня с явным огорчением. Правы мои подруги, я безнадежная дура. Вот опять сама все испортила. А начиналось так хорошо.

— Маша, я не стал бы ничего подобного говорить, поверьте мне. И не мучайтесь...

— Почему это я должна мучиться? — вскинулась я.

— Потому что я вижу, — ласково улыбнулся он, — вы раскаиваетесь в том, что сказали. Не надо, я понимаю... Забудьте, наплюйте! Из всего вами сказанного я услышал только то, что мне хотелось.

— А именно?

— Что у нас с вами может что-то получиться.

Я чуть не разревелась, но все-таки сумела с собой справиться. Вот только слез еще не хватало!

— Маша, бросьте, все отлично, просто замечательно. А особенно вот этот салат. Сроду ничего подобного не ел. Но умоляю, откройте тайну, из чего он?

— Из сельдерея, — все-таки шмыгнула носом я. — С ананасами.

— Вы шутите?

— Нисколечко. Я вычитала этот рецепт в поваренной книге, которую сейчас перевожу.

— Невероятно!

— Вам правда понравилось?

— Честное слово! Вы же видите, сколько я съел.

И вообще, у вас все очень вкусно. И уютно! Одним словом, хорошо!

Он старается меня успокоить, и это ему удается. Вскоре я начисто забываю о возникшей было неловкости, и мы говорим, говорим, не можем наговориться. И смеемся, и пьем. О вопросе насчет машины я позабыла вовсе. Знаю только одно — хочу, чтобы он остался. Но до этого момента еще далеко, я кормлю его телятиной, запеченной с грибами и картошкой, и замечаю, что он не сводит с меня глаз, и мне так хорошо от этого...

— Маша, вы недавно постриглись? — вдруг спросил он.

— Почему вы так решили? — удивилась я.

— У вас... У вас нет привычки к коротким волосам! Вы иногда встряхиваете головой, как делают женщины с длинными волосами. Я прав?

— Правы. Да, я только на днях отрезала волосы.

— Жалко!

— Господи, почему это все мужчины любят длинные волосы? Атавизм какой-то! А мне нравится стрижка, и возни меньше... Я давно решила, что постригусь, когда мне стукнет сорок.

— Не хотите же вы сказать... — он удивленно округлил глаза.

— Вот именно! А вас это пугает?

— Пугает? — рассмеялся он. — Господь с вами. Напротив, меня это вдохновляет. Маша, а что, если нам потанцевать немного?

— Потанцевать? — испугалась я. Совершенно ясно, это предлог, чтобы перейти к решительным действиям. Ну и что? Чего мне бояться? Да, я, кажется, и впрямь превратилась в старую деву. — Можно, только вот с музыкой у меня не очень. Старый проигрыватель и пластинки старые...

— Замечательно! Обожаю старые пластинки. Вы позволите мне самому выбрать?

— Пожалуйста! А я пока уберу со стола...

— Нет, уберем мы вместе!

Я не стала возражать. Вдвоем мы мгновенно привели стол в порядок, и он занялся пластинками.

— Готово! — объявил он через две минуты. — Джо Дассен, вы не против?

— Я — за!

Он подошел ко мне.

— Позвольте...

Я положила руки ему на плечи, он слегка обнял меня, и нас обоих словно тряхнуло током. Но мы справились с собой, только старались не смотреть в глаза друг другу. Но мало-помалу под нежный голос Джо Дассена он все крепче прижимал меня, и вот уже голова моя пошла кругом, а он прошептал мне на ухо:

— Что у тебя за духи? От них можно сойти с ума...

Но тут в дверь позвонили, резко и громко. Я словно пробудилась от сладкого сна.

— Вы кого-то ждете?

— Нет!

— Может, не открывать? — проговорил он страстно.

Но звонок повторился.

— Я спрошу, может, сосед за сигаретами... Кто там?

— Маша, тетя Маша, открой! Это я, Белла!

Я распахнула дверь.

— Белка, ты откуда? Что-то случилось? С отцом?

Белка — моя племянница, дочь Кости, и живет она, естественно, в Питере с родителями, и лет ей неполных шестнадцать. Она со слезами кинулась ко мне на шею:

— Машенька, Маша, ты меня не прогонишь, нет?

— Белка, что стряслось? Что-то с папой?

— Нет, ты не пугайся, ничего такого, просто... просто... — рыдала она.

— С матерью поссорилась? — догадалась я.

— Да! Она... Она мне жить не дает! Она... — И тут вдруг Белка заметила стоящего в дверях гостиной Макса. — Ой, я не вовремя, да?

— Ты не вовремя, но что уж теперь поделать, заходи! — засмеялась я. — Максим Павлович, познакомьтесь, это моя племянница из Петербурга.

— Очень приятно, — едва скрыв тяжелый вздох разочарования, произнес он.

Она смерила его любопытным взглядом и стала расстегивать куртку.

— Ты когда приехала?

— Только что, сидячим поездом.

— А почему не позвонила?

— Потому что ты ни за что бы не согласилась... Я знаю, ты бы стала меня воспитывать...

Ах, мерзавка, ей смешно, она страшно собой довольна, а что у тетки, может, вся жизнь кувырком пойдет, ей дела нет, да и какая может быть жизнь в такой глубокой старости? И что мать там с ума, наверное, сходит...

— Варвара знает, что ты сюда поехала? — строго спросила я.

— Нет! Пусть поволнуется! Так ей и надо!

— Ну вот что! Либо ты сию минуту позвонишь матери и скажешь, где ты, либо можешь отправляться на все четыре стороны!

— Маша! Ты же не выгонишь меня на улицу зимней ночью!

— Не выгоню, факт! Но матери твоей позвоню!

— Ну, Машенька, ну пожалуйста, давай позвоним утром!

— Никаких разговоров! Ты боишься ей звонить? Ладно, я сама.

Меня одновременно душили смех и ярость — причудливое сочетание, ничего не скажешь. Взбалмошная девчонка, дурища, явилась и все мне поломала. Странно, что Макс еще не смылся. Неужели выжидает, чем все это кончится? Я набрала питерский номер. Трубку тут же подняли.

— Алло!

— Варя? Привет, это Маша!

— А, это ты! — в ее голосе послышалось разочарование. — А Кости нет, он в Америке.

— Варя, послушай, ты, наверное, волнуешься из-за Белки?

— Что? Откуда ты знаешь?

— Она только что заявилась ко мне, живехонь-
ка-здоровехонька!

— К тебе? В Москву?

— Ну не в Париж же! — раздраженно ответила
я. Никогда мне не удавалось найти с этой женщиной
общий язык. — Но ты не беспокойся, с ней все в
порядке. Постараюсь как можно скорее отправить ее
домой.

— А где она деньги взяла на дорогу? — закричала вдруг Варвара. — Это твоих рук дело, я знаю,
ты с ней заодно.

— Варвара, опомнись, что ты несешь? Если хочешь знать, она мне испортила такой вечер...

— Вот-вот, подобное тянется к подобному! Она
будет такой же шлюхой, как и ты!

Здрасьте, я ваша тетя! Дождалась благодарности.
Если бы не присутствие Макса, я бы ей ответила, да
так, что она бы надолго запомнила, но пришлось
проглотить обиду.

— Ты можешь думать и говорить все, что угодно,
а я свой долг выполнила, сообщила, что девочка цела
и невредима. На этом я разговор прекращаю, и,
надеюсь, очень надолго!

Я в бешенстве швырнула трубку.

— Ага, она и тебе нахамила? — не без злорадства осведомилась племянница. — Ой, а чем это у
тебя так вкусно пахнет?

Начинается! Я глянула на Макса. Он улыбался.
Я молча пожала плечами, ничего, дескать, не поделаешь, накрылся наш вечер медным тазом.

— Ой, Маш, а я не буду вам мешать, я сама тихонечко на кухне поем, ладно?

И не успела я ответить, как она юркнула в кухню.

— Да, не повезло, — покачал головой Макс.

Я промолчала. А что я могла сказать?

— У меня есть идея, Маша! — прошептал он с видом заговорщика.

— Какая?

— Завтра вечером вы заняты?

— Да вроде бы нет, а что?

— Давайте сходим куда-нибудь, а?

— Куда?

— Я знаю один симпатичный ресторанчик, там можно потанцевать... без помех... Ну, что скажете?

— С удовольствием, — обрадовалась я. И тут же решила, что сплавлю племянницу во что бы то ни стало, если не к матери, то к Лизе. Кстати, тетушка ведь собиралась мне позвонить. Забыла, наверное.

— Тогда я завтра около восьми за вами заеду. Годится?

— Вполне. Мне очень жаль, что так получилось...

— Ничего, Маша, это ведь только начало, правда?

Он смотрел на меня такими глазами...

— Надеюсь, — кивнула я.

Он оделся, поцеловал мне руку.

— Созваниваться уже не будем, да? Я просто заеду за вами.

— Хорошо.

— Проводите меня до лифта, — попросил он.

Мы вышли на площадку.

— Я так хотел поцеловать вас...

Я улыбнулась как можно зазывнее.

— Нет, сейчас я не стану... — помотал он головой. — Тогда мне будет еще труднее уйти...

— Ой, а вы уже уходите? — раздался сзади Белкин голос. — Это из-за меня, да?

Я была готова ее убить!

Подошел лифт. Максим опять поцеловал мне руку и, ни слова не сказав, уехал.

— Ой, Маш, ты на меня сердишься? — с невинным видом осведомилась Белка. — Я тебе чего-то порушила?

Я начала считать до десяти, чтобы не выложить ей все, что у меня накипело.

— Ты наелась? — спросила я, справившись со своей злостью.

— Ой, да! Так все вкусно! Я посуду помою, ты не думай!

— Вот и хорошо, хоть какая-то польза от тебя будет, а не только вред!

— Маш, а он кто?

— Тебе-то что за дело?

— Интересно!

— Интересно ей!

— Это он из-за меня ушел?

— А ты как думаешь?

— Ничего, если любит, никуда не денется! Наоборот, препятствия только разжигают страсть!

— Что? — расхохоталась я. — Откуда такие познания? Любовных романов начиталась?

— А разве не правда?

— Слушай, я не хочу тут теоретизировать на эти темы. Говори лучше, что случилось и надолго ли ты сюда пожаловала?

— Пока папа не вернется! Я с ней одной жить не могу! Достала. Все время орет, злится, никуда не пускает, и ко мне только Наташке можно ходить, потому что Наташка, видите ли, из хорошей семьи! А сегодня... сегодня... это вообще... Мы с Валеркой с уроков смылись, решили себе такой подарочек к Рождеству сделать... Она нас на улице застукала и, можешь себе представить, оттаскала Валерку за ухо, мне по роже съездила, прямо на улице, при людях! — Белка всхлипнула. — Такое орала... Нет, я так больше не могу! Представляешь, Маш, она кричала, если я в подоле принесу, она моего ублюдка растить не будет...

— Она это прямо на улице кричала? — ужаснулась я.

— Ага, при людях... При Валерке...

— А у вас с ним...

— Нет, что ты... У нас ничего не было... У меня вообще пока ни с кем...

— Белка, бедная! — Я обняла ее, и она прижалась ко мне, вся дрожа от одного только воспоминания о пережитом унижении. — Ты только не реви, ладно? А когда отец возвращается?

— Обещал после Нового года... Ой, Маш, знала бы ты, как мы ужасно живем... И почему папа от нее не уходит? У него, между прочим, есть другая женщина...

— А ты откуда знаешь?

— Знаю, и все. Она красивая, намного моложе его и очень добрая. А он почему-то не уходит. Я бы так рада была...

— Погоди, но если он уйдет, ты останешься с матерью, а тогда уж она совсем тебе жизни не даст.

— Нет, если б он ушел, он бы и меня взял, та женщина согласится, я знаю.

— Белка, я что-то ничего не пойму...

— Она — моя учительница английского...

— И что, ты с нею на эти темы беседуешь?

— Вообще-то нет, но... Она один раз расплакалась и сказала, как любит папу и все такое...

— А Костя знает, что ты в курсе?

— Нет, пока не знает! Машенька, миленькая, ты не могла бы с ним про это поговорить? Пусть он уйдет к Миле, пусть, а то... У него от маминых скандалов инфаркт может быть и вообще... Нам с ним дома так плохо... так плохо...

И она горько разрыдалась. Я, конечно, знала, что Варвара отнюдь не сахар, но все-таки даже отдаленно не представляла себе, в какой ад превратилась жизнь моего брата и его дочки. Если девочка мечтает о том, чтобы отец ушел от матери к любовнице... Да еще и ее взял с собой. Да, не слабо!

— А скажи, Белка, ты где деньги на дорогу взяла?

— У меня есть. Мне папа всегда дает. Знает, что у нее не допросишься. Я скопила.

— Понятно... А ты знаешь, где сейчас папа?

— Знаю, конечно. У дяди Вени. У него командировка-то кончилась... Но он сказал, что на Рождество побудет у дяди Вени.

— А кто это — дядя Веня?

— Папин друг, он шесть лет назад уехал.

— Ты не думаешь, что стоит позвонить папе?

— Зачем?

— А ты представляешь себе, как он будет волноваться, если позвонит домой?

— Думаешь, она ему не скажет? Ой, да, ты права, она обязательно захочет испортить ему праздники.

— В каком городе этот дядя Веня живет?

— Недалеко от Сан-Франциско.

— Значит, в Калифорнии, а с Калифорнией у нас разница во времени одиннадцать часов. Там сейчас... Там сейчас около полудня... Давай попробуем! Пока льготный тариф, не так дорого получится. Звони!

Она набрала номер. Довольно долго никто не отвечал.

— Вениамин Александрович? Здрасьте, это Белла Шубина! С Рождеством вас! А папа там далеко? Ой, спасибо! Папа! Папа! Я тебе звоню от Маши, от тети Маши! Да, я в Москве! Я тут еще побуду, пока ты не приедешь! Да, ты не представляешь, какой она мне скандалище закатила, прямо на улице! Ну я и рванула в Москву! Это ерунда, папочка! Нет, не надо! Ты там лучше отдохни... Сейчас, я тебя целую, папочка! Маш, он тебя просит!

Я схватила трубку.

— Маруська, что там такое? — Брата было

слышно так, будто он в соседней комнате. — Белка не врет?

— Непохоже. Я позвонила Варваре — сообщить, что девочка у меня, но только нарвалась на очередное хамство. Но это неважно! Ты не волнуйся!

— А она тебе не помешает?

— Если помешает, отправлю к Лизе, она будет в восторге!

— Машка, ты что, опять какого-то козла завела?

— Не знаю еще, твоя доченька заявилась в самый ответственный момент, — засмеялась я.

— Вот и отлично!

— Кому как.

— А его фамилия не Козлевич?

— Нет, Мартьянов!

— Максим?

— Ты его знаешь? — поразилась я.

— Знаю. Но он женат, имей в виду! И вообще, Маша, это не то... Ладно, вернусь, поговорим! А то ты в трубу вылетишь! Спасибо за Белку. И спасибо за звонок!

— Костя! Костя! Ты в Америку через Москву летел?

— Нет, конечно! А что?

— Ничего, просто глупость...

— Но обратно прилечу как раз в Москву, вероятно, третьего числа. Позвоню! Целую, сестренка!

— Что, Маш? Папа знает твоего хахаля, да?

— Белка, как ты разговариваешь с теткой?

— Нормально разговариваю! А ты меня из-за

него к Лизе отправить хочешь? Ты в него влюбилась?

— Не знаю я ничего, — махнула я рукой. — Просто мне давным-давно никто не нравился, а тут...

— Да, он симпатичный дядька, — кивнула Белка, — и ты ему жутко нравишься. Он холостой? — деловито осведомилась она.

— Слава богу нет.

— Почему слава богу?

— А ты думаешь, мне охота в четвертый раз замуж выходить?

— В пятый! — поправила она меня.

— Почему это?

— А Роман? Он не в счет?

— Конечно, не в счет. Я за ним замужем не была. Мне, Белка, просто хочется любви...

— И мне тоже! — вздохнула она. — Только не говори, что мне еще рано!

— Даже не собираюсь. Когда и влюбляться, если не в шестнадцать лет!

— Любви все возрасты покорны, ее порывы благотворны! — дурным голосом затянула она.

— Белка, без вокала! Слушай, а я сейчас загадаю тебе одну загадку!

— Какую?

— Да вот недавно со мной произошла весьма таинственная история...

И я рассказала Белке, что случилось во время моей болезни. У девчонки глаза на лоб полезли.

— Ошизеть можно! — пробормотала она. — И ты до сих пор не знаешь, кто это был?

— Не имею представления.

— И у тебя ничегошеньки не пропало?

— Абсолютно!

— Ой, как интересно! Как романтично! Это наверняка какой-то бывший возлюбленный или... Нет, это какой-то таинственный покровитель...

— Какой еще покровитель? — поморщилась я.

— Ты «Графа Монте-Кристо» хорошо помнишь?

— Более или менее.

— Помнишь, как он охранял больную Валентину де Вильфор? Может, у тебя тоже есть такой таинственный покровитель? Который появляется только тогда, когда ты не можешь его видеть? Допустим, он какой-нибудь урод... Или нет, это твой бывший поклонник, который попал в катастрофу, и его страшно покалечило, так что он любит тебя издали и не хочет попадаться тебе на глаза.

— Ну и дуреха ты, Белка, — рассмеялась я, — чего только не напридумывала. Я-то считала, что в вашем поколении такие романтические бредни уже непопулярны, а вы, оказывается, не такие уж безнадежные. Глупости все это!

— Хорошо, пусть глупости, но кто же тогда тут был?

— Если бы я знала!

— Значит, тебя просто кто-то разыграл!

— Тогда почему не признается?

— Еще признается, вот увидишь! И скорее всего в новогоднюю ночь! Кстати, ты где Новый год встречаешь?

— Не думала еще, у меня работы выше головы...

— И новый поклонник!

— И новый поклонник, да!

— Ой, мамочки, кто это? — воскликнула она при виде вошедшего на кухню Геши Глюка. Вид у котенка был сонный и недовольный. Ночью спать надо, а не лясы точить, казалось, говорил он. — Какой хорошенький! Тебе подарили?

— Да нет, приблудился как раз в день моего сорокалетия.

Я налила Геше молока, и он с удовольствием принялся лакать.

— Ладно, Белка, надо ложиться. Мне рано вставать!

— Зачем? Ты же не ходишь на работу? — удивилась она.

— Какая разница? У меня рано начинается рабочий день. Сейчас я дам тебе белье, стелить будешь сама, я устала...

— Ты очень на меня сердишься?

— Уже нет, — улыбнулась я.

— А было дело?

— Было. Мне хотелось тебя пристукнуть!

— Ну прости, Маш!

— Простила уже! Может, оно и к лучшему...

Утром, проснувшись, я не позволила себе предаться воспоминаниям о вчерашнем ужине или мечтам о сегодняшнем, а сразу вскочила, выпила чашку кофе и села за машинку. Белка в гостиной спала сном праведницы. И тут я вспомнила, что Лиза так и не позвонила вчера. Я забеспокоилась и позвонила сама, тем более что она всегда рано встает.

Лиза сразу же подошла к телефону, и голос у нее был вполне бодрый.

— Машенька! Ты уже встала? Ну как?

— Слава богу, у тебя только склероз, а не что-нибудь похуже! — сердито фыркнула я.

— Ты о чем, детка?

— Ты же обещала вчера позвонить... Я волновалась!

— Я так понимаю, что ничего хорошего ты мне сказать не можешь, потому и сердишься? Его фамилия Козловский?

— Так почему же ты не позвонила? — стояла я на своем.

— Решила не мешать, мне интуиция подсказала... Я расхохоталась.

— Чему ты смеешься?

— Представь себе, в самый жгучий момент раздался звонок в дверь.

— И кто это был? Его жена? Она его выследила, да?

— Еще чего! Это явилась Белка, прямо с поезда и вся в слезах!

Я подробно рассказала тетушке обо всем, что случилось вчера.

— Ну, ничего, Машенька, может, оно и неплохо... Сегодня вы встретитесь... А Белка пусть перебирается ко мне.

— Посмотрим...

— Но она же тебе будет мешать!

— Поживем, увидим.

— Машенька, — тетушка понизила голос, — деточка, ты чего-то боишься?

— Да чего мне бояться, — бодро сказала я, впрочем не очень искренне, — я ведь уже большая девочка!

— Разочарований боятся даже в моем возрасте, не то что в твоем. Знаешь, что я придумала? Раз Костя его знает, подожди до его возвращения...

— С чем подождать?

— С близостью...

— Ну ты даешь! При чем тут Костя? Я думаю, он его знает с какой-то совсем другой стороны.

Тетушка рассмеялась.

— Ты права, я дура...

— Я этого не говорила!

— Но дала понять! Ладно, поступай, как тебе подскажет...

— Что, сердце? Или какой-то другой орган?

— Фу, Маша, цинизм тебе совсем не к лицу!

— Ну все, Лиза, мне пора за работу, надо хоть что-то успеть, пока Белка спит.

Сегодня подряд шли рецепты рыбных блюд. Я уже вполне освоила все эти незнакомые прежде названия, и машинка моя строчила как пулемет.

— Привет, тетка! — раздалось за моей спиной. — Мой обожаемый Валдис Пельш называет такую работу «великое лупилово по кнопкам».

— Лупилово?

— Ага! А ты не знала?

— Нет. Есть хочешь?

— Хочу, но возьму сама, не беспокойся!

— Нет, дорогая моя, уж будь добра приготовить завтрак на двоих, у меня еще маковой росинки во рту не было.

— Слушаюсь, ваша честь!

Белка удалилась на кухню и минут через двадцать позвала меня:

— Маш, все готово!

Когда мы поели, она спросила:

— Ты меня к Лизе отправишь?

Я почувствовала, что краснею.

— Да нет, зачем?

— А как же твой хахаль?

— Белка, имей совесть!

— Маш, ну я же нормальная, я все понимаю, вам нужна хата... А тут я.

Я молчала.

— Маш, я не обижусь, честное слово!

— Ты предпочитаешь жить у Лизы?

— Честно?

— Разумеется!

— Я предпочитаю жить у тебя. Во-первых, с тобой проще и веселее, во-вторых, ты живешь в центре...

— Ну и нахалка!

— Ты спросила, я ответила! Ты ведь не моя мамуля, которая всегда требует, чтобы я отвечала на ее дурацкие вопросы какими-то штампами. Ты ж нормальная...

— Ладно, оставайся!

— А ты сегодня в ресторан пойдешь?

— Почему бы не пойти?

— Обязательно иди! А после ресторана вам, выходит, и податься будет некуда?

— Почему? Он проводит меня до дому...

— Собираешься его продинамить?

— Белка! Как ты смеешь?

— Маш, это правильно! — заявила она, не обратив ни малейшего внимания на мой возмущенный возглас. — Ты с ним еще мало знакома! Или это испепеляющая страсть с первого взгляда? Тогда скажи, я к Лизе поеду!

— Нет, ты меня достала!

— Просто я о тебе забочусь... Ты неприспособленная... Папа всегда так говорит.

— Здрасьте, я ваша тетя!

— А ты ведь и вправду моя тетя!— радостно воскликнула Белка и накинулась на меня с поцелуями. — Моя любименькая старенькая тетя!

— Старенькая? Пошла вон отсюда, наглая морда!

— Да я же шучу. Ты — классная телка!

Ну что я могу с ней поделать?

— Я уже не телка, я давно корова!

— Нет, ты, конечно, уже не телка, но далеко еще и не корова! Если б тебе нормальный прикид, больше тридцати трех никто не даст. Кстати, блузончик вчера на тебе был клевенький. А в чем в ресторан пойдешь? Я тут свое шмотье в шкафу вешала, глянула, выбор у тебя не очень.

— Найду что-нибудь.

— Маш, у тебя бабки есть?

4*

— Не густо, а что?

— Надо купить что-нибудь новенькое!

— Зачем?

— Извини, дурацкий вопрос! Не пойдешь же ты опять в том блузоне! Тем более первый день Рождества.

— Да ну, это Рождество к нам отношения не имеет!

— Ладно, пусть, но ты должна выглядеть отпадно, понимаешь?

— Ерунда, Белка, чем тратить деньги на какое-нибудь первое попавшееся тряпье, лучше пойду опять в той же блузке. В конце концов я не кинозвезда, мне можно...

— Думаешь?

— Да!

— А вообще-то ты права... Если он на такую муру обращает внимание, значит, грош ему цена, правда?

— Белка, ты умнеешь на глазах!

— Да, я такая!

— Ну все, мой посуду и можешь быть свободна!

— То есть?

— Мне надо работать, а ты же не будешь целый день торчать в четырех стенах. Поди, погуляй по городу!

— Да погода какая-то неаппетитная, я лучше поваляюсь с книжечкой на свободе, телик посмотрю, а потом тебя же надо будет обедом покормить.

— Решила поиграть в Золушку? — засмеялась я.

— Да нисколько, просто мне так хорошо у тебя, без мамы...

— Делай, что хочешь, а я пошла работать!

— Валяй! Только скажи, это не скучно — рецепты переводить, а?

— Если учесть, как за это платят, то нет, совсем не скучно.

Я вернулась к работе, но время от времени вспоминала о предстоящем свидании, и меня обдавало жаром. Вчера все прервалось на такой ноте, мы достигли такой степени эротического накала... А как будет сегодня? Все-таки одно дело пустая квартира, и совсем другое — ресторан, какая бы интимная обстановка там ни была. Почему-то я была уверена, что в ресторане, куда он меня поведет, непременно должна быть интимная обстановка. Господи, о чем я думаю? Мне так давно никто не нравился... Вот интересно, это он, Максим, пробудил во мне женщину, или женщина сама по себе проснулась, а он просто подвернулся под руку? Вечный вопрос — что было раньше, курица или яйцо?

Я слышала, что звонил телефон, но Белка отвечала на звонки, сама решая, стоит меня беспокоить или нет. Только один раз она заглянула ко мне:

— Там Татьяна Андреевна звонит, тебя требует!

— Ладно, я подойду. От Татьяны все равно так просто не отделаешься.

— Я так понимаю, полный облом? — без предисловий начала она. — И конечно, твоя племянница заявилась в самый ответственный момент? Да? С мамашей поссорилась?

— Танька, ты просто ясновидящая!

— Ни фига, просто я знаю жизнь и твоих родственников. Почему ты ее к Лизе не отправила?

— Жалко!

— Ну а что с мужиком-то?

— Иду сегодня в ресторан!

— А потом?

— Это не мои проблемы! — гордо заявила я.

— Ой, не смеши меня! В наше время, если баба о хате не побеспокоится, ничего не будет.

— И не надо!

— Не понравился при ближайшем рассмотрении?

— Наоборот, понравился, может, даже слишком...

— Фамилия не козлиная?

— Нет.

— Кто по профессии?

— Танька, ты прямо как следователь! Говорит, что работает техническим директором в какой-то телекомпании.

— В какой?

— Понятия не имею!

— А это, между прочим, важно!

— Почему?

— Проверить не мешает! А то сейчас сказать все можно...

— Кстати, его Костя знает.

— И что?

— Да ничего, много ли выяснишь по междугородке? Тем более за мой счет.

— Да, это сурово. Вот что, Машка, когда Костя вернется?

— Третьего, а что?

— Мой тебе совет, до разговора с Костей ты этому мужику не давай.

— Вы что, сговорились все? Но предварительно коллективно рехнулись! При чем тут Костя? — заорала я. — И какое вам всем дело до моей половой жизни? Мне, если ты забыла, уже сорок лет и я как-нибудь обойдусь без ваших советов!

— Маш, если не секрет, кто тебе еще такой совет дал? — нисколько не обидевшись, полюбопытствовала Танька.

— Лиза!

— Так я и думала. Ладно, это твое дело, ты права. Но вот идти в ресторан с приличным мужиком в твоей дубленке... Возьми мою шубу!

— И не подумаю! — опять взорвалась я. — Полюбите нас черненькими!

— Не хочешь, как хочешь! Все, подруга, я вижу, ты вся на нервах, а потому адью! До завтра! И поступай, как знаешь!

Я была страшно зла! И что они все от меня хотят? Почему не оставят в покое? Единственный человек, с которым мне сейчас хотелось бы все же поговорить, это мой брат. Интересно, откуда он знает Максима и что он о нем знает? Кстати, как мне быть вечером? Упомянуть о Косте? Нет, буду молчать в тряпочку, а то Максим решит, что вокруг наших отношений уже что-то происходит, хотя это и отношениями назвать нельзя. Так, легкое знакомство... И сильное, даже очень сильное влечение, по крайней мере, с моей стороны. С его, впрочем, тоже, тут я, кажется, не ошибаюсь...

В начале восьмого я была уже готова. По требованию Белки я все-таки отказалась от канадской обновки, надела черные шелковые брюки и черную блузку.

— Слишком мрачно, — заявила Белка, окинув меня критическим взором, — хотя вообще-то тебе идет. Ладно, сгодится. Он, надеюсь, на машине будет, а то в этих брючатах и загнуться недолго!

Я даже отвечать не стала. Почему-то я жутко волновалась. Старая идиотка. Подумаешь, большое дело — пойти с мужиком в ресторан, причем, уже понятно, что мужик приличный, интеллигентный... Тем не менее меня трясло. Но вот раздался телефонный звонок. Он хочет предупредить, что не может пойти, мелькнуло у меня в голове, и я схватила трубку.

— Алло, Маша?

Так и есть, он!

— Да, а кто это? — хриплым голосом спросила я.

— Не узнали? Это Максим. Машенька, у нас все остается в силе?

— Да.

— Тогда будьте готовы через четверть часа, я застрял в пробке недалеко от вас, но она вроде бы уже рассасывается. Я поднимусь за вами. До встречи!

— Ой, Маш, ты чего такая бледная? — испугалась Белка.

— Бледная? Тебе показалось, — ответила я, чувствуя, как кровь бросилась мне в лицо.

— Да, действительно... Маш, а чем Гешу кормить?

— В холодильнике открытая баночка... Белка, ты не могла бы отстать от меня хотя бы минут на десять?

— Да запросто, — пожала она плечами. — Только я не понимаю, зачем делать из мухи слона? Тем более ты выглядишь просто охренительно! — И она удалилась в другую комнату.

Ресторан, как я и предполагала, оказался небольшим, и обстановка там была вполне интимная. Надо сказать, что, едва увидев Максима и заметив явное восхищение в его глазах, я сразу успокоилась, мне стало весело и уютно. Народу было еще не очень много, хотя на всех столиках красовались таблички «Стол заказан»: все-таки первый день Рождества.

Только мы сели, к нам подошла девушка, предлагая цветы, и Максим купил мне пять роскошных роз, которые тут же были поставлены в вазу.

— Спасибо, — обрадовалась я. — Обожаю цветы.

— Боюсь только, долго они не простоят, хотя,

видит Бог, я подарил их вам от чистого сердца. Да, Маша, я хотел спросить... У вас есть брат?

Он сам завел этот разговор! Отлично!

— Брат? Есть. Старший. Но он живет в Питере. А почему вы спрашиваете?

— Его зовут...

— Костя. Вы его знаете?

— Представьте, да! Я только сегодня сообразил, что Костя Шубин ваш брат. До чего же свет мал. Но я не думал, что у него такая красивая сестра... А, значит, эта девочка его дочка? У него что-то неблагополучно в семье?

— Вы знакомы с его женой?

— Да нет... Мы когда-то вместе ходили в байдарочные походы. А жену он с собой не брал.

Ужасно хотелось спросить, брал ли Максим свою жену, но я вовремя прикусила язык. Мне не должно быть абсолютно никакого дела до его жены.

— А вы и сейчас ходите в эти походы?

— Да нет, уж лет восемь не был. Не до того... А Костя?

— Костя тоже давно бросил...

— А он знает, что девочка у вас?

— Конечно, я ему тут же позвонила. В Сан-Франциско!

— В Сан-Франциско? Он что, эмигрировал?

— Боже упаси! Он был в командировке и остался на Рождество у приятеля.

— Понял. Маша, расскажите хоть что-нибудь о себе, — попросил он. — Если бы я знал, что вы такая... я бы расспросил этих ваших знакомых в Торонто. Все-таки один вечер мы провели вместе.

— А что вы делали в Торонто?

— Закупал кое-какое оборудование для телекомпании.

— И где вы познакомились с Белиловскими?

— Я имел дело с Матвеем по работе, и он пригласил меня к себе в гости. Маш, это нечестно, вы опять расспрашиваете меня, а я о вас ничего практически не знаю.

— А что вы хотели бы узнать?

— Все!

— Это чересчур, — засмеялась я. — А конкретнее? Давайте я буду отвечать на ваши вопросы... Разумеется, если они не слишком нескромные.

— Ну вот! А я как раз собирался задать нескромный вопрос.

— Попробуйте!

— Маша, почему вы одна?

— Одинокая сорокалетняя женщина не такая уж редкость.

— Да, но вы... Вы так красивы и так... сексуальны, — добавил он и, кажется, смутился.

— У меня дурной характер!

— Не верю!

— Судите сами, у меня было три с половиной мужа, и я ни с кем не ужилась.

— А что такое полмужа? Это что-то вроде незарегистрированного брака?

— Совершенно верно!

— Извините меня, но они все... идиоты! Потерять такую женщину!

— Не буду спорить! — рассмеялась я.

— И что, вы вообще всех мужчин идиотами считаете? — поинтересовался он, весело глядя на меня.

— Не всех, но многих.

— А меня вы к ним еще не причислили?

— Пока нет. Вы мне еще не дали оснований!

— Постараюсь и впредь не дать вам оснований. Маша, — он взял мою руку и поднес к губам, поцеловал, но не отпустил. — Маша, мне давно ни одна женщина не нравилась так, как вы... — И он пристально посмотрел мне в глаза, словно хотел прочесть в них ответ.

Я поняла, что должна тоже что-то сказать.

— Мне хорошо с вами, легко... и тепло...

— Маша!

Официант принес закуски и принялся расставлять их на столе. Разговор поневоле прервался.

— Ох, до чего ж я голоден, — признался Максим. — С утра не успел поесть, столько работы было...

Мы занялись едой. Все было вкусно, как-то по-домашнему. Я видела восхищение в его глазах, и мне он тоже страшно нравился. От его прикосновений меня бросало в жар, от улыбки таяло сердце, и я чувствовала себя поистине неотразимой. Да, несомненно, у меня полоса везения! И поэтому все у нас с ним будет хорошо, даже отлично... Я, правда, не очень себе представляла, что именно будет хорошо. Постель? Возможно. Нас очень тянет друг к другу, а впрочем, зачем думать о будущем, надо жить сегодняшним днем, наслаждаться и, главное, ни о чем потом не сожалеть! И я наслаждалась буквально каждым мгновением, и это, очевидно, отражалось на моей физиономии, потому что он не отрывал от меня глаз.

Он пригласил меня танцевать. Кроме нас танцевала всего одна пара. Максим все крепче прижимал меня к себе, волнение нарастало.

— К тебе мы не сможем поехать, да? — прошептал он.

— Не сможем.

— Но как же нам быть?

Вопрос вполне идиотский, надо заметить.

— А тебе обязательно вернуться сегодня домой? Поедем ко мне на дачу! — страстно прошептал он. — Там мы будем одни. Затопим печку...

Мысль показалась мне весьма привлекательной.

— Я согласна. Это очень далеко?

— Минут сорок.

— Но ведь вы пили...

— Не страшно, у меня есть таблеточка, начисто отбивает запах. Поедем, милая моя, нам будет так хорошо там...

Я была в этом уверена, но вдруг внутренний голос сказал мне: не надо, не езди с ним на дачу! Вас там запросто может кто-то увидеть, соседи, например, он испугается, и это все испортит. Он нечасто напоминает о себе, мой внутренний голос, но ему можно верить.

Мы опять сели за столик. Подали горячее. Я

молчала, мучительно соображая, что бы такое наврать и не ехать на дачу. Странно... Мне ведь так хотелось остаться с ним наедине, но ослушаться своего внутреннего голоса я просто не могла, такое уже бывало и никогда ни к чему хорошему не приводило.

— Маша, что случилось? — вдруг спросил он.

— Ничего не случилось.

— Но я же вижу... У тебя переменилось настроение... Ты не хочешь ехать со мной на дачу? Почему?

— Не знаю...

— Но не хочешь?

— Не хочу, — честно призналась я.

Он пристально смотрел мне в глаза.

— Ты просто не хочешь на дачу или... Или не хочешь быть со мной?

— Не хочу на дачу! — твердо ответила я.

Он с облегчением улыбнулся.

— Не хочешь, не поедем! Может, ты и права... Не стоит торопить события. А скажи, если бы вчера не возникла твоя племянница, ты бы прогнала меня?

— Нет, не прогнала бы...

— Ты странная женщина, но от этого еще более волнующая... Пойдем потанцуем, мне так хочется снова тебя обнять...

Я тоже жаждала вновь очутиться в его объятиях. Он был выше меня на целую голову, и в какой-то момент я просто прижалась лицом к его груди, чувствуя его запах, такой мужской... Вдруг я ощутила, что он напрягся и несколько ослабил объятия. Я подняла голову. У него было уже совсем другое лицо.

Безразличное, с натянутой неестественной улыбкой. К счастью, музыка смолкла, и мы вернулись к столу.

— Максим, что случилось? — тихо спросила я.

— Ничего не случилось, просто... У меня заболела нога.

Он явно врал. Но в конце концов, меня это пока еще не очень касается. Я незаметно обвела взглядом зал. Ага, так я и думала! Появилась новая компания, пять человек. И одна дама из этой компании разглядывала меня горящими от любопытства глазами. Какой все-таки умный мой внутренний голос. Максим испугался! Очевидно, эта дама знакомая его жены. Что ж, я не могу его за это осуждать. С женой он живет всю жизнь, а меня видит третий раз. Вещи несопоставимые. Только вот одно я знала точно — видеть его испуганные глаза мне не хочется. Не хочется и все тут!

— Максим, у вас есть какие-то дела с германоязычными странами?

— Что? — совершенно ошалел он.

— Ну, с Германией, Австрией, Швейцарией?

— Да, с Германией... Но...

— Вы подойдите к вашей знакомой, которая так и ест меня глазами, и скажите, что я или представитель этой фирмы, или его жена...

Он смотрел на меня с недоумением, а потом вдруг расхохотался.

— Вы действительно потрясающая женщина! А я осел! Самый настоящий осел. Простите меня.

— Это подруга вашей жены? — не удержалась я.

Он замялся.

— Да... Но это не имеет никакого значения. Поверьте, Маша.

И все-таки настроение было испорчено. Чувствовалось, что он все время помнит о присутствии этой дамы. И наконец я не выдержала:

— Макс, мне пора!

— Как? Почему? — не слишком искренне удивился он.

— Поздно, скоро двенадцать, а у меня там Белка одна...

— Жаль...

Он жестом подозвал официанта и попросил счет. Потом достал из кармана таблетку и запил водой.

— Это для гаишников или вам нехорошо? — поинтересовалась я.

— Не скажу, что мне очень уж хорошо, но таблетка для гаишников.

Официант принес счет и удалился с подаренными мне цветами. Заметив мой удивленный взгляд, Максим сказал:

— Он их упакует. Я хочу, чтобы вы взяли их с собой.

— С удовольствием. Спасибо.

Выходя из зала, он с улыбкой кивнул подруге жены. Та в ответ загадочно улыбнулась.

Когда мы уже сели в машину, он вдруг расхохотался.

— Почему вы смеетесь?

— Маша, нас сегодня прервали почти на том же самом месте, что и вчера. Знаете, что это значит?

— Что нам не стоит и пытаться сойти с этого места?

— Отнюдь! Просто Бог любит троицу, и потому обязательно в следующий раз опять случится что-то подобное. Но зато потом...

— Что будет потом?

— Потом уж все будет как надо! Только следует поскорее разделаться с этим окаянным третьим разом. Давайте встретимся завтра!

— Завтра?

— Да, завтра! Ох, черт, я забыл! Завтра день рождения сына! Машенька, я позвоню, ладно?

Он довез меня до подъезда.

— Как не хочется прощаться, Маша.

— Мало ли что не хочется! Сегодня вам следует вернуться пораньше. Чтобы не возникло никаких подозрений!

— Не надо об этом думать, Маша. Это мои проблемы!

— Ах да, простите! Всего хорошего, Максим! Спасибо за цветы!

Я выскочила из машины и, чуть не плача, вбежала в подъезд. Но привычка есть привычка, и я открыла почтовый ящик. Оттуда выпала записка: «Машенька, я все поняла! И уехала к Лизе! Прости за все! Твоя Белла». Вот тут я дала волю слезам. Стояла в подъезде и рыдала, как дура. Но вдруг услышала, что кто-то входит, и шагнула к лифту.

— Маша!

Я резко обернулась.

— Маша, ты плачешь? Из-за меня, да? Маша, милая моя!

Он схватил меня, прижал к себе, потом отстранился немного и стал целовать, куда попало, в глаза, в нос, в щеку.

— Почему ты вернулся? — я первый раз сказала ему «ты».

— Не знаю... Мне показалось, что тебе плохо... И еще... захотелось попросить прощения... поцеловать... Не знаю! А что это у тебя в руках? — заметил он Белкину записку.

Я молча отдала ее ему.

— Маша! — закричал он. — Маша, какое счастье!

Я хотела спросить, не лучше ли ему вернуться домой, потом вспомнила, что это не мои проблемы, и нажала на кнопку лифта.

Он ушел только утром, сказал, что поедет прямо на работу. На лице его, усталом и осунувшемся, было написано такое счастье, что я засмеялась:

— Макс, погаси свет, а то все у тебя на работе догадаются, где ты был и что делал.

— Ну и пусть! Пусть лопнут от зависти!

С этим он удалился, а через десять минут позвонил из машины:

— Я хочу сказать... Я, кажется, люблю тебя! — И тут же отключил телефон.

Я была счастлива! Вот что значит полоса везения! Но как бы то ни было, а работать надо, хочешь не хочешь. Я, естественно, не хотела, но заставила себя сесть за машинку, прекрасно понимая, что скоро меня все равно прервут. Уж Белка с Лизой не преминут узнать, как мои дела. Да и Танька тоже. Однако первым позвонил Вырвизуб.

— Мария Никитична, дорогая, как ваше здоровье? — для начала осведомился он.

— Спасибо, Борис Евгеньевич, все хорошо. Кстати, я ведь не поблагодарила вас за чудные розы. Спасибо большое!

— Рад, что угодил вам. Мария Никитична, как наши дела?

— Идут, Борис Евгеньевич, идут полным ходом, надеюсь, что скоро закончу. Вот только надо будет еще все это перепечатать набело, я сама не успею.

— Не волнуйтесь об этом! Сдадите так, как есть, наши девочки отлично сами наберут текст, вы ведь не от руки пишете?

— Нет, я на машинке.

— И прекрасно.

— Но тогда... Тогда я могла бы уже отдать вам то, что я сделала, — ляпнула я и тут же раскаялась: мы ведь условились, что он мне заплатит, как только я представлю рукопись, а так я ему отдам...

— Нет, Мария Никитична, не стоит. На носу долгие праздники, а у вас всего один-единственный экземпляр, он легко может потеряться. Не стоит. Все равно раньше пятнадцатого января никакой нормальной работы не будет.

— Ну, к пятнадцатому я вообще все закончу! — обрадовалась я.

— Вот и чудесно! К шестнадцатому числу я приготовлю деньги, а вы рукопись! Договорились?

— Да, разумеется!

— А потом, Мария Никитична, у меня еще есть на вас виды. Вы пока ничем не связаны, никаким договором?

— Пока нет. А что вы хотите мне предложить? — Мне было чрезвычайно любопытно.

— Знаете, многое! Но выбирать будете сами! Конкретнее пока говорить не стану, в наше время опасно много обещать... Но без работы вы не останетесь.

— Что ж, спасибо. Меня это радует.

— Где вы встречаете Новый год? — вдруг поинтересовался он.

— Новый год? Вероятно, у тетушки, как обычно, — осторожно ответила я.

— А я уеду в Египет! И потому хочу заранее пожелать вам в Новом году удачи и больших творческих успехов.

— О, спасибо, Борис Евгеньевич! И вам я тоже желаю всяческих успехов. В Египте сейчас, наверное, здорово, тепло и купаться можно?

— Говорят, можно!

— Тогда желаю вам хорошего купания!

— Мария Никитична, — он слегка охрип, — а вы бы не хотели... тоже в Египет? Я могу это устроить в два счета!

— Нет, спасибо, Борис Евгеньевич, — чуть не расхохоталась я, — мне же надо работать...

— Ну, в принципе...

— Нет, нет, благодарю, но я не поеду!

— Жаль. Простите за назойливость, — очень сильно смутился Вырвизуб.

— Да нет, что вы... При других обстоятельствах я, возможно, и поехала бы... Ну, ладно, счастливого вам пути!

— А вам — счастливо оставаться и с наступающим вас!

Да он, кажется, и впрямь в меня влюбился. Бедняга! И тут же меня обдало жаром от воспоминаний о минувшей ночи. Господи, что это было? Безумие, восторг, страсть? Нет, любое слово казалось мне штампом, недостойным пережитого. Я дожила до сорока лет, но только сегодня ночью мне на какой-то миг показалось, что вот, наконец, я нашла ту самую пресловутую вторую половинку. И, конечно, Макс был самым лучшим мужчиной, какие встречались мне в жизни. Неужели это и есть любовь? Ах, какая умница Вырвизуб, он сказал, что сдать надо шестнадцатого, значит, я вполне могу сегодня полентяйничать. Ибо какая может быть работа после не просто бессонной ночи, а после ночи любви? Тьфу, неужели не осталось для любви незатасканных слов и словосочетаний? Впрочем, это не имеет ни малейшего значения, главное, чтобы была сама любовь, а слова-то уж я как-нибудь подберу!

Я с легким сердцем встала из-за стола и подошла к зеркалу. Да, вид еще тот! Но до чего же глаза блестят! А губы распухли вполне недвусмысленно. Зато я точно знаю, что сейчас ни один мужик не устоял бы передо мной. Но они не нужны мне! Никто! Только один Макс... Макс! Макс!

Стоп, Маша, опомнись, остановил меня внутренний голос, и я решила прислушаться к нему. Иногда он говорит дельные вещи. Ночь любви, разумеется, дело хорошее, особенно после нескольких лет воздержания. Но ты, кажется, упоминала о любви? Рано, Маша, рано! Это всего лишь хороший, даже потрясающий секс, но любовь тут ни при чем. Но он сам позвонил... сказал, что любит! Ничего подобного! Он сказал, что, кажется, любит. Есть разница, согласись! И потом, он позвонил через четверть часа после того, как расстался с тобой, то есть еще не остыл. И принимать всерьез эти слова нельзя. Чуть ли не каждый мужик в постели бормочет что-то о любви, ну и велика ли цена этому бормотанию? Грош в базарный день. А звонку через пятнадцать минут — в лучшем случае два гроша или даже полтора. Ну и что из этого следует? Ничего особенного, просто радуйся удачно проведенной ночи и даже не очень рассчитывай на еще одну. Так надежнее и спокойнее. Это не любовь и даже пока не влюбленность, это всего лишь удовлетворенное желание. Если учесть, как давно ты этим не занималась, то не удивительно, что пришла в такой телячий восторг, и вполне возможно, что дело вовсе не в его талантах... Ну нет, дело очень даже в его талантах, — не согласилась я с внутренним голосом. Я же все-таки повидала в жизни мужчин и разбираюсь, что к чему... Да, я согласна, о любви еще рано думать и тем более

говорить, но что касается его сексуальных способнос-
тей, то тут не может быть никаких сомнений.

Вот так плодотворно побеседовав с внутренним
голосом, я пришла к выводу, что не стану никому
ничего говорить. Было и было, подумаешь, большое
дело! И виду не подам... А лучше всего скажу, что
нашла записку слишком поздно, тогда и расспросов
не будет, а то тетушка, а теперь еще и Белка,
слишком интересуются моей половой жизнью. Правда, от Таньки вряд ли удастся что-то скрыть. У нее
потрясающая интуиция.

И словно в ответ на мои мысли позвонила Татьяна.

— Машка, как вчерашний вечер? — полюбопытствовала она.

— Хорошо!

— Где были?

— Очень симпатичное заведение, называется
«Под каштанами». Правда, каштанов я там нигде не
приметила...

— Стоп, ты что-то разболталась, значит, хочешь
скрыть суть...

— Тань, ты чего? Какую суть?

— Где вы были после кабака?

— Тань...

— Но где-то же вы были!

— Он отвез меня домой!

— И все?

— Ага, и все!

— Машка, брешешь! Ты же знаешь, скрывать от

меня такие вещи бесполезно, тем более я знаю, что Белка к тете Лизе перебралась.

Тут уж я открыла рот от удивления.

— Откуда ты это знаешь?

— От верблюда! Какая разница, знаю и все!

— Татьяна, это твоих рук дело?

— Да ты что? Машка, ты мне зубы не заговаривай! У вас что-то было?

— Что-то было, — как можно небрежнее ответила я.

— Не очень, да?

— Ну, в общем...

— Ладно, с первого раза редко хорошо получается! Ты, главное, его не упускай! Стоит одному появиться, как сразу все липнут к тебе, как мухи, — повторила она мою давешнюю мысль.

— Между прочим, меня сегодня Вырвизуб уже приглашал в Египет! — решила я сменить тему.

— Шутишь?

— Честное благородное слово. Правда, он это предложил как бы вскользь, но тем не менее.

— И ты отказалась?

— Естественно. Еще не хватало!

— А вообще-то в Египте сейчас кайф! — мечтательно проговорила она. — Но тут я тебя понимаю. С Вырвизубом никакого Египта не надо. И что теперь будет?

— Ты о чем?

— Не о чем, а о ком. Кстати, как его зовут?

— Максим Павлович. Макс.

Я сама услышала, как предательски дрогнул мой голос. Конечно, и от Таньки это не укрылось.

— Маш, а голосок-то дрогнул...

— Ничего подобного, просто я жутко не выспалась.

— Он когда ушел?

— Утром.

— И всю ночь не давал тебе спать? А ты еще чем-то недовольна?

— Татьяна, прекрати!

— Хорошо, подруга, об этом мы с тобой поговорим при встрече. Советую тебе лечь и поспать.

— Спасибо за совет, я уж собиралась, а тут ты позвонила. Все, пока!

Положив трубку, я подумала, что просто обязана позвонить Лизе. А потом отключу телефон и завалюсь в постель. Трубку взяла Белка.

— Маша! — обрадовалась она. — Ну как?

— Что?

— Ты обнаружила мою записку?

— Да.

— И что?

— Ничего, — соврала я. Не хватало еще посвящать девчонку.

— Совсем ничего? — упавшим голосом спросила она.

— Не понимаю, чего ты от меня хочешь? Почему ты не могла по-человечески мне сказать, что решила пожить у Лизы?

— Да я же, наоборот, решила у тебя пожить, но мне твоя Таня позвонила и устроила такой разгон...

— Татьяна? По какому поводу разгон?

— По поводу твоей личной жизни. Ну я и перебралась к Лизе. У нее тут, кстати, вполне клево. И она такая милая... Ее сейчас дома нет. Маш, знаешь, что она мне предложила?

— Понятия не имею.

— Вообще переехать к ней!

— То есть как?

— Ну, если папа уйдет от мамы, то мне, считает Лиза, лучше будет не с ними жить, а с ней... С Лизой. Это было бы клево!

Час от часу не легче.

— Маш, ты так не думаешь?

— Не знаю... Но ведь папа твой пока что от мамы не ушел, может, и вовсе не уйдет.

— Уйдет! — с торжеством произнесла она. — Теперь уж точно уйдет.

— Почему теперь? — растерялась я.

— Потому что у Милы квартира маленькая!

— И что?

— Ну, втроем нам было бы у нее тесновато, и вообще... А если я к Лизе перееду... И потом, мне давно охота в Москве жить!

— А тебе маму совсем, что ли, не жалко?

— Нет! Совсем не жалко! Она, по-моему, счастлива будет до небес, когда одна останется. Ты, наверное, думаешь: какие жестокие эти дети! Но, во-первых, я уже не ребенок, а во-вторых... Знала бы ты, как мы живем... — с искренней горечью проговорила Белка. — Как в дурдоме... А с Лизой спокойно, она такая добрая, все понимает. И потом ты тоже здесь, я ведь тебя люблю, тетка! И ты мне во сто тысяч раз ближе, чем мама.

— Послушай, Белка, нельзя такие вопросы вот так, с кондачка, решать. Я все понимаю, но ты уж больно резко рубишь... К тому же Лиза уже не молоденькая, ей покой нужен, а ты небось наведешь полный дом друзей-приятелей, музыку эту вашу сумасшедшую врубать будешь...

— Маш, да ты что? — рассмеялась Белка. — Знаешь, чего я больше всего хочу? По-ко-я! Покоя, поняла? Дома мне он только снится, а тут... Друзей-приятелей у меня в Москве пока что нет, а что касается музыки, то я больше всего люблю то, что любит папа — Окуджаву, Визбора, Городницкого... Мы с ним всегда ходим на концерты авторской песни, когда они в Питере бывают. Лиза тоже против этого ничего не имеет, ей, правда, больше Высоцкий нравится...

— И мне тоже! Но и Окуджаву с Визбором я тоже люблю.

— Вот видишь, как все здорово!

— А по школе, по подружкам скучать не будешь?

— Ну, может, поскучаю немножко, только это все равно...

— Но ты отдаешь себе отчет в том, что папа-то останется в Питере?

— Отдаю! Но Питер все-таки не Рио-де-Жанейро, это раз, а потом я уверена, что папа меня не бросит.

— Естественно, не бросит, но будет в другом городе, с другой женщиной...

— И хорошо, и отлично!

— У тебя сейчас сложный возраст...

— Маш, неужели, если я попаду в какую-нибудь передрягу, ты мне не поможешь?

— Естественно, помогу!

— И Лиза тоже!

— Лиза-то поможет, без вопросов, а вот как насчет того, чтобы помогать Лизе?

— Да это же просто чепуха! Что мне стоит убрать квартиру, сбегать в магазин, попрошу папу купить ей стиральную машину...

Боже, как легко она решает все проблемы! Но определенная логика в ее словах есть.

— Маш, скажи, ты возражать не будешь?

— Я? С какой стати? Мне же спокойнее будет, что Лиза не одна... И если Костя наконец заживет по-человечески, я буду рада, вот только...

— Что? — насторожилась Белка.

— Ты полагаешь, что твоя мама так легко со всем этим смирится?

— Нет, наверное, но... Если папа оставит ей квартиру и вообще все...

— А ты уверена, что он готов на это?

— Уверена! Он только машину не отдаст, но она ей и не нужна, она же не водит.

— Ладно, поглядим! Вот Костя приедет, и мы все обсудим!

А я-то размечталась, что узнаю у брата все, что возможно, о Максе! Обстоятельства складываются так, что ему явно будет не до Макса. А может, и лучше? Может, не надо мне никаких лишних сведений о нем? Как говорится, много будешь знать, скоро состаришься, а мне теперь так не хочется стариться раньше времени! Мне хочется... Мне хочется вопить от восторга, танцевать, прыгать, одним словом, вести себя так, как вовсе не подобает сорокалетней даме, известной переводчице и члену Союза писателей! А еще хочется читать стихи! «Мне не к лицу и не по летам, пора, пора мне быть умней, но узнаю по всем приметам болезнь любви в душе моей!» Узнаю, ох, узнаю! И, что хуже всего, тянет все время говорить о нем!

Я ведь собиралась поспать, только сна уже ни в одном глазу. А сегодня у его сына день рождения, значит, мы не увидимся. И очень возможно, что он даже не позвонит. Он вчера обмолвился, что перед Новым годом много работы. Но сколько бы ни было работы, позвонить-то все-таки можно. И я с надеждой уставилась на телефонный аппарат. Нет, так не годится! Самое ужасное в любви — зависимость от телефона, когда боишься даже на секунду от него отойти, потому что по закону мирового свинства любимый позвонит именно в эту самую секунду. Если вообще позвонит.

Интересно, сообщила та дамочка из ресторана его супруге, что застала его с незнакомой бабой? Могла и не сообщить. И кстати, почему он так свободно не ночует дома? Позавчера собирался остаться у меня, а вчера остался — и никаких вроде бы проблем.

Хотя дамочка из ресторана изрядно испортила ему настроение.

Господи, я же ничегошеньки про него не знаю. А хочу уже знать все. Но ведь я только что решила, что не надо лишних сведений... Дура непоследовательная... Конечно, если дать задание Таньке, она в три дня представит мне полное досье на него. Все-таки в Москве телекомпании исчисляются пока не тысячами и даже не сотнями. Впрочем, я вспомнила, как называется та, где он работает, —«Виктория — ТВ». Жаль, что ловить ее программы можно только с какой-то специальной антенной. Нет, это хорошо, а то бы я целыми днями смотрела какую-нибудь лабуду. Это тоже можно причислить к полосе везения... Ну, позвони же мне, позвони!

И словно в ответ на мои заклинания затренькал телефон. Звонок был из одного издательства, где переиздали толстый роман в моем переводе.

— Мария Никитична, вы могли бы сегодня приехать за деньгами? — спросила молоденькая девушка — редакторша. — У нас следующий выплатной день только через две недели, а нам надо бы расплатиться до Нового года!

— Приеду! — обрадовалась я. Полоса везения!

— После двух, пожалуйста!

— После двух так после двух, а до какого часа?

— До пяти!

Отлично, поеду на машине, успею до этих диких пробок. Я быстренько подсчитала, сколько мне там причитается, и вышла совсем неплохая сумма, около трехсот долларов. Подарочек к Новому году. Теперь я смогу спокойно купить подарки Лизе, Белке, Татьяне и... Максу!

Не вздумай, корова! — прикрикнул на меня внутренний голос. Ты всего одну ночку с ним провела, это еще не повод покупать подарки. Но хочется ведь... Мало ли что хочется. Это, наконец, глупо! Вот купишь ему подарок, а он тебе больше вообще не позвонит! Почему это он мне не позвонит? — испугалась я. Потому что козел! — привычно ответил внутренний голос. Нет, нет, он, кажется, совсем не козел... Когда кажется, креститься надо. Ладно, там видно будет, а вот Косте действительно нужно купить подарок, тем более что он всегда привозит мне что-нибудь из своих вояжей.

Отлично, на сегодня я при деле, а завтра с утра сяду опять за работу. И только сейчас я вспомнила, что вообще ничего сегодня не ела. И Гешу не кормила, скотина эдакая. Он, правда, где-то дрыхнет, видно, не проголодался еще. Но тут же, зевая, появился котенок. Сел передо мной и сказал:

— Мяу!

— Гешенька, солнышко мое, прости!

Я тут же накормила беднягу, потом сама наскоро поела, пересчитала, сколько у меня осталось денег от аванса, и решила заняться подарками немедленно, еще до двух часов, чтобы не терять время. И в посудном магазине, что находится в соседнем доме, я купила Лизе отличную тефлоновую сковородку с толстым дном. Она давно о такой мечтала. Белке надо будет присмотреть какую-нибудь шмотку, Косте — галстук или кашне, а вот что подарить

Татьяне? Она дама вполне состоятельная, у нее все есть... Ладно, придумается что-нибудь. Уже придумалось! Танька, вроде меня, обожает цветы, а для того, чтобы красиво их ставить, в доме необходимо иметь множество самых разных ваз, от керамических до хрустальных. Толк в этом она понимает. Значит, куплю ей вазу. И едва приняв такое решение, я обнаружила на витрине чудный стеклянный кувшин какой-то удивительно приятной и аппетитной формы. Я живо представила себе в нем букет сирени или ирисов и немедленно его приобрела. Ко всему он еще и стоил совсем недорого. Здорово, два подарка уже есть! Но пора уже ехать в издательство.

У кассы я встретила свою коллегу и давнюю приятельницу Нину Корабельникову, переводчицу с испанского. Мы сто лет не виделись.

— Машка! — закричала она. — Сколько лет, сколько зим!

— Привет, Нинуля!

Мы обнялись.

— Ну, как дела? — спросила Нина. — Выглядишь просто потрясающе! Постриглась! У тебя что, новый любовник?

— А как ты догадалась?

— Да на тебе это аршинными буквами написано! Я почувствовала, что краснею.

— Машка! Это что же, большое и светлое чувство? — засмеялась она.

— Не знаю еще, может быть...

— А, так это еще самое начало! — догадалась Нина.

— Да, пока и говорить не о чем! А что у тебя новенького?

— А я, видишь ли, месяца через два стану бабушкой.

— То есть как? — поперхнулась я. — Это что же, твоя Аришка уже...

— Моя Аришка уже год как замужем.

— Господи, сколько же ей лет?

— Девятнадцать.

— Обалдеть. А тебе ведь еще и сорока нет?

— В июне будет. Постой, а тебе уже стукнуло? Двадцать второго?

— Угу.

— Надеюсь, ты не праздновала? А то это примета плохая.

— Нет, конечно, но не из-за приметы, просто работа срочная.

— Слушай, Машка, а как ты на эти гроши живешь? У меня все-таки муж неплохо зарабатывает, а ты ведь одна... — И она с пониманием окинула взглядом мою дубленку.

— Да перебиваюсь с хлеба на квас. Переиздания иногда выручают. А сейчас приличную работенку подкинули. Ничего, как-нибудь.

— А мне, Машка, жалко нашу с тобой профессию. Уничтожили ее... Хорошие переводчики все разбегаются. Кто куда. Кто преподает, кто свое пишет, а переводами всякая шваль занимается. Я иногда возьму в руки переводную книжку — и оторопь берет. До чего ж безграмотно!

— Да уж, — вздохнула я.

— Не понимаю, почему ты ничего не нашла для себя другого!

— А что я умею?

— Если бы вовремя сориентировалась, с твоей внешностью могла бы запросто пойти в путаны. Была бы уже богачкой!

— Нинка, я расцениваю это как высочайший комплимент! — расхохоталась я. — Но, боюсь, я бы в этом бизнесе не задержалась. Привередливая очень.

Она тоже засмеялась.

— Слушай, Маш, а поехали сейчас ко мне? Посидим, потрепемся, мы так давно не общались.

Я на мгновение задумалась.

— Нет, Нинуля, не выйдет! Мне надо еще кое-какие подарки к Новому году купить, и потом, у меня работа...

На самом же деле я хотела поскорее попасть к телефону.

— Нет, Машка, ты просто обязана поехать ко мне. Я вот сейчас смотрю на тебя и вижу, что тебе как раз подойдут Аришкины шмотки.

— Какие шмотки?

— Да ей отец накупил всякой красоты, а она вдруг взяла и выросла.

— Как выросла? Растолстела?

— Да нет, в длину выросла. А куда сейчас это

добро девать? Там совсем новое пальто и теплая куртка роскошная... Тебе в самый раз будет.

— А сколько это стоит?

— Да нисколько не стоит!

— Нет, так я не согласна!

— Машка, не будь дурой! Мало ты мне в жизни помогала?

— Когда это было...

— А теперь у меня есть возможность... Чем совсем чужим людям отдавать, так лучше тебе.

— А ты продай кому-нибудь, — не слишком уверенно посоветовала я.

— Может, ты еще научишь, кому продать? Ладно, не выпендривайся, поехали, померяешь, может, тебе и не подойдет! Давай, давай, не ломайся! Тем более у тебя роман, тебе новые шмотки позарез нужны!

И я сдалась. Полоса везения продолжалась!

Нина жила недалеко, и минут через двадцать мы уже добрались до ее дома.

— Заходи, подруга, я сейчас холостякую, Олег только завтра вернется. Так что нам никто не помешает.

— А где он?

— В Киеве. Аришка живет у мужа. Красота, кто понимает! Есть хочешь?

— Пока нет.

— Приступим к шмоткам?

— Давай, а потом уж потреплемся всласть.

Она вытащила из стенного шкафа какие-то целлофановые мешки.

— Вот, начни с пальто.

Я ахнула. Не пальто, а мечта. Из мягкой, чуть ворсистой ткани светло-бежевого цвета с пушистым воротником.

— Какая прелесть, а что это за мех?

— Рысь. Ну, надевай, надевай. Ох, Машка, как будто специально на тебя шито. Блеск!

Я и сама видела, что блеск. Теплое, уютное, с пояском.

— Так, это ты берешь! — решительно заявила Нина, откладывая пальто в сторону. — Теперь примерь куртку!

Но куртка оказалась узка в груди, и я даже обрадовалась.

— Как жалко, — огорчилась Нина.

— Ничего, пристроишь кому-нибудь.

— Да вот некому... Слушай, а ты никого не знаешь?

— Ну что, у Аришки подружек нет? И вообще, это молодежная куртка...

— А ты вот говорила, что Костина дочка сейчас в Москве...

— Белка? А что, ей, пожалуй, это будет в самый раз, тем более она приехала почти без вещей...

— Машка, это гениально!

Короче говоря, в результате Белке кроме куртки досталась еще куча прекрасных вещей, а мне чудный тонкий джемпер темно-синего цвета и роскошная твидовая юбка.

— Нинка, не знаю, как тебя и благодарить!

— Только вот этого не надо, считай, что я просто

расчистила место в шкафу! Кстати, так оно и есть! Ну, ты не проголодалась?

— Еще как!

— Тогда пошли на кухню! Кислые щи будешь?

— Кайф! Я их сто лет не ела!

— Жалко, что ты за рулем, а то мы с тобой дернули бы по рюмашке!

— Как говорил кто-то из моих мужей, год не пей, два не пей, а под кислые щи выпей в обязательном порядке.

— Правда выпьешь? — обрадовалась Нина.

— Выпью! Авось пронесет, у меня сейчас полоса везения!

После обеда Нина рассказывала о своей жизни, о дочке, о муже и о путешествиях. За последние три года где только она ни побывала — и в Париже, и в Риме, и на Канарских островах, и в Египте, и в Израиле, и в Америке...

— Я тебе сейчас фотографии покажу, увидишь, как я балдела за рубежами нашей родины!

Она притащила несколько альбомов.

— Вот смотри, это мы с Олегом в Нью-Йорке...

Фотографии были самые обычные, яркие, цветные, лица людей на них веселые и довольные. Я просматривала уже второй альбом и вдруг чуть не вскрикнула. На снимке стояла компания из шести человек и среди них — Макс. Я не поверила своим глазам. Но сомневаться не приходилось. Это был он.

— А кто это? — спросила я, ткнув в него пальцем.

— Это Макс!

— Кто такой?

— О, Машка, у тебя губа не дура!

— Почему?

— Это самый обаятельный мужик, какого я встречала! В него все бабы влюбляются! До единой!

Тон у нее был весьма восторженный.

— И ты тоже? — как бы между прочим поинтересовалась я.

— Мне он жутко понравился. Но мне там ничего не светило.

— А кто он такой?

— Работает в какой-то телекомпании, кажется... Телевизионщик, одним словом. Что, ты тоже запала?

— Да нет, просто лицо приятное. Он русский или немец?

Снимок был сделан в Германии.

— Да какой немец, Максим Мартьянов.

— Понятно. А это кто? — я указала на женщину рядом с Максом.

— Это его дама!

— Дама или жена?

— Нет, точно, что не жена. Скажи, какая выдра, да?

— Почему, вполне нормальная женщина, даже интересная, — скрепя сердце выдавила я. — А давно вы там были?

— Два года назад. Слушай, а ты чего это так заинтересовалась? Может, ты его знаешь?

— Откуда? Говорю же, лицо мне его понравилось.

И я мужественно продолжала разглядывать осточертевшие мне вдруг фотографии. Это было два года назад... Вполне возможно, что он уже и имя той женщины позабыл. Но если он пользуется таким успехом у дам, то плохо мое дело. Но с другой стороны, у меня полоса везения...

Я еще посидела у Нины и наконец собралась домой.

— Машка, а что у тебя за любовник? — вспомнила Нина уже в прихожей.

— Да так... один... — неопределенно ответила я, натягивая сапог.

— Сколько лет?

— Ему? Сорок пять.

— А чем занимается?

— Геолог, — ляпнула я первое, что пришло в голову.

— И он тебе по фигу?

— С чего ты взяла? — удивилась я.

— Ну, когда баба влюблена, ее хлебом не корми, дай поговорить о любимом, а ты как-то неохотно отвечаешь.

— Наверно, не влюблена или недостаточно влюблена. Ну все, Нинуля, спасибо огромное, щи были первый класс!

— Маш, может, тебе кофейных зерен дать, ты все-таки выпила?

— Ну дай три зернышка на всякий случай!

Домой я добралась без всяких приключений, только зря жевала кофейные зерна. Какая жалость, что у меня нет автоответчика. Так бы я уже знала, звонил ли Макс. Но если не звонил, я бы полезла на стенку, а так все же сохраняется надежда, что он звонил и не застал. Сейчас у них уже, наверное, гости...

Сумки со шмотками вызвали живейший интерес Геши Глюка. Он даже попытался вскарабкаться на одну из них, но сорвался. Он ведь еще совсем маленький. Но упорный. Снова полез и снова не удержался. И вопросительно на меня посмотрел: не поможешь? Я посадила его на самый верх, он там мгновенно освоился и начал мыться.

— Гешка, только не вздумай написать на чужую сумку! — предупредила я его.

Зазвонил телефон. Я коршуном кинулась к аппарату.

— Алло!

— Сестренка, привет!

— Костя? Привет!

— Как дела? Где Белка?

— У Лизы. Костенька, ты когда прилетаешь? Скажи номер рейса, я тебя встречу!

— Я прилечу тридцать первого, что-то мне тут не сидится. Только встречать меня не надо, я сам отлично доберусь. Встретим Новый год вместе. Хотя у тебя, может быть, другие планы?

— Никаких планов! Костя, я так рада! А в котором часу ты прилетаешь?

— По расписанию в час с чем-то.

— Дня?

— Конечно. Машка, у вас правда все в порядке?

— Правда, честное слово!

— Сестренка, что тебе привезти?

— Ничего, Костенька, ничего! Вот Белка обрадуется, что ты раньше прилетишь! Ты уверен, что тебя не надо встречать? Тридцать первого в Шереметьеве может быть черт-те что!

— Ничего, управлюсь, а ты, Машка, лучше испеки мой любимый пирог! Договорились?

— Ладно, договорились! Ой, Костя, я замки поменяла...

— Да? А у меня, кстати, нет с собой твоих ключей, я же в Москву не собирался. Все, сестренка, пока! До встречи!

Я тут же набрала Лизин номер. Трубку взяла Белка.

— Ой, Маш, а мы тебе звонили! — сообщила она. — Хотели Новый год обсудить.

— А чего там обсуждать?

— Ты с нами будешь встречать?

— Естественно.

— А где? У нас или у тебя?

— У меня! У меня же роскошная елка есть! И с нами будет встречать еще один человек... — таинственно проговорила я.

— Твой Макс, да? Клево!

— Нет, не Макс.

— А кто же?

— Твой папа!

— Папа? Ура! Погоди, он же третьего хотел...

— Передумал и прилетит тридцать первого!

— Ох, вот здорово! И больше никого не будет?

— А кто тебе еще нужен?

— Никто не нужен! Наоборот! Вчетвером мы спокойно все обсудим. Я так рада, Машенька!

— А еще у меня для тебя есть куча подарков, — не удержалась я. — И понадобится кое-какая помощь!

— Всегда готова! А какие подарки? И какая помощь?

— Подарки хорошие, а помощь... Я потом соображу! Сможешь завтра к часу дня ко мне приехать?

— Нет вопросов!

— Тогда договорились! Ну все, я смертельно устала. До завтра, племяшка!

— Ой, не надо этих племяшек!

— Почему?

— Похоже на пельмешки, а я их терпеть не могу!

— Ты, Белка, все-таки дурища, но я все равно тебя люблю.

— А ты самая клевая тетка во всем подлунном мире!

— Все! Пока!

Я положила трубку и поняла, что устала до полного изнеможения. Ночь-то была бессонная. Я моментально приняла душ и завалилась в постель. Мне показалось, что она все еще хранит запах Макса... Но сил не было ни на что, и я сразу уснула мертвым сном.

Макс позвонил в девять часов утра, когда я уже сидела за машинкой. У меня сразу стало легко на душе. Он позвонил!

— Машенька, я соскучился, — проговорил он

таким голосом, что меня бросило в жар. — Я вчера пытался звонить, но тебя не было...

Возьми себя в руки, не растекайся, дура, сказал внутренний голос.

— Да, у меня вчера была куча дел, — постаралась я произнести как можно спокойнее.

— Маша, когда мы увидимся?

— Я не знаю...

— Ты вечером занята?

— Вечером? — растерялась я. — В котором часу?

— Я сегодня допоздна буду на работе, часов до девяти, ничего, если я потом приеду?

«На всю ночь?» — подумала я.

— Я не очень надолго, часика на два, просто мне... мне так хочется тебя увидеть... Только ничего не готовь... Можно, Маша?

— Можно, — согласилась я.

— Ты улыбаешься, да?

— Нет, я предельно собранна и серьезна!

— Почему? — не понял он.

— Потому что эти двенадцать часов надо еще как-то прожить, — вырвалось у меня.

— Двенадцать часов? — не сразу сообразил он. — Ох, Маша, ничего лучшего ты не могла мне сказать, ты чудо, я тебя обожаю! — И вдруг он резко сменил тон: — Всего доброго, значит, мы договорились? До свидания. — Он повесил трубку.

Я была на седьмом небе, и хотя внутренний голос что-то ворчал по поводу дурацкой, никому не нужной искренности, но я его не слушала, пусть себе бормочет.

Итак, у меня впереди счастливый день! В ожидании счастливого вечера. До часу буду работать, потом явится Белка за шмотками, затем я еще поработаю, а вечером придет Макс! Ну что еще человеку надо?

Тут я вспомнила про новое пальто. Нужно еще разок примерить его. Сказано — сделано. Пальто и впрямь роскошное. У меня в нем такой элегантный европейский вид... правда, в Европе, кажется, сейчас натуральный мех не слишком популярен, но в нашем климате очень даже годится. Только вот сапоги нужны новые, никуда не денешься. Впрочем, сапоги у меня были запланированы. А вот дубленку можно и не покупать. Обойдусь пальто и курткой. Зато можно будет к сапогам подобрать приличную сумку. Моя уже дышит на ладан. Жалко, что Макс не увидит меня сегодня в этом пальто. Ну ничего, зато когда он в следующий раз куда-нибудь меня пригласит, у меня будет что надеть.

В самом радостном настроении я вернулась к работе. Часа через полтора раздался звонок в дверь. Кого это черт принес? На пороге стояла соседка по площадке Алиса Семеновна, немолодая дама, по образованию историк, которая зарабатывала на хлеб, делая изумительные шляпы для наших домов моделей.

— Машенька, дорогая, простите, у вас случайно не найдется баночки майонеза? Я тут взялась готовить, дочка должна приехать, а майонеза не хватило.

— Минутку, Алиса, я сейчас посмотрю! Да вы заходите, не стойте за дверью. Баночки нет, а вот два пакетика есть. Устроит?

— Конечно, спасибо, вы так меня выручили. Маша, да вы постриглись! — ахнула она. — У вас завелся мужчина? Я понимаю... — многозначительно улыбнулась она. — Давно пора.

Я почему-то смутилась, хотя в сорок лет уже можно было бы и не смущаться.

— Маша, хотите погадаю? — предложила она вдруг.

Я задумалась, а потом решительно отказалась.

— Нет, Алиса, спасибо! Пока не стоит. Если вы нагадаете мне что-то хорошее, а это не сбудется, я буду невольно считать, что вы меня надули, если выпадет плохое, стану жить в ожидании этого плохого. Спасибо, но не надо.

— Не знала, что вы трусиха, — засмеялась Алиса.

Я не приняла вызова.

— Да мне совсем не хочется знать свое будущее... А вот тут недавно со мной случилась одна история, не могли бы вы сказать мне что-то о ней, поскольку она уже в прошлом?

— Что за история? — заинтересовалась соседка.

Я рассказала о таинственном незнакомце, что был здесь во время моей болезни.

— Как романтично! — воскликнула она. — И вы действительно ничего не помните?

— Абсолютно.

— Ну, можно попробовать погадать на кофейной

гуще, хотя вы же ничего не хотите знать о будущем...
Сложный случай.

— Да ладно, Алиса, бог с ним, с незнакомцем,
не надо гаданий.

— Не хотите, не нужно, скажу вам только одно,
это — любовь!

— Что любовь? — не поняла я.

— Да вот эта история... Она связана с любовью,
я это чувствую.

— С моей любовью или с любовью ко мне?

— Сначала с любовью к вам... а уж потом...

— Вы просто догадываетесь?

— Я это чувствую.

— Алиса, вы надо мной смеетесь?

— Даже не собиралась. Над любовью грех сме-
яться.

— Я не знала, что вы гадаете.

— Я мало кому об этом говорю. Когда-то в
молодости у меня обнаружился дар, я стала гадать, и
все сходилось. Я даже неплохо этим зарабатывала, а
потом встретила одного человека, который сказал
мне, что это великий грех — заглядывать в будущее.
И я, как говорят преступники, завязала. Конечно,
самым близким, если они очень просят, иногда
гадаю...

— Очень тронута, что вы меня причислили к
самым близким, и, может быть, еще настанет момент,
когда я сама к вам приползу.

— Не дай Бог!

— Но тогда вы мне погадаете? Если приползу?

— Очень надеюсь, что этого не случится. Я вчера

утром видела, как от вас уходил мужчина... Он мне понравился.

Я вспыхнула.

— Мне он тоже нравится, очень...

— Давно пора! Ох, что ж это я заболталась, мне же готовить надо. Пришла за майонезом, а сама... Извините, Машенька!

Она ушла. А я задумалась. Может быть, я сделала глупость, отказавшись от гадания? На моем месте любая нормальная женщина с восторгом согласилась бы. Так то нормальная... Нет, будь что будет, хорошее или плохое. А почему, собственно, должно быть плохое? У меня же полоса везения! Значит, будем думать только о хорошем. Но вот сколько она продлится, эта полоса? Судя по тому, как долго мне не везло, она должна быть длинной-длинной. С чего она началась? С кулинарной книги? Вот ею и займусь. И я снова села за стол. Но явилась Белка. Вид у нее был свежий, сияющий.

— Ой, Маш, как мне хорошо в Москве! — заявила она с порога.

— Это видно невооруженным глазом, — засмеялась я. — А сейчас тебе станет еще лучше. Ну-ка примерь вот это! — И кинула ей пакет с кожаной курткой.

— Ой, что это? — разволновалась Белка. — Маша, какая красотища! Это мне?

— Тебе, кому же еще!

Куртка оказалась в пору и к лицу.

— Маша! Тетка моя любимая! Откуда?

— От верблюда!

— Ты это купила? Но это же бешеных бабок стоит!

— Да не совсем... — Я рассказала ей, откуда взялась куртка. — Кстати, кроме куртки там еще куча вещей.

Она с упоением все перемерила, и все ей подошло.

— Вот видишь, целое приданое...

— Кайф! Ломовой! Ой, Маш, а покажи твое пальто!

Я с удовольствием влезла в обнову.

Племянница окинула меня оценивающим взглядом:

— Офигеть! Только к этой роскоши нужны соответствующие сапоги. С твоими это смотреться не будет.

— Я вот тоже думаю... Белка, а давай сейчас поедем куда-нибудь, посмотрим мне сапоги, а?

— Давай! А куда?

— Ну, наверное, на «Динамо».

— А что там?

— Вещевой рынок.

— Маш!

— Что?

— Может, не стоит на рынок-то?

— Почему? Очень даже стоит, там все-таки цены божеские, и выбор большой. И вообще, я не гордая. А после «Динамо» предлагаю заехать в какую-нибудь кафешку перекусить, чтобы время не тратить.

— А потом? — живо заинтересовалась Белка.

— Потом отвезу тебя к Лизе.

— А сама что будешь делать?

— Работать, Белка, работать!

— А потом?

— Потом лягу спать.

— Одна?

— Почему одна? С Гешей.

— Маш, ну правда, скажи...

— Что тебе сказать, горе мое?

— Как у тебя с тем мужиком?

— Тебе-то что за дело?

— Совесть замучила, — тяжело вздохнула Белка. — Мне как твоя Татьяна объяснила, что это, может, у тебя лебединая песня, я расстроилась.

— Ладно, не расстраивайся. Все о'кей!

— Правда? — возликовала Белка.

— Честное благородное слово!

Мы долго бродили по вещевому рынку, и в результате я купила себе очень даже красивые черные сапоги на небольшом каблучке. Белка, правда, требовала, чтобы я купила бежевые.

— Ты погляди, погляди, — горячилась она, — вот эти и моднючие, и точно в тон.

— Так-то оно так, но черные идут ко всему, а бежевые мне и надеть не с чем, кроме этого пальто. И потом они насколько дороже!

— Не жмотничай, тетка, на себе ведь экономишь!

— Дорогая моя, мне надо еще дожить до шестнадцатого, а на носу Новый год. И вообще, отвянь!

— Отвянь? — расхохоталась Белка. — Откуда такие словечки?

— Ну, я же не глухая!

Затем мы нашли симпатичное кафе с божескими ценами и с удовольствием просидели там целый час, болтая обо всем на свете. Заодно обсудили и новогоднее меню. Договорились, что тридцать первого с утра Белка явится ко мне и поможет с готовкой. Лиза обещала испечь свой фирменный торт.

— А может, все-таки поедем в Шереметьево, встретим папу?

— Он не велел!

— Мало ли что, он обрадуется!

— Ладно, там видно будет.

Я отвезла ее к Лизе, сама забежала поцеловать тетушку и помчалась домой. Макс говорил, чтобы я ничего не готовила, и я по дороге просто купила жареную курицу. Захочет есть, будет, что ему предложить.

Дома первым делом я занялась уборкой. Не могу сказать, что это любимейшее из моих занятий, но сегодня я все делала с удовольствием. Потом вымыла голову, приняла даже не душ, а ванну с ароматической солью, навела легкий марафет и надела подаренный Танькой розовый халат. Но подумала: а прилично ли встретить его в таком виде? Нет, неприлично, решила я. Слишком откровенно. Я влезла в джинсы и синий джемпер, подаренный вчера Ниной. Отлично, скромненько и со вкусом.

От одной только мысли, что он скоро придет,

меня начинало трясти, как в ознобе. Что это со мной творится? Я включила телевизор, но меня очень скоро стало тошнить от него. И руки сами достали с полки томик Ходасевича. Я раскрыла его наугад.

> Под ногами скользь и хруст.
> Ветер дунул, снег пошел.
> Боже мой, какая грусть!
> Господи, какая боль!

Нет, это не для меня. Нет! К черту грусть и боль! Но вот на той же странице маленькое стихотворение, всего восемь строк:

> Странник прошел, опираясь на посох, —
> Мне почему-то припомнилась ты.
> Едет пролетка на красных колесах —
> Мне почему-то припомнилась ты.
> Вечером лампу зажгут в коридоре —
> Мне непременно припомнишься ты.
> Что б ни случилось, на суше, на море
> Или на небе, — мне вспомнишься ты.

Боже мой! Сколько раз я читала эти стихи, а сейчас вдруг поняла: это же формула любви! Да, конечно, ведь когда любишь, все тебе напоминает о любимом. Ну, может, не любви формула, а влюбленности? Ах, какая разница! Все равно хорошо! Всего восемь строк... «О, если бы я только мог, хотя б отчасти, я сочинил бы восемь строк о свойствах страсти...» — писал Пастернак.

Господи, у меня в голове настоящая каша. Любовь, Пастернак, Ходасевич, Макс... Главное, конечно, Макс... Скорее бы он пришел, я так хочу видеть его. Он такой... Он бабник, шепнул внутренний голос, и к тому же любимец баб. Ну и что?

Ничего, только не очень расслабляйся. Знаешь, есть такие мужики, под взглядом которых расцветает любая женщина от пятнадцати до восьмидесяти пяти. Им все равно, кто перед ними, важно, что женского пола... Да, но я-то все-таки не абы кто, и он явно положил на меня глаз, к тому же у нас с ним эта... как ее... сексуальная совместимость. Это тоже чего-то стоит. Но может, для женщины это так важно, а для мужчины не очень? Черт, я не слишком сильна в этом вопросе. Жалко Инги нет в Москве, она бы мне все объяснила... Но не звонить же ей в Прагу с такими разговорчиками. Она решит, что я спятила. Между прочим, если он бабник, опять шепнул внутренний голос, то надо быть осторожнее, сейчас ведь свирепствует СПИД... Да что тебе лезет в голову, дура? Кстати, не похож он на бабника, ухватки не те... А что он женщинам нравится, так он же не виноват...

Едва раздался сигнал домофона, как все мысли вылетели из головы. Я бросилась открывать, попутно заглянув в зеркало, и осталась вполне довольна своим видом. Потом прильнула к глазку. Где же он? Этот дурацкий лифт тащится, как черепаха! О, вот он. С цветами!

— Маша, наконец-то! — выдохнул он еще на пороге. — Вот, ты же любишь цветы.

— Спасибо, очень... Их нельзя сразу разворачивать, на улице холодно, — бормотала я, сжимая в руках завернутый в бумагу букет. — Это что?

— Белые лилии. Да положи их, дай я тебя поцелую, я так долго ждал.

— Макс, ты не голоден? — сочла своим долгом осведомиться я.

— Нет, нет, я... Я не голоден, но я изголодался. Маша, Машенька!

Короче говоря, о лилиях я вспомнила часа через два.

— Ой, Макс, цветы! — закричала я, высвобождаясь из его уже расслабленных объятий. К счастью, с лилиями ничего не случилось, я поставила их в большую стеклянную вазу и принесла в спальню. — Смотри, Макс, какая красота. А запах какой!

— Машка, хватит ботаники, иди ко мне, — позвал он. — Я ревную!

— К цветам?

— Ко всему свету. К твоему прошлому... и даже к будущему.

— Ты такой ревнивый?

— То-то и оно, что никогда не был ревнивым. А сейчас просто с ума схожу...

— Ревнуй меня, Макс, пожалуйста, ревнуй, мне это нравится.

— Нравится? — засмеялся он. — Ты странная, удивительная женщина...

— И со мной происходят странные, удивительные вещи, — сказала я.

— Что ты имеешь в виду?

Я поведала ему историю про таинственного незнакомца.

— Ты действительно ничего не помнишь?

— Ничего! Совсем! До сих пор теряюсь в догадках.

— Загадочная история! И ты ничего не предприняла?

— Сменила замки! А что еще я могла? Я все надеюсь, что он как-то проявится.

— Знаешь, я думаю, если это чья-то шутка, то она должна проясниться в Новый год. Ты дома встречаешь?

— Да.

В самой глубине души у меня теплилась даже не надежда, а крохотулечная надеждочка, что он захочет провести Новый год со мной, но от этого вопроса надеждочка сразу издохла, не издав даже предсмертного хрипа. Внутренний голос напомнил: дура, корова, он же семейный человек.

— А с кем ты будешь встречать? — поинтересовался он.

— С тетушкой, с племянницей и братом.

— Значит, я могу быть спокоен и не умирать от ревности?

Мужская логика. Он может не умирать от ревности, а я должна от нее известись? Хотя ревновать его к жене довольно глупо. Но что я могу с собой поделать?

— Знаешь что, давай ровно в двенадцать вспомним друг о друге и мысленно чокнемся. Согласна?

— Согласна, — подавив тяжелый вздох, с легкой улыбкой ответила я. — Но разве мы до Нового года уже не увидимся?

— Увы! Завтра и послезавтра работы невпроворот, а тридцатого у нас на работе новогодний вечер. Не пойти я не могу...

Я хотела спросить, когда же мы теперь увидимся, но внутренний голос повелел: молчи, дура, и не вздумай проявлять инициативу. Он тебя ревнует, и прекрасно. Пусть помучается.

— Маша, ты расстроилась? — осторожно осведомился он.

— Расстроилась? С какой это стати? У меня сейчас кроме работы дел выше головы. Пятнадцатого я должна сдать книгу, хоть тресни. А потом...

— Что потом?

— Не знаю, может, поеду куда-нибудь отдохнуть на недельку. Правда, мой работодатель обещал мне еще что-то подкинуть...

— Ты была когда-нибудь в Таллине? — спросил он вдруг.

— Сколько раз! А что?

— Да мне предстоит поехать туда на Европейскую выставку телеоборудования. Хороший город?

— Не то слово! Дивный! Ты получишь такое удовольствие! Я бы тоже поехала, у меня там близкая подруга есть...

— Да, это было бы изумительно, поехать вместе, — мечтательно произнес он, — но, к сожалению, ничего не выйдет.

— Почему?

— Я поеду туда всего на три дня. И притом не один, а с коллегами. Это неудобно.

— Ты меня не понял, я вовсе не собиралась ехать туда с тобой! Просто ты упомянул про Таллин, и я вспомнила, что давно там не была, не видела подругу, а на твою свободу и не думала посягать!

— Маша, Маша, ты обиделась? Не надо, милая моя, я просто ужасно занятой человек... Но мы рано или поздно непременно куда-нибудь поедем вместе, и не на три дня, а хотя бы на недельку, куда-нибудь к теплому морю, в Египет, например...

Я расхохоталась.

— Ты почему смеешься? — удивился он.

— Два дня назад меня уже приглашали в Египет.

— Кто?

— Один приятель, — неопределенно ответила я. Он побледнел.

— И что?

— Ничего! Вместо того чтобы загорать на Красном море, я валяюсь с тобой в постели, и ты все время даешь мне по носу!

— Что это значит?

— Ну, ставишь меня на место! А этого не надо! Я свое место и так прекрасно знаю!

Он внимательно посмотрел на меня, потом обнял и стал нежно-нежно целовать.

— Машка, Машка моя, кто это тебя так обижал, а? Почему у такой красавицы накопилось столько горечи? Забудь, расслабься! Я люблю тебя, запомни это, заруби на носу, усвой! Люблю! Просто жизнь сейчас такая сложная, что иной раз даже для любви в ней мало места. Но главное, чтобы любовь была, а рано или поздно она свое возьмет.

Слова его звучали как самая лучшая, самая любимая музыка. И даже внутренний голос молчал, как ни странно.

— Думаешь, мне не хочется встретить Новый год

с тобой вдвоем? Еще как! Думаешь, не хочется сесть в поезд и поехать в Таллин или в любое другое место с тобой? Да я мечтаю! Но...

— Не надо ничего объяснять.

— Но ты усвоила, зарубила себе на носу?

— Конечно.

— А ты... Ты любишь меня? — вдруг спросил он слегка охрипшим от волнения голосом.

Я уже открыла было рот сказать, что да, люблю, обожаю, умираю от любви, но тут этот окаянный внутренний голос вякнул: не смей, корова! И я пролепетала:

— Не знаю, я не могу так быстро... Но мне хорошо с тобой...

По его лицу пробежала тень разочарования.

— Ты полюбишь меня, я постараюсь...

Ночевать он не остался, ушел в половине третьего ночи. Обещал, что будет звонить и мы непременно увидимся первого или второго числа. А я сразу заснула мертвым сном.

Утром, едва продрав глаза, я стала вспоминать вчерашнее. От легкой и, по-видимому, несправедливой обиды не осталось и следа, это так, мелочи жизни, а главное — любовь! Свет! Счастье! И фантастическая блаженная легкость во всем организме, которая бывает после настоящей близости. Я вскочила с постели абсолютно счастливая и вскоре уже села за работу. Часа в четыре вдруг позвонил Макс.

— Машенька, как там твой носик?

— Носик? — не поняла я.

— Ты на нем что-нибудь зарубила? — голос его звучал так нежно и сексуально, что меня опять кинуло в дрожь.

Я сглотнула набежавшую слюну и ответила:

— Да, да, конечно.

— А тебе это приятно?

— У тебя обеденный перерыв? — полюбопытствовала я.

— Да нет, я стою в пробке у Рижского вокзала.

— А, понятно!

— Машенька, я только сейчас вспомнил, ты говорила, что Костя тоже будет встречать с вами Новый год?

— Да, а что?

— Передай ему от меня привет, если он меня помнит. Хотелось бы вообще-то повидаться, но...

— Непременно передам, — а сама не без некоторого злорадства подумала: ага, неловко тебе сейчас встретиться с моим братом, очень неловко. Хотя, если разобраться...

— Маша, ты почему замолчала?

— От чувств! — засмеялась я.

— Машка, ты чудо! Целую тебя! Кажется, мы сейчас поедем! Все! Пока!

И чего, спрашивается, звонил? Хотя нет, такие звонки — самое приятное! Интересно, он говорит, что любит, всем бабам? Есть такие мужики, которым признаться в любви все равно, что выпить рюмку, а от некоторых не дождешься, даже если точно знаешь, что он помирает от любви. Но ведь, наверное, попадаются особи, которые говорят это лишь тогда, когда действительно так чувствуют? Не знаю, мне пока такие не попадались. Неужели Макс действительно исключение из правил? Неужели не козел? Сердце радостно забилось.

Тридцать первого декабря я вскочила ни свет ни заря с твердым решением: сегодня я даже думать не буду о работе. За последние два дня я сделала мощный рывок и уже точно знала, что всей работы осталось на десять дней. Отлично, значит, еще дня два-три могу прогулять. А потом получу денежки и... И что? Накуплю шмоток? Это показалось мне не слишком интересным. Если Вырвизуб даст мне еще работу, то я успею со шмотками... Нет, надо придумать что-нибудь эдакое, что надолго запомнится. Но что же?

В этот момент зазвонил телефон. Похоже на междугородку. Я схватила трубку. Это была моя подруга из Таллина, Марта. Наполовину русская, наполовину эстонка, она в молодости жила в Москве, а в середине восьмидесятых перебралась в Таллин, да так там и осталась, выйдя замуж за потрясающе красивого эстонца по имени Хейно. Однако этот Хейно оказался горьким пьяницей, и Марта живенько от него избавилась. И теперь, насколько я знаю, тоже жила одна.

— Машунька, привет! С наступающим тебя, а главное, с прошедшим. Меня не было в Таллине, и я не могла двадцать второго позвонить! Поздравляю! Как дела? — единым духом выпалила она.

— Марточка, дорогая, как я рада тебя слышать! У меня все хорошо! А где ты была?

— В Швейцарии, рождественский тур! Это сказка! Хотя у нас в Таллине на Рождество тоже красиво! Ты должна когда-нибудь приехать на Рождество!

И тут меня осенило!

— Марта, слушай, а если я приеду пораньше?

— Пораньше чего? — не поняла Марта.

— Пораньше следующего Рождества?

— Машка! Родненькая! Приезжай когда хочешь! Только предупреди заранее!

— Я тебя уже предупреждаю! Числа восемнадцатого-девятнадцатого, может быть, вырвусь дня на три. Примешь?

— Что за вопрос! Ура, Машка! Ты Таллина просто не узнаешь! А я такой ремонт в квартире сделала! Машка, ты правда приедешь?

— Правда! — уже уверенно ответила я. — Если успею с документами. Ты случайно не знаешь, сколько времени надо, чтобы визу получить?

— Кажется, не меньше двух недель. Но ведь праздники... А тебе обязательно в эти числа?

— Обязательно.

— Почему? Машка, ты что, не одна приедешь?

— Приеду одна! Но...

— У тебя кто-то в Таллине, и я про это не знаю? — возмущенно закричала Марта.

— Нет, просто он поедет в Таллин в командировку, а я сделаю ему сюрприз.

— Гениально! Маш, а он кто?

— Приеду, все расскажу, кончай треп, Марта, ты разоришься!

— Да я звоню не из дома, а из одной конторы. Маш, ну хоть скажи, он женат?

— Женат. Но мне это до лампочки, я замуж не стремлюсь...

— Ты его любишь?

— Кажется, да.

— А он тебя?

— Кажется, да.

— Ой, Маш, как интересно! Слушай, а тебе приглашение прислать?

— Не надо. Я через туристическую фирму...

— Но, я надеюсь, ты у меня остановишься? Если надо, я сама могу ночку-другую у мамы переночевать, ты же понимаешь! Но как я хочу тебя видеть! Машка, приезжай скорее! А вдруг у этого твоего хахаля поездка сорвется?

— Я все равно приеду, честное слово!

— Здорово!

— Марточка, как хорошо, что ты позвонила! Я тебя поздравляю, передай привет и поздравления маме и всем, кто меня помнит! Когда что-то конкретно выяснится, позвоню! Целую!

Восторгу моему не было предела. Это именно то, что нужно. Пусть он едет сам по себе, с коллегами, а я приеду на день раньше и встречу его на вокзале! И пусть коллеги считают, что у него есть дама в Таллине... Или я могу наврать, будто меня просили их встретить или еще что-нибудь... Придумаю на месте. Нет, я не стану светиться, мы пойдем на вокзал вместе с Мартой, и она как-нибудь выяснит, где они остановятся, а я потом позвоню...

Да нет, чего выдумывать заранее какие-то сложности, ближе к делу посмотрим. А вот насчет документов надо побеспокоиться уже сегодня, и я тут же набрала номер еще одной своей приятельницы, которая работала в туристическом агентстве. Как ни странно, я дозвонилась с первого раза, она страшно удивилась.

— Маш, ты что? Неужели куда-то собралась?

— Мариночка, миленькая, — взмолилась я, — ты можешь числа восемнадцатого отправить меня на три дня в Таллин?

— В Таллин? Паспорт у тебя в порядке?

— Конечно.

— Приглашение есть?

— Нету. Но могу попросить... Только с приглашением я бы и сама...

— Погоди! Ты хочешь на поезде или на самолете?

Я на мгновение задумалась.

— Лучше на самолете.

— С гостиницей?

— Да нет же, мне к Марте...

— Ах, ну да... В принципе это возможно, но только если ты прямо сегодня привезешь документы и деньги на визу. Вообще-то у нас это стоит около стольника, но с тебя возьмем поменьше.

— Стольник? Рублей?

— Эх, мать, отсталая ты личность. Стольник

зеленых. Я подключу тебя к группе, которая едет за подержанными машинами...

— Зачем? — испугалась я.

— О боже, до чего ж ты бестолковая, Машка! Тебя это вообще касаться не будет, зато визу в группе получить куда легче. Я сегодня как раз посылаю запрос. Если в течение полутора-двух часов привезешь паспорт и бабки, имеешь шанс. Только бабки рублями. Все, значит, я тебя включаю?

— Включай, я скоро приеду!

Я стала судорожно одеваться. У меня получится, все получится просто прекрасно. И даже эти деньги сейчас есть, несмотря на все траты. Правда, предстоит еще прожить две недели, но на самый худой конец возьму в долг у Кости, хоть и ненавижу долги. Но тут любовь, святое дело! Скорее бы появилась Белка, оставлю ее на хозяйстве, а сама смотаюсь к Маринке в агентство. Только никому сейчас ничего говорить не стану, а то начнут обсуждать, давать советы, а я не хочу советов. Я теперь сама буду распоряжаться собой.

Белка не заставила себя долго ждать.

— Маш, ты уходишь? — удивилась она.

— Белка, я тебе сейчас объясню, что надо сделать, а сама на часок уйду. Мне необходимо съездить по одному делу...

— На свиданку, что ли?

— Какая свиданка, что ты! Идем, я тебе дам задания!

Оставив Белку одну, я вылетела из подъезда.

Только бы Росинант не подвел! Но он, умница, завелся, как новый! И я все прекрасно успела.

— Ты что-то цветешь, подруга! — заметила Марина, оторвавшись от компьютера. — Или у тебя роман?

— Есть немножко! — засмеялась я. — А что, заметно?

— За версту видать! Кто он?

— При встрече все расскажу! Не сейчас же и не здесь!

— Тоже верно! Но хоть шепни, кто он по профессии?

— Технарь!

— Без копейки?

— С копейкой!

— Машина есть?

— Есть.

— Какая?

— «Фольксваген-пассат».

— Середнячок, но сойдет.

— Маринка, ты что, эксперт? — поразилась я.

— Ага, в нашем деле все надо учитывать.

— Я не очень поняла, какое отношение...

— Я тебе это тоже потом объясню. Не здесь и не сейчас.

— Ладно, я поеду. С наступающим, Маринка, и спасибо тебе!

— Не за что, подруга! Тебе давно пора проветриться.

Дома меня встретила Белка с вытаращенными глазами.

— Ой, Маш, где тебя носит? Тут такое...

— Что? — перепугалась я. — Геша в окно выпал?

— Да ты что? Смотри!

И она буквально втолкнула меня в комнату, где на столе стоял... огромный букет из желтых и сиреневых хризантем, точь-в-точь такой, как в прошлый раз, но побольше. И коробка конфет, раза в два больше прежней.

— Откуда это?

— Принесли.

— Кто?

— Какой-то парень.

— А записки нет?

— Нет, уж я проверила, можешь быть спокойна.

— Что за парень-то?

— Сказал, что посыльный. Похоже на то. У него на куртке бляшечка была. От фирмы «Сюрприз».

— И ты у него ничего не спросила?

— Знаешь, как я в него впиявилась! Но он молчал, как партизан. Я потом даже за ним проследила, но он сел в рафик с надписью «Сюрприз» и укатил. Я номер запомнила!

— Номер? Какой номер? — рассеянно спросила я.

— Номер рафика!

— Зачем? Это ж не уголовное дело... Странно... Должен же наконец этот человек как-то проявиться...

— Ой, Маш, а цветы — обалденные! И в прошлый раз такие были, да?

— Да. Ничего не понимаю!

— И не надо! Просто радуйся — и все! Вот только...

— Что?

— Почему он прислал это с посыльным, а не проник сюда в твое отсутствие?

— Так я же замки поменяла и, кстати, была права.

— Ой, Маш, я совсем забыла! Тебе звонил Максим Павлович.

— Да? И что сказал?

— Что заедет на минутку в половине второго. Мне уйти, Маш?

— Даже не думай! — прикрикнула я на нее. — Он объяснил, зачем приедет?

— Нет, просто, говорит, на минутку! Я думаю, он тебе что-нибудь подарит! Маш, ты будешь вся в подарках! А ты ему про цветы скажешь?

— Там видно будет.

— Нет, ты обязательно скажи! Пусть ревнует!

— Все, Белка, кончай треп, займемся делом. Я понимаю, ты тут мало что успела.

— Ошибаешься! Все, что было велено, я сделала! Жду дальнейших указаний!

— Правда? Ну, молодчина. Не девка, огонь! — засмеялась я.

И мы дружно взялись за дело. У Белки и в самом деле все горело в руках. В результате мы довольно быстро со всем управились.

— Маш, уже второй час, поди переоденься, а то ты вся в муке! — потребовала Белка.

Едва я успела привести себя в божеский вид, как в дверь позвонили.

— Я буду на кухне! — шепнула Белка.

Я открыла дверь. На пороге стоял Макс, держа в руках какую-то коробку и букет.

— Машенька, я заскочил поздравить тебя с наступающим! — громко проговорил он и тут же перешел на шепот: — Девочка где?

— На кухне. А в чем дело?

— Вот в этом!

Он сложил коробку и цветы на стул в прихожей, решительно шагнул ко мне и обнял.

— Я соскучился! Дай хоть поцелую тебя!

Оторвавшись наконец от моих губ, он простонал:

— Как тут у тебя вкусно пахнет! Маш, чашку кофе, умоляю!

— Белка, поставь чайник! — крикнула я. — Макс, но ты хоть куртку сними!

— Да, да, конечно! Машенька, родная, это вот тебе к Новому году!

— А что это? — с любопытством спросила я.

— Это тюльпаны, я подумал, что к Новому году тюльпаны подойдут, да?

— Конечно! Спасибо!

— А вот это — радиотелефон!

— Боже мой, Макс, зачем... — смутилась я, проклиная внутренний голос, запретивший мне сделать ему подарок.

— Знаешь зачем? — опять перешел на шепот Макс. — Это чтобы ты могла брать его с собой повсюду. В ванную, например. Я позвоню, а ты мне скажешь: Макс, я в ванне! Я сразу представлю тебя в мыльной пене, и мне станет так хорошо...

Я расхохоталась.

— Я дурак, да?

— Есть немножко!

— Это я от тебя дурею! Давай-ка я быстренько установлю телефон!

— Маша, чайник вскипел! — донесся с кухни Белкин голос. Она честно не высовывала носа.

Я помчалась туда, заварила кофе и отнесла ему в комнату. Он уже успел подключить новый аппарат.

— Только ему сначала надо подзарядиться, — предупредил Макс, отпив глоток. — У тебя есть вторая розетка?

— Есть, на кухне. А что?

— Надо старый аппарат пока туда поставить, а то сегодня тебе многие, наверно, будут звонить. Но обещай мне, что потом ты его выбросишь. Уж больно он страшный!

Старый аппарат и впрямь дышал на ладан, так что подарок Макса пришелся весьма кстати. Ничего не поделаешь, полоса везения.

— Макс, а я тебе ничего не подарила... — с грустью сказала я.

— Ты? Мне? Ничего не подарила? Чудачка, дурочка моя, да ты сама лучший в моей жизни подарок. Я чувствую себя счастливым, помолодевшим... Я всю жизнь мечтал о такой, как ты...

— О какой? — решила я пококетничать и напроситься на комплимент.

— Об умной, веселой, рыжей... Постой-ка, а от кого эти цветы? — нахмурился он.

— Все от того же таинственного незнакомца! Без меня принесли, а Белка успела только увидеть, как посыльный садился в рафик с надписью «Сюрприз».

— Вот сыщица! — усмехнулся Макс. — Ты и вправду не догадываешься, кто их прислал?

— Не имею даже отдаленного представления! Все версии оказались негодными.

— Загадочная история! Но мне она не нравится, имей в виду!

— Ты хочешь, чтобы я выбросила эти цветы?

— Да нет, зачем же? Тебе они доставляют удовольствие!

— Это верно.

Макс допил кофе, еще раз показал, как обращаться с новым аппаратом, поцеловал меня и умчался.

Тут же из кухни вылетела Белка.

— Ух ты, какой клевый телефончик, не то что твоя развалюха! Маш, ты увидишь, радиотелефон — это кайф. Очень удобно! Молодец твой Макс! Одобряю!

— Нахалка же ты!

— А что нам еще осталось сделать?

— Да практически ничего.

— Может, все-таки смотаемся в аэропорт, встретим папу? Я так соскучилась, а, Маш?

— Белка, мы разминемся с ним! Представь себе, что мы застрянем в какой-нибудь пробке или мотор забарахлит, и что тогда? У папы нет ключей. Нет уж, будем ждать его дома!

— Я жутко волнуюсь, — призналась она.

— Из-за чего?

— Сама, что ли, не понимаешь? А вдруг он... не согласится, чтобы я жила у Лизы?

— Но ты же утверждала, что папа просто не знал, куда тебя девать, а потому и не уходил от мамы. А кстати, ты не хочешь поздравить ее с Новым годом?

— Зачем? — холодно осведомилась Белка. — Она за все дни ни разу даже не позвонила... Разве не так?

— А вдруг с ней что-нибудь случилось?

— Ну, уж тогда точно тебе бы сообщили... Просто она рада, что меня нет.

— Белка, а ты не преувеличиваешь?

Она подняла на меня взгляд, полный такой боли, что мне стало страшно.

— Знаешь, сколько раз она говорила мне, что она меня не хотела и родила только потому, что папа настоял... Думаешь, приятно это слышать?

— Белка!

— А про папу она говорит, что он загубил ее жизнь, что ему нужна была ее квартира...

— Но позволь... Насколько я знаю, эту квартиру дали Косте от работы?

— Эту — да! А раньше они жили в маленькой, и это была мамина квартира...

— Ну, я знаю... Белка, а ведь она скорее всего просто больна.

— Папа одно время тоже так думал и даже тайком привел в дом психиатра, а тот сказал... я этих всех терминов не помню, но суть была в том, что она... с жиру бесится... Что, конечно, у нее очень плохой характер и что она жутко распущенная... Машенька, миленькая, пожалуйста, поддержи меня, если папа заартачится! Я не могу больше так жить. Ты даже не представляешь, как мне тут хорошо, с Лизой. — По ее щекам полились крупные слезы.

Этого я уже не выдержала, схватила ее, обняла, прижала к себе.

— Белочка, маленькая, ну не плачь, пожалуйста, все образуется, все будет хорошо, я просто уверена, что Костя согласится, он же в тебе души не чает, наверняка захочет, чтобы единственная дочка жила как человек. И вообще, я просто не отпущу тебя в Питер!

От моих ласковых слов она еще пуще разрыдалась. Но тут позвонили в домофон, и я услышала в трубке голос Кости:

— Сестренка, открывай, это я!

— Белка, марш в ванную, папа приехал! Зачем ему сразу твои слезы видеть!

— Ура! Папа приехал! — И ее как ветром сдуло.

А я кинулась к лифту.

— Маруська, сестренка, сколько лет, сколько зим! До чего я рад тебя видеть! Так замотался в этой Америке, что даже про твой юбилей забыл! Поздравляю, Маруська, ты уже большая девочка!

— Костя, идем же в квартиру! Что ты вопишь на лестнице?

— Тоже верно, но это я от радости! А где Белка? У Лизы?

— Да нет, она тут, в ванной...

— Белка, где ты? — загремел Костя. — Дочка, я тут, ау!

Из ванной вылетела Белка в моем махровом халате, с мокрой головой. Молодец, сделала вид, что мылась. Она сразу повисла у отца на шее.

— Папочка, миленький! Приехал!

— Что, туго пришлось? — с сочувствием спросил он дочку.

— Об этом вы потом поговорите, — заявила я. — Костя, ты голодный?

— Как волк!

— Тогда мой руки и за стол!

— А подарки? Я вам привез подарки.

— Поешь сперва, мы уж как-нибудь потерпим!

Я смотрела на брата. Ну почему этому красивому, талантливому, веселому человеку выпала такая несчастливая судьба? Или это у нас с ним семейное? Мою судьбу тоже счастливой не назовешь... Но выглядит он хорошо. Подтянутый, спортивный, только глаза какие-то печальные...

После обеда он достал подарки.

— Маруська, вот это тебе! — протянул он мне красивый пакет.

Я заглянула туда и взвизгнула:

— Костенька! Это же то, что нужно!

В пакете оказалась отличная черная сумка, как раз такая, какую я хотела, — из натуральной кожи, мягкая, на длинном ремне и с множеством отделений.

— Угодил?

— Не то слово!

Полоса везения продолжалась.

Пока Костя доставал из чемодана Белкины подарки, она шепнула мне:

— Машенька, пожалуйста, заведи с ним разговор, а то я боюсь, что начну как-нибудь не так и только все испорчу!

— А если я испорчу?

— Ты не испортишь, я знаю! Машенька, ну пожалуйста, очень тебя прошу.

— О чем это вы тут шепчетесь, девочки? — поинтересовался Костя, входя в комнату с целым ворохом пакетов. — Вот дочка, держи!

— Ух ты, сколько! — восторженно заверещала Белка, подхватила подарки и унеслась в спальню, оставив меня наедине с братом.

— Ну что, Маруська? Как жизнь? — спросил он, усаживаясь на диван и с удовольствием закуривая.

— А у тебя как? — ответила я вопросом на вопрос.

— У меня? У меня, сестренка, не жизнь, а сплошной стресс. Просто рвусь на части и не знаю, что делать. И так нехорошо, и так неладно, как в том анекдоте. И что-то я притомился от такой жизни. А ты чудесно выглядишь, Маруська...

— Костя, знаешь... Может быть, то, что я скажу, покажется тебе странным, но ты с ходу не отвергай...

— Что такое? — насторожился Костя.

— Белка не хочет возвращаться в Питер.

— То есть как?

— Лиза предложила ей пожить у нее, они отлично ладят, Белка за эти дни так успокоилась... Она говорит, что просто не может больше жить с матерью...

И вдруг я заметила, что в печальных глазах брата загорелся какой-то огонек.

— Маруська! Я правильно понял? Белка будет жить у Лизы?

— Да. И я, конечно, тоже буду за ней присматривать по мере сил. Видел бы ты, какая она приехала...

— Маруська, но ведь это... Это выход, Маруська! Да еще какой! Если Белка сама так захотела... И Лиза... Ничего лучшего ты не могла мне сказать, сестренка!

— Значит, ты согласен?

— Согласен ли я? Ты предлагаешь мне жизнь и свободу и спрашиваешь, согласен ли я? Да я просто счастлив до небес!

Передо мной сидел другой человек. Только он уже не сидел, а бегал по комнате.

— Ты не представляешь, какие у меня открываются перспективы! Какие предложения я получал и вынужден был отказываться! А теперь...

— Ты о чем, Косточка? — вспомнила я его детское прозвище. — Какие предложения?

— Мне только что в Америке предложили трехгодичный контракт, шикарные условия, интереснейшая работа, а я вынужден был отказаться. Правда, Америка меня не привлекает, но я и в Европе запросто найду работу, меня приглашали и в Германию, и в Англию! Знала бы ты, сколько роскошных предложений я отклонил только потому, что не мог оставить Белку с матерью!

— Но ведь ты мог взять ее с собой!

— И что? У нее же трудный возраст, кто бы там за ней присматривал? А ведь надо еще устроиться, языка она не знает... А теперь... сестренка, такие горизонты...

— Костя, а как же Милочка?

— Какая Милочка? Ах, Милочка... Белка и об этом рассказала... Она очень славная, эта Милочка...

— Ты ее не любишь?

— Нет, это как в песне, встретились два одиночества. Мне было плохо, а тут подвернулась она... Ну и...

Козел, подумала я, такой же козел, как и все. А я-то считала, что мой брат исключение. Или исключений не бывает? А Макс? Нет, он, похоже, именно то исключение, которое подтверждает правило.

— Ты о чем задумалась, Маруська?

— Да так, ни о чем... Просто я подумала: тебе обязательно уезжать за границу?

— Обязательно, сестренка. Мне же надо заработать на две квартиры, а у нас это непросто. Я, конечно, и в Питере неплохо получаю...

— Зачем тебе две квартиры? — удивилась я.

— Как зачем? Мне и Белке, она ведь может уже года через три-четыре выскочить замуж, и...

— И ты тоже можешь жениться, да?

— О нет! Я сыт по горло! Просто хочу жить

нормальной жизнью. Но ты не думай, я не брошу Белку на вас с Лизой! И потом, сейчас не так уж важно, в Питере я буду жить или, допустим, в Стокгольме. Сел в самолет и прилетел. И вы сможете ко мне приезжать... Господи, у меня голова кругом пошла от радости! Лучшего подарка на Новый год ты не могла мне сделать, сестренка!

— Белка! — позвала я, прекрасно понимая, что девчонка конечно же стоит за дверью и слушает.

Она тут же влетела в комнату.

— Папа согласен! — объявила я.

— Ура! Папуля! Ура!

Она повисла у него на шее.

— Ну, вы тут поговорите, а я пойду полежу.

Я ушла к себе. У меня отчаянно разболелась голова. А ведь предстоит бессонная ночь, надо немножко привести в порядок мысли и чувства.

Подумать только, с какой легкостью и Костя и Белка относятся к переменам в своей судьбе. А о Варваре как будто и не помнят. Какая бы она ни была, но ведь ей предстоит разом лишиться всего. И мужа и дочери. И еще вопрос, как она это перенесет? Я всегда терпеть ее не могла, но сейчас мне ее стало жалко. Что это — женская солидарность? Или просто все чувства у меня обострены из-за Макса?

Макс... Какой он все-таки милый... Заметил, что у меня телефон резиночкой перетянут, я как раз думала, что надо купить новый, когда получу деньги, а он... Это значит, что он внимательный. А что может быть дороже внимания для женщины? И тут я вспомнила, что скоро поеду в Таллин! Три дня в

Таллине с Максом... Три упоительных дня. Пусть даже он будет очень занят, все равно... К тому же я уверена, он сумеет освободить себе какие-то часы... Мы будем вместе... Я покажу ему свой любимый город. Конечно, январь далеко не лучшее время в Таллине. Дни очень короткие, ветер с моря иногда так задует, что только держись, но какое это имеет значение, если мы будем вместе? И согретая мечтой о прогулках по холодному Таллину, я уснула. Пробудилась я от громкого крика Кости:

— Маруська, где ты там? — И тут же его голова просунулась в дверь: — Дрыхнешь, что ли?

— Дрыхну, а что, нельзя?

— Можно, можно, но надо поговорить!

— О чем еще? Ладно, заходи, садись!

Он сел в ногах.

— Маруська, что за история с таинственным незнакомцем?

— Я про это знаю ровно столько же, сколько и ты.

— Белка мне сообщила, что у тебя все-таки хватило ума поменять замки. Но меня интересует, у кого же были твои ключи?

— Я в какой-то момент даже на тебя подумала, но Лиза сказала, что ты в Америке. В конце концов этот человек ничего плохого не сделал, а рано или поздно ему эта игра надоест и он признается.

— Значит, по-твоему, это розыгрыш?

— Не исключено. Честно говоря, Косточка, мне уже надоело гадать, кто это.

— А теперь, сестренка, еще один вопрос... Ты,

конечно, можешь послать меня к чертовой бабушке...
Замечательный Макс, о котором мне рассказала
Белка, это Мартьянов?

— Да, — кивнула я, стараясь скрыть бросив-
шуюся в лицо краску.

— И что у вас за отношения?

— Любовь!

— Любовь? Не надо, сестренка! Он не тот человек...

— Почему? Что ты о нем знаешь? Что он нравится женщинам? Разве это плохо? Ты вот тоже
нравишься женщинам, ну и что?

— Сравнила куцего и зайца! — засмеялся
брат. — Я им просто нравлюсь, а от него они мрут
как мухи. Сумасшедшее обаяние! Тебе это нужно?

— Мне это просто необходимо! Мне, кажется,
никто и никогда не нравился так... Костенька, миленький, расскажи мне о нем!

— Ну вот, приехали! Что я могу о нем рассказать? Я его не видел лет восемь, не меньше. Мы
вместе плавали на байдарках, в компании он был
вполне хорош, надежный, с золотыми руками, веселый, песни под гитару пел.

— И что в этом плохого?

— Да ничего... Просто он не для тебя. И к тому
же прочно женат.

— Почем ты знаешь, что прочно?

— Да вот не далее как месяца три назад мы с
одним приятелем вспоминали наши походы, вспомни-
ли и Макса, и приятель сказал, что он женат все на
той же женщине. Очень просто.

— Но это же как раз хорошо о нем говорит! И потом, Косточка, я совсем не хочу замуж. Я просто хочу любви... Понимаешь?

— Понимать-то я понимаю, но почему именно Макс? Хотя это как раз неудивительно, по нему все бабы с ума сходят. Но я не хочу, чтобы моя любимая единственная сестренка была как все... Слушай, Маруська, лучше я тебе из Европы жениха привезу, какого-нибудь богатого фирмача или крупного ученого, а? Как ты на это смотришь?

— Да ну тебя, Костя, я с тобой серьезно, а ты все шутишь...

— Ох, сестренка, не умею я серьезно про все это разговаривать, тем более с женщиной, да еще на трезвую голову.

— Да, права была Анна Андреевна... — вздохнула я.

— Какая Анна Андреевна? — не понял Костя.

— Ахматова. Она говорила, что мужчины — это низшая раса.

— Да? Интересно! Насколько я тебя знаю, ты просто хочешь сказать, что я такой же козел, как все мужчины, но поскольку я только что приехал и вообще на носу праздник, ты привлекла на помощь Ахматову, верно?

— Верно, верно, — засмеялась я.

— А Макс твой не козел?

— Нет, он исключение, подтверждающее правило.

— Ах вот как? Хорошо бы. Но, конечно, сестренка, это твое сугубо личное дело, в кого тебе влюбляться. Но давай договоримся: если в течение года, нет, даже полугода, ты ни разу не объявишь его козлом, даже в глубине души, я выполню любое твое желание, а если объявишь, то с тебя...

— Тогда я тоже выполню любое твое желание, если, разумеется, оно будет мне по карману.

— Идет! Ты девушка честная и не обманешь меня, я знаю.

— Можешь быть уверен!

Новый год мы встретили очень приятно и уютно. Костя был в ударе. Веселил нас рассказами об Америке, которая ему не понравилась. Вспоминал наши с ним детские проделки, уморительно комментировал происходящее на телеэкране. Вкусный ужин, шампанское, прелестная елка, на которой я зажгла настоящие свечи... Не выношу эти электрические гирлянды. С боем кремлевских курантов я мысленно чокнулась с Максом и загадала: пусть в новом году у меня будет работа и Макс, а больше мне ничего не нужно.

На три часа у нас было заказано такси для Лизы и Белки. Костя поехал их проводить, а я быстро прибралась и постелила Косте в гостиной. Ах хорошо, красиво, елка, живые цветы... И пахнет так, как должно пахнуть в Новый год — хвоей, мандаринами, свечками. Я открыла форточку и села в кресло. Давно уже мне не было так хорошо в Новый год. Мир и покой в душе, любовь... Хотя покой и любовь не сочетаются между собой, но сейчас я ощущала это именно так... Потом встала и отнесла к себе в комнату подаренные Максом тюльпаны. Но кто же все-таки прислал хризантемы? Так этот человек и не объявился, хотя я надеялась, что в Новый год он все-таки даст о себе знать. Это немножко тревожило, но не слишком. Когда Костя вернулся, мы с ним открыли еще бутылку шампанского и до утра обсуждали его будущую жизнь. И легли лишь в восьмом часу, благо первого января можно спать сколько влезет.

Третьего января Костя уехал в Питер, пообещав заняться Белкиными школьными делами. Он хотел сначала, чтобы она поехала с ним, но Белка наотрез отказалась. Видно, боялась встречи с матерью. Костя не стал настаивать.

А я взялась за работу. Макс регулярно звонил и приходил раза два-три в неделю. Иногда оставался до утра, иногда уходил часа в два ночи. Я не задавала никаких вопросов, была вполне счастлива и чувствовала, что он тоже счастлив. Он не переставал твердить, что любит меня, и я начинала этому верить. Словом, год начался чудесно, изумительно.

Пятнадцатого числа я позвонила Вырвизубу. Он оказался на месте.

— Борис Евгеньевич, это Шубина! У меня все готово!

— Мария Никитична, дорогая! Вы так точны! Я восхищен. Что ж, завтра я тоже сдержу обещание. Жду вас ровно в два. Вам удобно? Может быть, за вами заехать, это ведь нелегкий груз?

— Благодарю вас, Борис Евгеньевич, но я на колесах!

— И мы поговорим о наших дальнейших планах.

— Я заинтригована!

На другой день ровно в два я звонила у знакомой двери. Открыл мне сам Вырвизуб.

— Мария Никитична, вы всегда так удивительно точны. Это поистине неоценимое достоинство в нашей стране. И весьма редкое. Прошу, прошу!

Он бегло проглядел некоторые страницы толстенной рукописи и расплылся в улыбке.

— Великолепно! Как жаль, что это всего лишь поваренная книга! Итак, прежде всего покончим с расчетами. Вот!

Он протянул мне конверт.

— Потрудитесь пересчитать!

Я пересчитала, все было в порядке. Спрятав свои сокровища в новую сумку, выжидательно взглянула на Вырвизуба. Он, кажется, неплохой человек, но уж больно неинтересный. В его же глазах светился телячий восторг.

— Осмелюсь, пока наши отношения находятся, так сказать, на нейтральном поле...

— Что? — не поняла я.

— Я хочу сказать... Наш первый договор выполнен с обеих сторон, а о новом мы еще даже не говорили, следовательно, в данный конкретный момент мы не связаны никакими деловыми взаимоотношениями...

Господи, к чему эти длинные и весьма витиеватые предисловия?

— Борис Евгеньевич, я совершенно не понимаю вас...

— Да, да, простите, я запутался, мне, знаете ли, трудно...

Я постаралась ободрить его улыбкой.

— Вы невероятно похорошели, Мария Никитична. Меня и в нашу первую встречу поразила ваша красота... А теперь... У меня просто нет слов...

— Борис Евгеньевич, к чему вы это?

— Нет, нет, я просто хотел вам это сказать, но боялся, что вы превратно истолкуете мои слова, поэтому и выбрал момент, так сказать, нейтральный, когда мы с вами не состоим, уже и еще, в деловых отношениях. По-моему, я что-то не то говорю... — вдруг смутился он. — Простите меня.

— Да за что прощать-то, Борис Евгеньевич? — засмеялась я. — Вы не сказали ничего плохого, наоборот, и к тому же проявили просто сверхъестественную, особенно по нашим временам, деликатность.

— Вы находите? — оживился он.

— Да, разумеется, но давайте все же перейдем ко второй части. У вас есть для меня еще какая-то работа, я вас правильно поняла?

— Совершенно верно! — с облегчением воскликнул Вырвизуб. — Итак, дорогая Мария Никитична, я хочу предложить вам пост главного редактора в нашем издательстве. Как вы на это смотрите?

Я ожидала всего чего угодно, вплоть до предложения руки и сердца. Но пост главного редактора...

— Борис Евгеньевич, но почему мне? Я никогда в жизни не занимала никаких постов. Я этого попросту не умею.

— Но вы ведь столько лет имеете дело с издательствами...

— Нет, Борис Евгеньевич, я просто неспособна заниматься такими вещами. Я примерно представляю себе круг обязанностей главного редактора и честно признаюсь, это не по мне.

— Значит, вы отказываетесь?

— Категорически!

— Жаль, очень жаль... Но я, в общем-то, предвидел такой ответ.

— Борис Евгеньевич, почему бы вам не предложить мне то, что я умею? Перевод, например? Или, на худой конец, редактуру?

— Мария Никитична, а что, если... Вы не согласились бы быть нашим консультантом?

— Консультантом? По каким вопросам?

— По вопросам перевода, разумеется. Это на первых порах, а потом, быть может, и по другим вопросам, даже по общей политике издательства.

— Боже мой, Борис Евгеньевич, как я могу определять политику издательства? Я человек совершенно не коммерческий. Вот что касается перевода, я с удовольствием. Понимаете, я профессионал и могу отвечать за свои слова. А что касается остального...

— Значит, консультировать нас в вопросах перевода вы согласны?

— Согласна. Более того, могу даже найти для вас отличных переводчиков с разных языков, естественно, при условии, что вы будете платить им несколько больше, чем в других издательствах. Но поверьте, игра стоит свеч, если вы будете иметь дело с классными специалистами. Это вам обойдется не дороже, а дешевле. Вот вы же отдали поваренную книгу черт знает кому и уж как минимум аванс ему заплатили, так?

— Так! Я понимаю вашу мысль, Мария Никитична. И полностью разделяю ваше мнение. Тогда давайте на первых порах сделаем так — прежде, чем отдать книгу для перевода, я буду заказывать пробы. Пусть переводчик сделает, ну, скажем, пять страниц. Вам этого достаточно, чтобы определить, годный товар или нет?

— Вообще-то мне и одной страницы достаточно.

— Вы владеете только немецким?

— Нет, еще и английским, и немного французским, но работаю только с немецким. Однако, уверяю вас, Борис Евгеньевич, чтобы определить качество перевода, мне вполне достаточно знать русский.

— Отлично! В таком случае предлагаю вам, ну, скажем, четыреста долларов в месяц за подобные консультации и, пока мы еще не перешли на новую систему, за редактуру тех переводов, что уже приняты издательством. Но это пока! Потом я надеюсь увеличить вашу зарплату. И еще, Мария Никитична, если вы захотите сами перевести какую-нибудь книгу, я буду только счастлив. Правда, к великому сожалению, далеко не всякую работу я смогу оплачивать так, как эту... Дело в том, что тут были задействованы деньги наших немецких партнеров... Но, думаю, мы с вами всегда договоримся.

— А вы дадите мне время подумать?

— Разумеется, но не очень долго.

— Хорошо. Тогда еще один вопрос. Я должна буду сидеть здесь целыми днями?

— Боже сохрани, хотя я был бы только рад... Нет, к сожалению, у нас здесь слишком тесно. И к тому же для вас это было бы утомительно. Вполне достаточно, если вы будете появляться здесь раз в неделю. Ну и, возможно, придется когда-нибудь поработать с переводчиком.

— А сколько листов мне придется редактировать в месяц?

— Как когда. Все будет зависеть от качества работы. Соглашайтесь, Мария Никитична. В наше время четыреста долларов в месяц не такие уж плохие деньги. К тому же у вас наверняка останется время на еще какую-нибудь работу, пусть даже не у нас, а в другом издательстве.

— Хорошо, я попробую, — кивнула я. Четыреста долларов в месяц, еще недавно я и не мечтала о таких деньгах. — Но только начну я не раньше первого февраля, мне нужно будет уехать на несколько дней...

— Прекрасно! Просто прекрасно! — просиял Вырвизуб. — Вы меня очень обрадовали, дорогая Мария Никитична. Желаю вам удачной поездки!

— Благодарю. В конце месяца мы созвонимся.

Он проводил меня до выхода, поцеловал руку и прочувствованно произнес:

— Я уверен, мы с вами еще многое сделаем на благо нашей литературы!

Я едва удержалась, чтобы не расхохотаться, но

все-таки справилась с собой. Зачем обижать человека.

По дороге я попала в пробку. И невольно задумалась. Как резко изменилась моя жизнь за последний месяц. Еще недавно я еле-еле сводила концы с концами, а сейчас в сумочке лежат две тысячи сто пятьдесят долларов! Еще каких-то три недели назад моя душа была пуста, и постель тоже. А теперь у меня есть Макс, при одном воспоминании о котором меня бросает в дрожь. И дело не только в постели. Мне хорошо с ним каждую секунду, когда мы вместе. И даже когда его нет, мне все равно хорошо, потому что я знаю, я уверена, что он меня любит. Вот и сегодня он должен прийти, мы хотим вместе отметить окончание моей работы. И как здорово, что Вырвизуб предложил мне это новое дело! В общем, и жизнь хороша, и жить хорошо! А еще имеется какой-то таинственный поклонник. Из пятнадцати хризантем, присланных к Новому году, три пока стоят и выглядят как новые. Макс хоть и посмеивается по этому поводу, но, кажется, в глубине души ревнует. Он вообще ужасно ревнивый, но мне это даже нравится. Правда, мне в нем все нравится. Он такой добрый, веселый, щедрый, у него поистине золотые руки. Он успел починить у меня в доме краны, которые текли, розетки, которые искрили... И вообще, он старается всякий раз чем-нибудь побаловать меня. А теперь — моя очередь. Сегодня испеку свой знаменитый пирог с мясом, он его еще не пробовал, а потом устрою сюрприз похлеще — приеду в Таллин на день раньше него! С документами у меня все в порядке, как раз вчера звонила Маринка, сказала, что я могу заехать за паспортом и билетом. Я решила лететь на самолете, уж больно противно, когда к тебе в купе среди ночи вваливаются пограничники и таможенники. Да и лететь до Таллина всего час с небольшим. А там меня встретит подруга Марта, мы не виделись с ней целых три года. И весь день я смогу бродить по Таллину, который знаю и обожаю с детства.

И вдруг я испугалась. Все так замечательно, что даже страшно. Неужели что-то случится? Хотя нет, не должно, у меня же полоса везения! Я честно, без нытья и отчаяния, пережила долгую глухую полосу невезения, она длилась несколько лет, а тут всего-то месяц. Нет, нельзя даже мыслей допускать о чем-то плохом, наоборот, надо настраиваться на лучшее. Да и потом, это уж мне, скромной сорокалетней бабе, все кажется таким немыслимым счастьем, а если посмотреть со стороны... В кои-то веки заработала две тысячи баксов... А сколько я знаю людей, для которых это и не деньги вообще... Нашелся хороший мужик? Ну, это, конечно, редкость, но ведь он всего лишь любовник и ни о чем другом речи нет... Так что никаким неземным счастьем тут и не пахнет, уговаривала я сама себя. Во всяком случае, не такое это счастье, чтобы за него несчастьем расплачиваться.

Пробка стала помаленьку рассасываться, и я отправилась к Марине в агентство, по дороге купив букет цветов.

— Машка, зачем цветы, мы же не чужие! — возмутилась Марина. — Вот билет, вот твой паспорт, кстати, можешь в Москве поменять деньги на кроны, здесь список и адреса банков.

— А стоит тут менять?

— Поменяй немного, остальные возьми долларами, может, Марта захочет их у тебя купить, мало ли... Передавай ей самый горячий привет. Когда вернешься, обязательно встретимся и поговорим обо всем. Я чувствую, тебе надо мне многое рассказать, — подмигнула она мне.

Я еще заехала в несколько магазинов, решив сегодня удивить Макса ужином, и помчалась домой. Там я сразу взялась за стряпню. И она доставляла мне давно забытое удовольствие. Впрочем, сейчас мне все доставляло удовольствие.

После ужина, приведшего его в восторг, Макс сказал с нежной улыбкой:

— До чего же неохота никуда ехать... Три дня быть так далеко от тебя...

— А куда ты едешь на этот раз? — притворилась я, что не помню.

— Да в Таллин же, будь он неладен!

— Ну что ты, Макс, это такой изумительный город, хотя сейчас, конечно, не лучшее время. Вот весной, когда цветет сирень и белые ночи, это просто чудо!

— Зачем мне это чудо и все чудеса мира, когда у меня тут, в Москве, самое большое чудо?

— Но два чуда ведь лучше, чем одно, правда?

— Бесспорно, — засмеялся он. — Но все равно, в сравнении с тобой меркнут все чудеса, запомни это!

— А ты не боишься, что я обнаглею от таких слов?

— Нет, не боюсь!

— Ты когда едешь?

— Послезавтра вечером.

— Поездом?

— Да. Сейчас можно сутками сидеть в аэропорту. А тут одна ночь.

Боже, что я наделала? Зачем решила лететь? А что, если я и в самом деле застряну в аэропорту и весь сюрприз пойдет насмарку? Остается только рассчитывать на полосу везения.

— О чем ты задумалась, Машенька?

— Да так, ерунда... А в какой гостинице ты там остановишься?

— Понятия не имею, меня будут встречать...

— Тебя? Разве ты едешь один?

— Да, в последний момент выяснилось... Ты будешь скучать?

— Да... буду... — чуть не рассмеялась я. Представляю, как он обрадуется, увидев меня на вокзале! Тем более он едет один и ему не придется никому ничего врать. Все складывается удачно!

Гешу Глюка со всем его приданым я отвезла к Лизе, где они с Белкой не дадут ему тосковать. Белка уже пошла в московскую школу и, кажется, была вполне довольна. Лиза сияла.

— Она тебя не утомляет? — спросила я, когда Белки не было дома.

— Нисколько, наоборот, мне хорошо с ней. Она умеет быть очень деликатной. И потом с утра я думаю не о том, что еще у меня болит, а о том, как бы повкуснее накормить девочку, что надо для нее сделать... Ты же видишь, это совсем другой ребенок, не издерганный, спокойный... Маша, а с чего ты вдруг вздумала ехать в Таллин?

— Захотелось и в кои-то веки могу себе это позволить. И Марту сто лет не видела.

— Машенька, у меня, как всегда, к тебе просьба...

— Положить цветы на могилу Георга Отса? Я помню! И обязательно это сделаю, — обняла я тетушку.

— Марте передай привет! И если увидишь ее маму, тоже!

Выслушав все наставления и поцеловав на прощание изрядно подросшего Гешу Глюка, я помчалась домой собирать вещи.

Марту я увидела сразу, да и немудрено: она в любой толпе выделялась своей элегантностью.

— Машка! — бросилась она в мои объятия. — Все-таки сподобилась. Дай-ка я на тебя погляжу! Цветешь и пахнешь! Ух, до чего я рада! Какая ты умница! Это все твои вещи? Одна сумка?

— Марточка, не тараторь! Да, у меня одна сумка. Ну, пошли на автобус?

— Какой к чертям автобус? У меня шикарная

машина! Разве я тебе не говорила? Вон она, моя красавица! А ты все на том же драндулете?

— Конечно, спасибо, еще бегает.

У Марты оказалась и вправду хорошая машина, белый «пежо».

— Дашь порулить? — попросила я.

— Не сейчас. И не на этой дороге. Вот поедем куда-нибудь за город...

Усевшись в машину, мы еще раз обнялись на радостях.

— Ну, подруга, выкладывай, что у тебя за мужик такой завелся?

— У меня просто нет слов, Марта!

— У тебя нет слов? Это круто! Сколько ему лет?

— Сорок пять.

— Интересный?

— Завтра увидишь. Но по-моему, очень!

— Завтра увижу?

— Ты сможешь завтра поехать со мной на вокзал?

— Естественно! Я освободилась на эти дни.

— Молодчина!

— Ну что, сперва домой, завтракать, а потом на прогулку?

— Согласна.

— Мне ведь тоже надо тебе кое-что рассказать, — таинственно проговорила Марта и многозначительно взглянула на меня.

— Я в этом не сомневалась! — засмеялась я.

Марта жила совсем рядом с морем и со знаменитым парком Кадриорг в доме, построенном еще в «эстонские времена», то есть до прихода Советской власти. Большие окна, высокие потолки. Пока мы взбирались на третий этаж, Марта сказала:

— Машка, ты мою квартиру просто не узнаешь! Я такой ремонт отгрохала, мебель поменяла... Сейчас увидишь!

Квартира и в самом деле выглядела роскошно, как картинка в журнале.

— Потрясающе! Но это ж, наверное, стоит бешеных денег!

— Не то слово! Но платила не я!

— Господи, а кто же?

— Лео!

— Лео? Кто это?

— Один человек... Я тебе потом расскажу... Когда выпьем.

— Ты с утра хочешь пить? — удивилась я.

— Да нет, кто сказал с утра? Наоборот, вечерком, когда уже никуда не надо будет идти, сядем с тобой, как бывало... Ты можешь мне про своего мужика на трезвую голову рассказать?

— Не знаю... Могу, наверное, только, когда я про него даже просто думаю, от одного этого уже пьянею...

— Счастливая ты... — вздохнула Марта. — Ладно, пока замнем. Я тут все твое любимое купила — булочки с кремом, рокфор...

— Марта, а я тебе тоже твое любимое привезла. — И я протянула ей свой подарок — небольшую картинку на шелке, так называемый батик.

— Ух ты! Красотища! И погляди, как он здорово будет тут смотреться! Я сейчас вот это сниму...

Через минуту батик уже висел на белой стене и казался просто ярким солнечным бликом.

— Машка, изумительно, скажи, а? Просто класс! Спасибо, подруга! Угодила! Ну все, пошли кофе пить!

Мы пили кофе, болтая обо всем на свете — о политике, об общих знакомых, а потом отправились гулять по городу, который за последние годы еще больше похорошел. На мое счастье стояла чудная погода — легкий морозец, солнышко. Я с наслаждением вдыхала какой-то совсем особый и такой знакомый запах Таллина.

— А как там Москва? — спросила Марта.

— Не узнаешь! Шикарный европейский город... Приехала бы когда-нибудь, ты, я смотрю, совсем не бедствуешь!

— Что да, то да, только времени все равно ни на что нет, да и мама боится, когда я уезжаю. Она ж у меня старенькая. Но денька на два ближе к лету я выберусь.

— Ездила же ты на Рождество в Швейцарию! — напомнила я.

— Ездила, но тогда тетка из Пярну приезжала. Ладно, постараюсь все-таки что-то придумать. Машка, а помнишь, как мы раньше из города в город продукты таскали? Из Москвы я возила постное масло в пластиковых бутылках и тонкие макароны. А отсюда сыр, копчушки...

— Такое разве забудешь? — засмеялась я. —

Да если бы только продукты! А махровые халаты? В Москве их днем с огнем было не найти. А Лиза моя и вовсе мебель тут покупала, в Москву отправляла багажом... А сейчас... Можно ездить, как белая женщина, с одной сумкой.

— Что, неужели совсем ничего в Москву из Таллина не повезешь? — полюбопытствовала Марта.

— Почему же? Непременно куплю пирожков и булочек здешних для Лизы и Белки. Но я, Марта, сейчас только об одном думаю...

— О мужике своем, да?

— Не совсем... Я мечтаю, чтобы завтра была такая же погода! Чтобы он увидел Таллин во всей красе. Я хочу, чтобы он полюбил его так же, как я, понимаешь?

— Что ж тут не понять, — тяжело вздохнула Марта. — Любовь!

Мы долго гуляли по моим любимым улицам, пока не стало смеркаться, а в Таллине смеркается совсем рано. Потом отправились обедать в новый небольшой ресторанчик, где нам подали жаркое из дикого кабана и какой-то невероятный салат с клюквенным желе.

— Машка, ты так вкусно ешь, на тебя даже смотреть приятно, — заметила Марта.

— Так ведь вкусно же! И вообще, я наслаждаюсь каждой минутой, я так счастлива сейчас.

В ответ Марта улыбнулась и покачала головой.

— Ты думаешь, я только из-за Макса счастлива? Ничего подобного! Мне так хорошо тут, с тобой, у меня есть пусть небольшие, но деньги, есть работа, я влюблена...

— Машка, не надо ничего объяснять! И так все ясно. Ну что, куда теперь? Домой или еще погуляем?

— Погуляем, погуляем, надо же растрясти калории...

И мы снова пошли бродить по городу. А вечером уселись на широком диване и под эстонский яичный ликер Марта поведала мне историю своего знакомства с Лео — пятидесятилетним знаменитым адвокатом, закоренелым холостяком, который влюбился в Марту и стал ей настоящей опорой в жизни: устроил ее на хорошую работу, купил машину, оплатил ремонт квартиры, дважды в год ездит с нею за границу.

— Но ты его не любишь? — спросила я.

— Почему? Люблю... Но это другое... Я в него не влюблена. Но... Ты с ним познакомишься, поймешь... Он умница, блестяще образованный, с роскошным чувством юмора... И потом я так благодарна ему за все... Я всегда могу на него рассчитывать... Это, Машка, дорогого стоит.

— Ну еще бы!

— А ты на своего Макса можешь рассчитывать?

— Не знаю... — растерялась я. — Мы ведь знакомы всего месяц... Просто еще не было таких ситуаций, чтобы проверить, но мне кажется, он настоящий мужик.

— Не козел?

— Нет, не козел... Надеюсь, что не козел.

— Ох, Машка, я же совсем забыла! — хлопнула

себя по лбу Марта. — Тут полгода назад в зале
«Эстония» твой Роман играл два концерта!

— Серьезно? — без малейшего сердечного тре-
пета спросила я.

— Да, и я, конечно, сходила на один концерт. Из
любопытства.

— Ну и как?

— По-прежнему безумно красив, хоть и постарел
здорово. Играл чудесно, пожалуй, даже лучше, чем
раньше. Говорят, уже несколько лет не пьет, лечился
в Америке.

— Дай ему Бог!

— Он тебе больше не интересен?

— Абсолютно! Вот Лиза обрадуется, она до сих
пор его забыть не может. Не знаешь, он женат?

— Женат, на какой-то англичанке, живет в Анг-
лии. Вот, пожалуй, и все, что мне удалось узнать. Я
тогда звонила тебе в Москву, но почему-то не дозвонилась, а потом это у меня из головы вылетело.

— Знаешь, я тогда так страдала, мне казалось,
жизнь кончена, а оказывается, она еще и не начина-
лась. Моя жизнь началась со встречи с Максом! Да,
Марта, у меня есть еще какой-то таинственный поклонник...

Я рассказала ей обо всем.

— Машка, класс! — воскликнула Марта. —
Это так интересно!

— Да нет, уже надоело! Хочется, наконец, узнать, кто это!

— Узнаешь в свое время! А я бы не стремилась

узнать, так лучше, романтичнее, а то окажется какая-нибудь пакость...

— Вот и я о том же — окажется какая-нибудь пакость...

И мы расхохотались.

Утром мы навели немыслимый марафет и на машине отправились на вокзал.

— Как думаешь, он в СВ приедет? — спросила Марта.

— Черт его знает. Да какая разница? Если мы вот тут встанем, то уж точно не прозеваем.

Я безумно волновалась, предвкушая, как озарится радостью лицо Макса, как он обнимет меня...

Московский поезд немного запаздывал — и к счастью, потому что тут не только рано темнеет, но и поздно светает.

— Похоже, погодка будет по твоему заказу, — со смехом сказала Марта. — Маш, когда поезд подойдет, я пойду в машину.

— Зачем?

— Чтобы не мешать влюбленным!

— Да перестань, его же кто-то будет встречать... Мы просто договоримся и все... А впрочем, как хочешь...

Но вот объявили, что поезд номер 34 Москва — Таллин прибывает на первый путь.

— Я пошла, — дотронулась до моего плеча Марта.

Я только молча кивнула. Почему-то в горле стоял комок. Даже не думала, что буду так волноваться...

Поезд остановился, и вскоре появились первые пассажиры. И почти сразу я заметила Макса. Я с трудом его узнала. Он был в незнакомом мне длинном элегантном плаще. Я хотела уже рвануться к нему, но поняла, что он ждет кого-то, кто еще задерживается в вагоне. Но вот он протянул руку, взял чей-то небольшой чемодан и помог выйти женщине в норковой жакетке. У меня екнуло сердце, хотя это естественно — помочь даме. Она сошла на платформу и как-то очень по-хозяйски взяла его под руку. Тут к ним подбежала молодая девушка, что-то спросила, они оба кивнули, и девушка повела их к выходу с перрона, прямо на меня. Я отшатнулась, потом хотела окликнуть Макса, но вдруг увидела лицо женщины и мгновенно узнала ее. Это была та самая дама с фотографии, которую мне показала Нина. В голове все помутилось, я готова была кинуться к ним, кричать, вопить, вцепиться Максу в волосы, но внутренний голос заорал на меня: стой, идиотка, он не должен тебя видеть, ни при каких обстоятельствах. И я повиновалась. Бегом бросилась к автомобильной стоянке и с размаху плюхнулась на сиденье рядом с Мартой. Она читала газету и не сразу отреагировала на мое появление.

— Что-то ты быстро... Машка, что такое? Что случилось? — испугалась она, увидев мое лицо.

— Марта, скорее, едем домой! — прошептала я. У меня вдруг пропал голос.

— Погоди. Он что, приехал... не один?

Я молча кивнула.

— С бабой, что ли?

Я снова кивнула.

— Ну и что? Мало ли с кем он мог приехать? С коллегой, например...

Я отрицательно помотала головой.

— Ты ее знаешь?

Я кивнула.

— Машка, кончай придуриваться, скажи толком, — рассердилась Марта.

Я попыталась что-то сказать, но ничего не получилось.

— Машка, брось! Наплюй! Ну и фиг с ним! Подумаешь, большое дело, еще один козел! Козлом больше, козлом меньше...

Я смотрела на нее с такой тоской, что она не выдержала и закричала:

— Сию минуту возьми себя в руки! Не можешь? Ничего, я тебя вылечу. — И она погнала машину к своему дому на улице Лидии Койдулы.

Когда мы вошли в квартиру, Марта, не снимая шубы, ринулась на кухню и тут же вернулась со стаканом.

— На, выпей!

Я послушно взяла стакан и поднесла к губам. Водка.

— Пей, пей, это поможет!

Я выпила полстакана водки. Мне действительно стало легче. Марта помогла мне снять пальто, усадила на диван и сказала:

— Ну?

— Марта... Он...

— Ага, голос прорезался, уже лучше. Ну приехал он с какой-то бабой, и что с того? Ты ж, в конце концов, не в постели их застала, а всего лишь на вокзале!

— Марта, пойми, он меня обманул! Сказал, что...

— Ну обманул, первый раз, что ли? Ты как маленькая, Машка! Ей-богу, дура дурой!

— Марта, да пойми, это его женщина! Я знаю, я видела ее на фотографии, два года назад они были в Германии...

— Ну были, и что? Может, они давно уже просто друзья и коллеги? А ты устроила тут какую-то греческую трагедию. Может, дело и выеденного яйца не стоит, а ты... Кончай, Машка!

— Мне надо как можно скорее уехать в Москву!

— Еще чего! С какой стати?

— Не хочу, чтобы он меня видел! Ни за что!

— Не хочешь, не увидит, только уезжать зачем? Сейчас очухаешься малость, сядем с тобой в машину, поедем за город, погуляем, воздухом подышим, заодно на Метсакальмисте заедем, ты же обещала Лизе цветочки на могилу Отса положить...

— Да, правда... — согласилась я.

— Вот и умница, а я сейчас попробую выяснить, где твой герой остановился, где эта чертова выставка и все прочее...

— Не надо, пожалуйста, ничего выяснять. На Метсакальмисте они уж точно не поедут. А мы не будем соваться в такие места, где они могут быть. Лучше всего просто дома посидим...

— Как хочешь.

Через полчаса мы сели в машину, заехали в небольшой цветочный магазин неподалеку, где я купила четыре огромных белых гвоздики.

Метсакальмисте — это по-эстонски лесное кладбище. Совершенно удивительное место, где отсутствует мирская суета, которой больше чем достаточно на всех других кладбищах. Никаких оград, никаких памятников, просто в сосновом лесу, светлом и радостном, нашли последнее пристанище люди, уже равные перед Богом. Скромные небольшие камни и цветы возле них. И белки скачут. Весной и летом здесь громко поют птицы. Я хотела бы лежать на таком кладбище.

Могила Георга Отса находится на маленьком взгорке. Возле нее прикопана свеча в стеклянном колпачке и стоит горшок полузавядших цикламенов.

— До чего ж рано он умер, всего в пятьдесят пять лет, — вздохнула Марта. — А какой певец был...

— Да...

Все мое детство и юность прошли под пение этого удивительного артиста. Лиза и моя мама были его страстными поклонницами, и у меня до сих пор сохранилось множество его пластинок...

— А ты его в театре видела когда-нибудь?

— Да, совсем еще девчонкой, в семьдесят втором году, когда театр «Эстония» гастролировал в Москве. Жара тогда стояла несусветная, но мы с мамой и Лизой бегали на все спектакли с его участием. «Кола Брюньон», «Человек из Ламанчи» и «Джанни

Скикки», как сейчас помню. Он был потрясающий актер... В «Кола Брюньоне» была сцена, когда Кола болен чумой и танцует, чтобы противостоять смерти... Она и сейчас у меня перед глазами...

— А я молодая была, глупая, ни разу не видела его, теперь жалею... Ну, подруга, видишь, свежий воздух тебе на пользу. Знаешь, у меня есть предложение...

— Какое?

— Давай оставим машину здесь, а сами пешочком дотопаем до Пирита, посидим в ресторане, ты же любишь, чтобы с видом на море, а после либо на автобусе сюда подскочим, либо опять-таки пешочком. Как ты на это смотришь?

Я на мгновение задумалась. Да, это неплохо. Тут вряд ли встретишь Макса. Тем более от прогулок на свежем воздухе я так устану, что уже ни на что не останется сил... И прекрасно!

— Хорошо, Марта, пойдем пешком, я люблю эту дорогу...

Сначала мы еще говорили о чем-то, а потом замолчали, наслаждаясь нечастой здесь хорошей погодой.

Господи, что я наделала? Зачем примчалась сюда? Я ведь все испортила... Разумеется, я виду не подам, что хоть что-то знаю, но... Я не слишком умею притворяться, и Макс неизбежно заметит перемену в моем настроении. Значит, надо пересилить себя и быть с ним такой же, как всегда, если не хочу его потерять. А я ведь не хочу его потерять, правда? Ни за что! Я сама во всем виновата. Сюрприз

задумала, корова! Не рой другому яму... Не готовь
другому сюрприз, не то сама такой сюрприз получишь. Сюрпризом по морде, вот как это называется.
Интересно все же, кто эта женщина? И что их
связывает? В том, как она взяла его под руку, была
какая-то явная интимность... Но ведь это для меня
не новость, я ведь видела фотографию... Главное
сейчас — не попасться ему на глаза, Таллин маленький город, и все приезжие обычно толкутся на одном
пятачке. Иной раз здесь можно раза три в день
встретиться с одним и тем же человеком. Вот это
будет настоящей катастрофой. Но в этой части Пирита в будний день Максу делать безусловно нечего.
Значит, пока можно быть спокойной. Возьми себя в
руки, Мария, потребовал внутренний голос. Пока
ничего непоправимого не случилось. Ты его видела,
а он тебя нет, то есть все не так страшно. Если
сможешь забыть об этой бабе, все вернется на круги
своя. Легко сказать — забыть о бабе...

Ресторан в Пирита оказался закрыт, и мы выпили
кофе с какими-то потрясающими булочками в маленьком кафе.

— Машка, да не убивайся ты так, — не выдержала наконец Марта. — Ну случилось, еще и не
такое бывает, но любит-то он, скорее всего, тебя. А
это... Старая связь, инерция... А может, и связи
никакой уже нет, просто производственная необходи-
мость. Ты, главное, не вздумай ничего ему говорить.

— Я уж и сама сообразила.

— Вот и умничка! Скажи, а как эта баба выглядит, сколько ей годочков?

— Не меньше сорока, а может, и побольше.

— Значит, тут у нее преимущества перед тобой нет.

— Может, я и нахалка, но, по-моему, внешне у нее передо мной вообще нет никаких преимуществ! Тощая, шея жилистая...

— Молодчина, так и надо рассуждать, — захлопала в ладоши Марта. — Ну что, двинем в обратный путь? Или сядем на автобус?

— Да ну, этого автобуса еще дождаться надо. Пошли, пройдемся.

— С радостью!

Когда мы добрались до машины, уже начинало темнеть.

— Слушай, Маш, я жрать хочу, умираю! — призналась Марта. — А ты?

— Ничего не имею против.

— Есть три варианта: поехать домой и самим что-то сварганить, пойти в ресторанчик или нагрянуть к маме. Выбор за тобой.

— Только не самим что-то варганить!

— А мама замучает нотациями и разговорами о болезнях!

— Значит, остается ресторанчик, но...

— А мы пойдем в такой, куда приезжих не водят! Мы с Мартой по-прежнему понимали друг друга с полуслова.

Действительно, мы спокойно пообедали в уютном ресторане, где все было так вкусно, что жизнь показалась мне вновь прекрасной. Да, я дура, но Максу-то об этом неизвестно. Да, он обманывает меня, но ведь и ту женщину он тоже обманывает, я не одинока и все это в конце концов можно пережить.

Из ресторана мы поехали домой и провели вдвоем очень даже неплохой вечер.

— Вот видишь, — сказала Марта, когда мы уже ложились спать, — если разобраться, все не так страшно.

— Да, наверное...

Спала я тем не менее скверно. Внутренний голос все твердил мне: уезжай скорее, дура! И до того меня довел, что когда утром Марта открыла глаза, я сразу заявила:

— Марта, я все-таки постараюсь уехать сегодня, хотя бы и поездом.

— Слушай, какой смысл? Уедешь ты сегодня вечером или улетишь завтра днем, большая разница? И потом, это такая морока... Не советую, Машка. Ты что, не выспалась?

— Не говори, всю ночь проворочалась с боку на бок.

— Вот и несешь всякую ахинею. Вставай, будем пить кофе, а потом придумаем что-нибудь интересное...

Зазвонил телефон. Марта схватила трубку. А я отправилась в ванную, чтобы не слушать чужих разговоров. Когда я вышла оттуда, вид у Марты был расстроенный.

— Представляешь, Лео звонил, у него тяжело заболел брат в Стокгольме, и он сегодня вылетает туда... А я так хотела вас познакомить...

— Господи, познакомимся еще, это же не конец света. А что с братом-то?

— Сердце.

— Бог даст, все обойдется.

— Будем надеяться. Слушай, Машка, а давай сегодня сходим на выставку кошек? Хочешь?

— На выставку кошек? Хочу! Жажду! — обрадовалась я.

— А вечером можно пойти на концерт в церковь Нигулисте.

— Культурная программа?

— Ага!

— Принимается! И еще мне нужно купить подарки для Лизы и Белки.

— А для Макса? — засмеялась Марта.

— Я бы купила, — призналась я, — но что я ему скажу?

— Горбатую кретинку только могила исправит! Он сюда с бабой, а ты ему подарок?

— Ты права, я действительно горбатая кретинка! Но я вдруг поняла, что он не мне изменяет с этой бабой, а, наоборот, ей со мной.

— И тебе стало легче?

— Ненамного, но легче.

— Вот и слава богу.

— И еще я знаешь, что придумала? Я его в Москве спрошу, с какой это женщиной он в Таллин ездил. Представляешь, как он удивится?

— Нет, Машка, не стоит! Он решит, что ты просто проследила за ним в Москве на вокзале.

— Да, пожалуй, ты права... Но я ведь все равно

не смогу вести себя с ним так, будто ничего не случилось... Тьфу, это уже сказка про белого бычка.

— Нет уж, Маш, ты должна взять себя в руки, сдержаться, а тем временем навести справки, кто эта баба и какие у них отношения.

— Легко сказать, а как я это сделаю?

— Ну, это ерунда! Поговори начистоту с Нинкой, признайся ей во всем. Уверяю тебя, через денек-другой ты получишь все сведения на блюдечке с голубой каемочкой. А тогда уж будешь думать...

— Господи, Марта, я так не хотела ничего лишнего знать о нем!

— Тогда не надо было делать никаких лишних телодвижений.

— Ты о чем? О том, что не надо было приезжать сюда?

— Приезжать надо было, но только не в связи с ним... Просто приехала бы ко мне, а он там, в Москве, помирал бы от неизвестности и ревности.

— Знаешь, как это называется? Задним умом крепки!

— Да знаю... А теперь, чтобы это не повторилось, надо все заранее обдумать.

— Что? Что тут еще можно обдумывать? И потом, Марта, обдумывай, не обдумывай, а он явится ко мне, обнимет, и я, наверное, все забуду.

— Выходит, главное, чтобы обнял?

— Боюсь, что да.

— А с этой мадам как быть? Предать забвению?

— Во всяком случае попытаться.

— Ой, господи, какие же мы, бабы, дуры.

— А мужики — козлы! — засмеялась я.

— А что, судя по тому, что в этом мире творится, так оно и есть... Видно, что дуры и козлы старались! — уже заливалась хохотом Марта. — Ну что, Машка, жить стало легче, жить стало веселее?

— Еще бы!

— Тогда двинем на выставку кошек!

Выставка кошек оказалась не слишком большой, но глаза все равно разбегались.

— Машка, посмотри, вон тот, серенький, умереть не встать! — стонала Марта. — А вон тот, рыжий! Красота какая!

Мне, конечно, нравились и персы, и бирманские кошки, но вдруг я увидела существо, поразившее меня в самое сердце. Гладкая полосато-пятнистая шкурка, круглая головка со странной формы ушами и большими тревожными глазами.

— Смотри... — дернула я за рукав Марту.

— Да что особенного, обычная дворовая кошка, — фыркнула та.

— Понимала бы ты что-нибудь, вон какие у нее уши!

Хозяйка так полюбившейся мне кошки расплылась в улыбке.

— Как приятно, когда люди разбираются, — сказала она по-русски. — Хотите купить?

— Да нет, спасибо, — испугалась я. — А как эта порода называется?

— Шотландская вислоухая, — с гордостью ответила женщина.

— А у нее уши вовсе не вислые! — вмешалась Марта. — Но она и вправду красивая... И независимая какая-то.

— Пошли отсюда, — шепнула я Марте, — я так хочу эту вислоушку! Но нельзя, у меня Геша Глюк!

И мы позорно сбежали.

— Куда теперь? За подарками?

— Да.

— А какие идеи?

— Сама не знаю...

— Ну что, будем шататься из магазина в магазин или сразу махнем в Каубамаю?

Каубамая — это большой универсальный магазин в центре Таллина.

— Нет, в Каубамаю не хочу...

— Ладно, тогда прошвырнемся по Пикк, по Виру, на Ратушной площади покрутимся...

— Нет, это опасно.

— В этот час? Брось! Наверняка они на выставке околачиваются в первой половине дня. Давай пройдемся, вспомним молодость.

— Пустые прилавки, что ли? — засмеялась я. — Такое разве забудешь? Хотя, судя по всему, многие уже забыли и очереди, и пустые полки. А я вот отлично помню, как лет в семнадцать чуть ли не целый день простояла за теплыми сапогами.

— Купила? — с улыбкой поинтересовалась Марта.

— Купила, только на номер больше, чем нужно.

— Больше — не страшно, вот на номер меньше — это хуже! Я на твою первую свадьбу надела туфли на номер меньше, думала, помру к чертям или в обморок упаду. Но не могла же я ударить лицом в грязь и появиться на свадьбе в старых туфлях. Сейчас бы я на все наплевала, но в восемнадцать лет...

— Да, ну и дуры мы были.

— Не говори...

— Мы и сейчас дуры, только в другом...

— Ладно, хватит тебе казниться, все хорошо, запомни!

— Запомнила, на всю оставшуюся жизнь!

— Машка, вот сюда мы должны зайти, здесь бывает классная обувь и не очень дорого! Смотри, какие туфельки, мечта, и всего тысяча двести крон.

— Это сколько на доллары?

— Около стольника. Зайдем?

— Можно.

Туфли были красивые, модные, но удивительно неудобные.

— Ну что? — спросила Марта.

— Нет, не моя колодка... и вообще, ну их... туфли я и в Москве куплю.

Мы вышли из магазина, и тут кто-то окликнул Марту.

— Маш, постой минутку, я два слова скажу этому типу и пойдем дальше.

Я осталась стоять у обувного магазина. Но в соседней витрине обнаружила дивной красоты вязаные вещи и шагнула к ней.

— Маша? — вдруг раздался у меня над ухом знакомый голос.

Я обернулась и помертвела. Передо мной стоял Макс. Лицо его просияло радостью, но лишь на долю секунды и мгновенно приняло сердитое, обиженное выражение.

— Что это значит? Ты зачем приехала? — напустился он на меня. — Следишь за мной? Не ожидал!

— Макс! Я...

— Не надо оправдываться! Ты... ты такая же, как все бабы, а я думал...

— Что тут происходит? — подлетела ко мне Марта, мигом сообразившая, что к чему... — В чем дело? — обратилась она к Максу.

— А, вы, вероятно, и есть та самая таллинская подружка? Ну что, много выяснили?

— Идем, Маша, он пьян!

— Я не пьян, но уж теперь напьюсь с полным правом!

— Макс! — окликнул его женский голос. — Ты встретил знакомых?

— Да нет, Лидочка, это недоразумение, дамы обознались! — Он взял Лидочку под руку и повел прочь.

А ведь он и в самом деле пьян, сообразила я. Но легче мне от этого не стало.

— Черт, Машка, как не повезло, — дрожащим от сочувствия голосом проговорила Марта.

— Все, Марта, это конец...

— Да какой там конец! Эта его баба просто

выдра рядом с тобой! Прибежит он к тебе, никуда не денется. А и не прибежит, беда не велика, тоже мне Мэл Гибсон. Хам! Обычный хам. И козел!

— Ты не понимаешь, Марта, кончилась полоса везения...

В самолете я все время прислушивалась к шуму моторов. Мне казалось, что раз полоса везения кончилась, то самолет запросто может потерпеть катастрофу. Правда, откуда-то из глубины моего в общем-то жизнерадостного подсознания выползла спасительная мыслишка: это у меня полоса везения кончилась, но при чем тут другие пассажиры? И экипаж? Вероятно, катастрофы происходят в тех случаях, когда количество пассажиров, находящихся в полосе невезения, во много раз превосходит количество везунчиков. Или даже просто на борту собираются одни только невезучие.

Всеми этими не слишком глубокими и умными мыслями я отвлекала себя от одной главной: я потеряла Макса! И как я теперь смогу жить? Вот если бы я погибла в авиакатастрофе, он до конца жизни терзался бы муками совести. Но мне-то что от этого? Неинтересно. И вообще без него мне неинтересно все... Лидочка, дамы обознались! Лидочка! Поганая рожа! Поджала губки и пошла! Да, она пошла с ним, а я осталась стоять, как последняя дура!

Добравшись до дому, я открыла свою совсем пустую квартиру, там сейчас не было даже Геши

Глюка, и сразу услыхала телефон. Только бы это был Макс! — взмолилась я. Однако звонила Танька.

— Привет! Наконец-то ты вернулась! — радостно воскликнула она. — Ну как съездила?

Татьяна не знала об истинной цели моей поездки и считала, что я еду просто немножко проветриться.

— Да нормально. Тебе привет от Марты.

— Машка, какие у тебя сейчас планы?

— А что?

— Да Федор улетел на три дня в Шеннон, и я свободна как птица. Хочешь, закатимся куда-нибудь?

— Да ты что, я только вошла. Но если тебе не скучно, приезжай ко мне, мы давно нормально не общались! — предложила я. Мне было невыносимо одной.

— Прекрасно! У тебя найдется что выпить?

— Наверное.

— Ладно. Я куплю... Маш, у тебя что-то случилось?

Ну и интуиция у моей подружки!

— Да, случилось. Приезжай скорее, Танечка!

— Еду!

Через полчаса Татьяна уже звонила в дверь. Вид у нее был встревоженный.

— Машка, что стряслось? — с порога спросила она.

Я все ей рассказала.

— И это все? Ну, Машка, ты просто совсем одурела от своего Макса. Подумаешь, велика важность! Он тебя случайно увидел на улице! Тоже мне, пуп земли! Почему ты обязательно должна была ему докладываться, что тоже едешь в Таллин, к подруге, которую сто лет не видела, предположим, на свадьбу или день рождения? Ты промолчала именно потому, что боялась, он может тебя не так понять. И надеялась, что не встретишься с ним. А следить? Много чести! Пусть и не мечтает! Просто у него рыло в пуху, он тебе на глаза попался с бабой, почувствовал себя виноватым и, как все мужики, решил сразу перейти в нападение. Держись твердо этой версии, и все будет в порядке. Ты из-за этой Лидочки расстроилась? Никогда не надо переживать из-за таких глупостей! Подойди к зеркалу, посмотри на себя и скажи: она мне в подметки не годится! Ты, Машка, сейчас выглядишь потрясающе! При виде тебя любой мужик должен дрожать мелкой дрожью, а ты лапки сложила — Максик мною недоволен! Дура, корова!

— Так ты считаешь, еще не все потеряно? — с надеждой спросила я.

— Наоборот! Твои позиции укрепились, да еще как! Не ты перед ним виновата, а он. И потом, если б это была новая баба, какая-нибудь двадцатилетняя профурсетка, я бы еще поняла. А тут... вся история тянет максимум на расстройство желудка.

Я невольно рассмеялась. Татьяна умела приводить меня в чувство.

— Я, по-твоему, могу ему завтра позвонить?

— Нет! Не стоит!

— Почему?

— Потому что ты чувствуешь себя оскорбленной! Тебя заподозрили черт знает в чем, а ты всего лишь проявила суперделикатность. И не вздумай отступить от этой позиции даже на четверть шага, поняла?

— Ты доходчиво объясняешь!

— Хлопнем шампанского?

— Давай!.. Тань, а как ты думаешь, он позвонит?

— Машка, не будь дурой! Куда он денется? Неужто бросит такую женщину? Ты ж говоришь, он не идиот?

— Да вроде нет...

— Все, Машка, меняем тему, а то это невыносимо! — поморщилась Татьяна. — Расскажи лучше, что тебе предложил Вырвиглаз?

— Вырвизуб, — машинально поправила я.

— Машка, ты когда влюблена, такой занудой делаешься, просто хоть вой!

— Можно подумать, ты не зануда, когда влюблена! Еще какая.

— Да я уж забыла, когда и влюблялась, — с грустью сказала Татьяна. — А вообще хотелось бы...

— А как же твой драгоценный Федор?

— Но его ведь не убудет, если я хоть самую чуточку влюблюсь! Хотя бы теоретически.

— Как это — теоретически?

— Ну, может, я неправильно выразилась.

— Ты хотела сказать — платонически?

— Именно.

— Ну уж платонически можно и по телевизору влюбиться, — засмеялась я.

— По телевизору неинтересно. С ним же не поговоришь...

В этот момент зазвонил телефон.

— Тань, подойди! — попросила я, так как в этот момент открывала банку с грушевым компотом.

— Алло! — довольно игривым тоном произнесла Танька. — Нет, это не Маша. А кто ее просит? Маш, это тебя!

— Кто?

— Не знаю, какой-то Максим, — нарочно громко произнесла она. И шепотом добавила: — Держись железно!

Дрожащей рукой я взяла трубку. Все-таки он позвонил!

— Алло!

— Маша, это я...

Голос звучал виновато.

— Добрый вечер, — холодно откликнулась я, понимая, что в этом сейчас мое спасение.

— Маша, надо увидеться!

— Зачем?

— Как зачем? Поговорить, объясниться...

— Я сейчас занята!

— Когда ты освободишься?

Мне хотелось крикнуть: сию секунду, немедленно! Но я сдержалась.

— Сейчас трудно сказать...

— Ты обиделась на меня, да? Я понимаю... Но и ты могла бы меня понять... Маша, пожалуйста, давай поговорим... Я так не могу.

Танька вопросительно глядела на меня.

— Я не очень понимаю, о чем говорить...

— Маша, пожалуйста!

— Он хочет приехать, да? — прошептала Танька. Я кивнула.

— Пусть приедет, а я пока смотаюсь к Лизе за твоим Гешкой!

— Глупости, ты пьяная!

— Маша, что там происходит? — встревожился Макс. — Кто там у тебя?

— Подруга.

— А она до утра уберется?

— Мне не нравится твой тон.

— А мне не нравится, что я все время натыкаюсь на подруг! — выпалил он.

— Это твои проблемы! — возмутилась я. — Всего хорошего!

— Маша, подожди, не вешай трубку! Извини, я не хотел...

— Знаешь, Макс, когда кому-то приходится все время извиняться, хамить и снова извиняться, это плохая предпосылка. Похоже, нам лучше не видеться...

— Что ты такое несешь! Маша, я же... Хорошо, может, ты и права... Но если я приеду к десяти утра, мы сможем поговорить наедине?

— Ты же работаешь?

— Завтра суббота! — напомнил он.

— Ах да, верно. Что ж, приезжай! До завтра.

И я первой нажала на рычаг. Этот раунд остался за мной.

Ровно в десять утра раздался звонок домофона. Я не стала спрашивать, кто, сразу надавила на кнопку. Я была уже полностью готова к предстоящей

встрече. Поздно вечером, собираясь домой, Танька
сказала:

— Обязательно выпей снотворное, а то не вы-
спишься — будешь выглядеть черт-те как, уверен-
ности не будет, и ты все испортишь. — С этим она
удалилась, а я последовала ее совету.

Сейчас бросив последний взгляд в зеркало, я
осталась очень собой довольна. Обычно, впустив его
в подъезд, я заранее открывала дверь квартиры и
ждала его. Сегодня я этого не сделала. А, вот и он,
звонит в дверь.

— Ну, здравствуй, — несколько смущенно произнес он. Вид у него неважный: похоже, не спал или
спал плохо.

— Привет, — спокойно отозвалась я, хотя внутри у меня все бушевало.

— Машенька... Милая моя... Я не знаю, с чего
начать... — растерянно проговорил он.

— Для начала сними куртку! Кстати, почему ты
никогда не носишь в Москве тот шикарный
плащ? — не придумала я ничего умнее.

— Так я же в Москве все время на машине, в
нем неудобно... Маша, ты не сделаешь мне чашку
кофе?

— Пожалуйста, ты не завтракал?

— Нет, не успел...

— Может, тебе сделать яичницу или омлет? И
вот есть таллинские пирожки с мясом...

— Нет, спасибо, лучше яичницу... если можно...

— Можно.

Насытившись немного, он вдруг отложил вилку и тихо спросил:

— Маша, зачем ты ездила в Таллин? Только честно... Я все пойму...

Поймет он, как же... Жди-дожидайся!

— Я... У Марты была годовщина свадьбы... — Господи, зачем я так нелепо вру? Если все уладится, он может быстро поймать меня на лжи, я ведь обязательно что-нибудь перепутаю. Надо срочно выходить из положения! — То есть не свадьбы, а знакомства с Лео, но это почти одно и то же...

— Но почему же ты скрыла это от меня?

— Я намекнула, когда ты первый раз упомянул о поездке в Таллин, сказала, хорошо бы поехать вместе, но ты ответил, что это неудобно, что будешь с коллегами... ну, я и заткнулась. Не хотела ставить тебя в неловкое положение, только и всего. А что ты себе вообразил? Что я за тобой слежу?

— Да... Что-то в этом роде... Но ты прости меня...

— А кстати, кто эта самая Лидочка?

— Лидочка? Моя коллега, — не моргнув глазом ответил он.

— Из твоей телекомпании?

— Нет, она из СТС. Мы случайно встретились в поезде.

— И у тебя с ней нет никаких... отношений?

— Ну почему же? У нас прекрасные отношения.

— Ты с ней спишь?

— Боже упаси! Она не в моем вкусе.

— И никогда не спал?

— Я же говорю — она не в моем вкусе.

Врет он, однако, уверенно, видно, опыт большой. Но ведь и я не говорю ему всей правды... Как же мне это не нравится!

— Но почему же ты тогда увел ее так поспешно? Почему не захотел разобраться во всем на месте?

— Был слишком зол и к тому же пьян. Прости меня, если можешь... Я без тебя не могу... Мне было так погано... Маша, любимая моя...

Я твердо знала, что он нагло мне врет насчет Лидочки, но так хотела верить, что поверила. Может, и было у него когда-то что-то с этой женщиной, но давно сошло на нет. А может, и вправду не было? Нина вполне могла ошибиться. Не исключено, что эта Лидочка просто выдавала желаемое за действительное. Чем черт не шутит? Вот подумал же Макс, что я его выслеживаю... Если б мне хоть на долю секунды представилось, что он может так подумать, я бы ни за что на свете не поехала в Таллин! Я хотела сделать ему сюрприз... Сколько любящих людей не могут понять друг друга, поверить друг другу и расстаются, иной раз навсегда, из-за каких-то нелепых недоразумений...

— Машенька, ну пожалуйста, давай забудем этот дурацкий эпизод... Я, когда прочухался, подумал: какой я болван, с чего это такая изумительная женщина станет выслеживать меня? И почему в Таллине? Да и вообще, это совсем не твой стиль... Ты гордая, независимая... И я так тебя люблю! Маша!

Ну какая сорокалетняя женщина останется глуха к таким речам? Только не я.

— Макс...

— Маша, мне сейчас надо уйти, хотя больше всего на свете я хочу остаться, я так соскучился... Но я приеду после восьми, можно?

— Можно, — кивнула я.

И мы бросились друг другу в объятия. С трудом оторвавшись от меня, он быстро надел куртку и прошептал:

— Я сегодня опять так счастлив. Мне уже казалось, что я тебя потерял.

С этими словами он выбежал из квартиры.

Я тоже была счастлива — я не потеряла его. Пусть даже он немного обманул меня, бог с ним, простим ему эту ложь... А может, и не ложь, да какая разница. Все равно сейчас он любит меня, в этом не может быть сомнений, а все остальное не имеет никакого значения. Мы любим друг друга. Любим! А без недоразумений и ссор не обходится никакая любовь.

Довольная и успокоенная, я первым делом позвонила Лизе, которая об истинной цели моего визита в Таллин ничего не знала, и сообщила ей, что ее поручение выполнено, цветы на могилу Георга Отса возложены.

— Спасибо, детка, — растрогалась тетушка. — Твой Гешка прелесть, по-моему, он по тебе скучает.

— Я его заберу ближе к вечеру, когда Белка будет дома. Как она?

— Привыкает к новой школе и, кажется, очень довольна.

— Варвара не объявлялась?

— Представь себе, нет. Странная женщина...

— Да, наверно, просто ненормальная.

— Детка, а как сейчас выглядит Таллин? Я так люблю этот город.

— Строится, хорошеет, одним словом меняется так же, как Москва.

— Ты, кажется, не слишком довольна поездкой, детка? В чем дело?

— Да что ты, я очень довольна, просто у меня мигрень.

— Прими таблетку и полежи в темной комнате, — привычно посоветовала Лиза, — а к вечеру мы тебя ждем, да?

— Конечно.

Едва я положила трубку, как раздался звонок в дверь. Кого это черт принес? Я глянула в глазок и увидела какую-то женщину.

— Кто там?

— Мне нужна Мария Шубина.

— Зачем? Кто вы? — проявила я осторожность.

— Маша, откройте, мне необходимо с вами поговорить, — она помолчала и добавила: — Насчет Макса.

Я распахнула дверь. На пороге стояла Лидочка. Она смерила меня оценивающим взглядом.

— Вы позволите войти?

— Да, да, но я не понимаю...

— Маша... Мария... Извините, не знаю вашего отчества...

— Никитична.

— Мария Никитична, мне совершенно необходимо с вами поговорить, это важно... жизненно важно.

Начинается, с тоской подумала я.

— Что ж, заходите, раздевайтесь...

Она сняла норковую жакетку и собралась снять сапоги на высоченных каблуках.

— Нет-нет, — остановила я ее, — не надо снимать сапоги, проходите так...

Она недоуменно пожала плечами — очевидно, привыкла сдирать обувь с гостей, злобно подумала я и спросила:

— Хотите кофе?

— Если можно... Так будет легче разговаривать...

— Тогда идемте на кухню.

Я молча сварила кофе и села за стол напротив нее.

— Я вас слушаю!

— Судя по всему, вы меня узнали, — смущенно начала она.

— Нет, я впервые вас вижу! — не моргнув глазом соврала я.

— Я была с Максом, когда вы с ним столкнулись в Таллине.

— Да? Я не обратила внимания...

Она понимающе усмехнулась.

— А зря.

— Что зря? — не поняла я.

— Вы зря не обратили на меня внимания. Я в жизни Макса играю очень заметную роль.

— Ну и что? Я-то здесь при чем?

— Маша, этот обмен колкостями только затруднит разговор. А я хочу, чтобы у вас не было никаких иллюзий относительно Макса. Я понимаю, он задурил вам голову, вы без памяти влюбились... Не вы первая, и, боюсь, не вы последняя. Вы хотя бы знаете, что он женат?

— Разумеется, но, насколько я понимаю, не на вас!

— Пока не на мне! — с какой-то отвратительной усмешкой проговорила она. — Вы позволите закурить?

— Нет! Я не выношу табака! — со злостью ответила я, хотя это никак не соответствовало действительности. Вокруг меня можно курить сколько угодно, да я и сама покуривала.

— Извините! Обойдусь! Так вот, я сказала, что Макс пока еще женат не на мне, но осталось ждать недолго... Вы, разумеется, ничего не знаете обо мне и о наших отношениях, наверно, думаете, что если он в вас влюбился, спит с вами, то и пальма первенства тоже принадлежит вам...

— Пальма первенства? — удивилась я.

— Ну, может, я неудачно выразилась... Но это дела не меняет. Мы с Максом вместе уже семь лет, своими успехами в жизни он целиком обязан мне, не говоря уж о том, что мы любим друг друга. А легкие пересыпы на стороне... Что ж, если мужчина так привлекателен, это неизбежно, я никогда не ограничивала его свободы...

Каждое ее слово было как поворот регулятора в холодильнике. Я застывала все больше и больше, и при этом у меня перед глазами была картинка телерекламы холодильника «Электролюкс», когда красная ягода клубники мгновенно покрывается морозным налетом. А она все продолжала:

— Когда мы с ним поняли, что не можем жить друг без друга, Макс решил развестись с женой, но та умолила его подождать до того момента, когда сын поступит в институт. Я согласилась. И вот в этом году мальчик заканчивает школу, должен поступить в институт, и тогда...

Я молчала. Дальше леденеть уже было некуда.

— Так вот... Как только он поступит в институт, Макс разведется с женой и женится на мне. Вот так, Маша...

Я поняла, надо хоть что-то ответить и постараться не потерять лица.

— Ясно... Только зачем вы мне это говорите? Какое мне до этого дело?

— Я говорю это, чтобы вы знали... Быть может, Макс что-то обещал вам...

— Если вы о браке, можете не беспокоиться, я была замужем три раза и больше экспериментировать не хочу. Уверяю вас, Макс ничего мне не обещал и вообще вы ошибаетесь...

— В чем? В том, что он в вас влюблен? Нет, я слишком хорошо его знаю. Это ведь не впервые...

— Но если вы так уверены в Максе, уверены в себе и своем праве на него, то зачем вы пришли ко мне? Из женской солидарности? Чтобы я напрасно не тешила себя надеждами? Извините, я вам не верю. Вы, очевидно, боитесь меня...

— Боюсь? Чего мне бояться? Да, вы немного

моложе меня, вы действительно хороши собой и очень... очень сексапильны, но бояться мне нечего, можете мне поверить. А цель моего прихода... Я просто во всем люблю ясность. Я хотела поставить точки над «и».

— Что ж, вам это удалось. И, по-моему, говорить нам больше не о чем.

— Маша, не надо на меня сердиться! Вы знаете Макса какой-нибудь месяц, а моя связь с ним длится почти семь лет.

— Вы что, хотите от меня каких-то гарантий? Может, вам расписку выдать, что я больше не увижусь с Максом? Извольте! Можем даже поехать к нотариусу и заверить ее, чтобы уж все чин чином! Как вам такая идея?

— Маша, успокойтесь! Я сейчас уйду! Только хочу сказать на прощание: вы еще молоды, красивы, вы с легкостью найдете себе мужчину... Однако не советую вам вступать со мной в борьбу. — В голосе ее прозвучала явная угроза.

— В борьбу? Да что вы, какая борьба? За кого? За жалкого обманщика? Да никогда в жизни, и потом я не вступаю в борьбу с заведомо более слабым противником!

Она вспыхнула. Похоже, и мне удалось достать ее до печенок.

— Маша, поосторожнее!

— Вы, кажется, запугиваете меня? А что, и киллера нанять вам не слабо?

— Что вы такое несете? У вас истерика! Выпейте валерьянки! — Она быстро оделась и подошла к двери. — Возьмите себя в руки, Мария Никитична! Всего хорошего!

Мне хотелось еще что-то крикнуть ей вслед, но я увидела, что у лифта стоит соседка, и это меня отрезвило. Я даже не хлопнула дверью, а аккуратно ее прикрыла.

Этот раунд я проиграла, а ведь как хорошо держалась... Но злости не было. Только холодное отчаяние. В моей жизни больше не будет Макса. И если, возвращаясь из Таллина, я во всем винила себя: зачем, дура, поперлась за ним, то теперь винить было некого. Я знала, что он несвободен, но чтобы до такой степени? А главное, зачем он мне врал сегодня утром, что его ничто не связывает с этой женщиной? Сказал бы правду, я бы поняла. Ведь она появилась так давно... Она говорила, что у него за это время было много баб. Неужто она к каждой ходила вот с такими объяснениями? Какой ужас! Как же надо не уважать себя и его... И зачем нужно вот так женить человека на себе? Наверное, она его безумно любит... Как и я... Я люблю его безумно, но все-таки откажусь от него. Теперь понятно, что полоса везения действительно кончилась.

Вдруг я осознала, что произношу все это вслух. Не хватало только спятить... Какие же все-таки бабы дуры! Почему они всегда попадаются на удочку любого привлекательного мужика, особенно если он умеет ловко им вешать на уши лапшу? Ну все, с меня хватит, сыта по горло. Пора понять, что не судьба мне быть счастливой с мужиком. Которая уже попытка кончилась крахом. Довольно. Стану жить, зарабатывать деньги, кстати, это вполне современно — наплевать на мужиков и заколачивать бабки. Буду работать с утра и до ночи, тогда не останется времени тосковать по Максу...

Макс... Господи, он ведь собирается прийти сегодня вечером! Что же делать? Принять его и высказать все, что я о нем думаю? Нет, лучше мне с ним не встречаться, слишком я поддаюсь его обаянию, он опять запудрит мне мозги. Нет, я сейчас позвоню ему на работу и... К телефону никто не подошел. Черт, да ведь сегодня суббота, вспомнила я. И набрала номер его сотового.

— Алло! — почти сразу услышала я.

— Макс?

— Машенька? — обрадовался он. — Что-то случилось? — Я очень редко звонила ему.

— Да, случилось. Хочу сказать, чтобы ты не приходил, Макс. Вообще, никогда!

— Что? Маша, что ты говоришь? Мы же все выяснили... Маша, пожалуйста, объясни, что случилось?

Я собралась уже бросить трубку, но в последний момент мне страстно захотелось, как говорит Татьяна, «плюнуть на колбаску» его Лидочке, и я произнесла:

— Ты хочешь знать, что случилось? Спроси у своей Лидочки. Прощай, Макс! — Ну вот и все.

Зазвонил телефон, но я не подходила, я была уверена, что это Макс. Не дозвонившись, он, конечно, явится сюда, значит, надо как можно скорее смотаться из дома. Я позвонила Татьяне.

— Ну что, помирились? — спросила она, услышав мой голос.

— Тань, ты занята?

— Да ты что? Случилось что-то?

— Можно я сейчас к тебе приеду?

— Давай! Жду!

Я выскочила из квартиры и бросилась вниз, к машине. Только бы завелась! Но на сей раз мой «жигуленок» не желал заводиться. К счастью, сосед со второго этажа дал прикурить и когда я наконец выехала со двора, то успела заметить на бешеной скорости ворвавшийся во двор зеленый «фольксваген-пассат». Ага, примчался, голубчик! Ничего, сейчас поцелуешь дверь! И я дала по газам.

Что за жизнь у меня дурацкая? Вроде не хуже людей, а ничего не получается. Угораздило влюбиться в этого Макса, а у него семеро баб по лавкам! Вот пусть он с ними и разбирается, а мне этого не надо, я уж лучше в сторонку отойду!

Татьяна встретила меня с испуганными глазами.

— Что случилось, Машка?

Я все ей рассказала.

— Ты дура! — заявила она. — Не знаешь, что ли, за любовь надо бороться!

— Не буду!

— Но почему? Ты же его любишь!

— А я посмотрела на эту Лидочку, она вот за свою любовь борется, да еще как, и мне это не понравилось. Противно и унизительно! Не желаю!

— Маш, ты серьезно?

— Серьезнее некуда.

— Но ведь у тебя отличные шансы, он в тебя по уши влюблен.

— Да не могу я, пойми!

— Не понимаю! Не можешь или не хочешь?

— Не могу и не хочу!

— Останешься одна, Машка!

— А я и так одна.

— Ну и что хорошего?

— Не так уж плохо одной, Танечка! Спокойно, по крайней мере. И потом у меня есть Лиза с Белкой, Костя, ты, Инга...

— Дело, конечно, твое, я всех подробностей не знаю...

— Каких это подробностей ты не знаешь?

— Ну, может, у вас в постели что-то не так...

— Эх, Танька, в постели Максу вообще равных нет. Но это все-таки не главное в жизни.

Татьяна молчала, глядя на меня с сочувствием. Потом тихонько спросила:

— Тебе плохо, Машка?

— Хуже не бывает, — призналась я.

— Выпить хочешь?

— Нет, я за рулем, а мне еще Гешку надо забрать у Лизы. Я просто пока у тебя отсижусь. Не станет же он целый день торчать у меня во дворе...

— Маш, а может, все-таки поборешься, а?

— Не буду! Не стоит он того! Такой же козел, как и все. Не дает ему жена развода, и он соглашается ждать семь лет... Как это можно? За семь лет сколько воды утекло! И там ему хреново, наверное, и с этой Лидочкой тоже, думаю, радости уже мало. Тряпка он, а не мужик.

— Ну, это как посмотреть... Он же ради ребенка...

— А хорошо ли ребенку в такой атмосфере расти, ты подумала?

— А ты подумала, каково ему сейчас? Предстоит уйти от жены, жениться на какой-то мегере, когда он тебя любит...

— И ты предлагаешь мне его пожалеть? Тань, при желании можно кого угодно пожалеть... даже убийцу...

— Но он ведь для тебя не кто угодно, сама же говорила, что любишь!

— Ну люблю, и что?

— Ты, Машка, просто максималистка! А пора бы уже поумнеть, такой максимализм хорош лет в восемнадцать — двадцать, а после двадцати уже надо сбавлять.

— А в сорок, по-твоему, надо уже превратиться в тряпку, о которую любой козел может вытирать свои копыта?

— Машка, не заводись! Я тебе добра желаю. В кои-то веки нашла себе мужика по душе и по телу и при первом же дуновении отказываешься от него?

— Танька, кончай терзать меня! Чего ты добиваешься?

— Ты все-таки должна с ним объясниться. Так нельзя! Мало ли что тебе та баба наговорила? А если она наврала все?

— Что?

— Ну, насчет обещания жениться?

— Не похоже...

— Маша, я тебя умоляю, поговори все-таки с ним... Как-то не по-людски у вас все получилось.

— Конечно, разве с козлом по-людски получится?

— Я, Машка, с тобой согласна, они все, в общем-то, козлы, но Макс твой все-таки заслуживает, чтобы ты с ним поговорила. У него есть сотовый?

— Есть. Но я ему звонить не стану!

— Ладно, дело твое, только потом не жалуйся на свою неудавшуюся жизнь.

— А я разве часто жаловалась?

— Нет, но это... подразумевалось.

Мы еще долго переливали из пустого в порожнее, но все-таки я немного пришла в себя и, простившись с Татьяной, поехала к Лизе за Гешкой. Мне пришлось так усиленно изображать из себя спокойную, довольную жизнью даму, что, когда я, наконец, вышла на улицу с Гешкой в сумке, у меня от усталости задрожали ноги. Гешка жалобно мяукал. Я сунула руку в сумку, погладила его, и он сразу доверчиво ткнулся мне в ладонь и умолк.

— Гешенька, родненький, прости меня, дуру... Потерпи немножко, сейчас приедем домой, и я больше никогда тебя не брошу!

Но стоило мне закрыть сумку, как он снова заплакал. Тогда я решительно вытащила его и положила на сиденье рядом с собой.

— Ладно, сиди тут!

Он удивленно оглянулся и посмотрел на меня.

Маленький, трогательный, испуганный... Я погладила его, и он свернулся в клубочек.

Домой мы добрались без проблем. Прежде чем вылезти из машины, я окинула взглядом двор. «Фольксвагена» Макса не было. Еще бы, небось держит сейчас ответ перед своей ненаглядной Лидочкой. Так ему и надо!

Ну что ж, день прошел... Завтра начнется новая жизнь, а вернее, старая, с той только разницей, что теперь у меня есть постоянная работа и кое-какие деньги. Максу там нет места. И что за дурацкая у меня жизнь... Нет, хватит сожалений, так можно далеко зайти, сейчас нажрусь снотворного, чтобы не мучиться бессонницей, а когда прочухаюсь, первым делом переставлю мебель в спальне, а может, и куплю себе новую кровать, так легче будет забыть его... Приняв благое решение, я выпила снотворное, и через час оно меня одолело.

Проснулась я с такой головной болью, что не только двигать мебель не было никаких сил, а и пошевелить рукой и ногой. Значит, буду спать дальше... Но тут в дверь позвонили. И кому это неймется? Я спустила ноги на пол. Звонок повторился. А что, если это Макс? Хотя у него совсем другой звонок. Короткий, деликатный.

— Кто там?

— Маша, открой! — раздался голос соседа.

— Сейчас, халат накину!

— Маша, ты только не волнуйся, — сказал сосед, когда я открыла дверь. — Но там...

— Что случилось?

— Твою машину долбанули!

— Что?

— Машину, говорю, долбанули!

— Кто?

— Да если б знать! Я вышел, смотрю, тебе крыло и дверцу своротили!

Я мгновенно оделась и побежала вниз. Мой бедный Росинант, кажется, окончательно сдох. Во всяком случае, вид у него был плачевный.

— Да, — сказала я соседу, который спустился вместе со мной. — Кажется, это финиш...

— Честно говоря, я тоже так думаю, отъездилась. Она ж у тебя вся ржавая, дунь-плюнь и рассыпется. Как еще колеса держатся. Ты лучше, Маша, купи другую машину. На эту уже не имеет смысла тратиться. Продай ее на детали, добавь тысчонку — и сможешь купить подержанную, конечно, но все-таки поприличнее...

— Но она же еще бегала... И хорошо... Может, починить крыло?

— Ну, и бегала не очень... Сама же вчера у меня прикуривала. А вообще это, конечно, дело твое.

Теперь я уже совершенно отчетливо понимала, что полоса везения кончилась. «Миновала моя весна, как недолго цвела она», — пел Георг Отс. Машину, безусловно, не имеет смысла ремонтировать. Или уж надо вбухать в ремонт такие бабки, которые мне и не снились. Что ж, появилась теперь цель в жизни — накопить денег на новую машину. Сейчас «жигуленка» можно купить не так уж дорого. Буду работать с утра до ночи. Недавно мне кто-то предлагал взять ученика, а я отказалась. Кто ж это был? Надо вспомнить... Не буду ни от чего отказываться, посвящу всю жизнь зарабатыванию денег, стану состоятельной дамой и... И что? Буду шикарно одеваться, приобрету хорошую машину, поеду путешествовать... Дура ненормальная, сказал давно помалкивающий внутренний голос, это ты переводами и уроками собираешься заработать на такую жизнь? Бред сивой кобылы. Но я постараюсь... Старайся, старайся...

Позвонила Татьяна.

— Ну что там у тебя?

Я рассказала ей все.

— Знаешь, ты пока не принимай решений насчет Росинанта. Я тебя сведу с Сергеем, это автомеханик Федора, отличный специалист и вообще хороший парень. Он тебе все честно скажет и, если надо, поможет продать развалюху, а главное, купить приличную машину, не новую, конечно, но он в них классно разбирается, не то что ты. Его не надуешь.

— А во что обойдутся его услуги?

— Ну, диагноз ни во что не обойдется, а там, я думаю, сговоритесь, он не обдирала, и потом, он мне кое-чем в жизни обязан. Хочешь, я прямо сейчас ему позвоню?

— Еще бы, конечно, надо же мне знать, на каком я свете.

— Ладно. Слушай, а Макс...

— Не звонил и не появлялся, если это тебя интересует. Я хотела сменить себе кровать, но с этой машиной...

— Сменить кровать? Это правильно! Без машины ты можешь еще обойтись, а кровать новая необходима, чтобы даже духу его не было, да? — засмеялась она.

— Тань, давай лучше звони этому Сергею! — взмолилась я.

— Ладно, сейчас.

Через четверть часа она сообщила, что Сергей ровно в три явится ко мне и посмотрит машину.

Без десяти три раздался телефонный звонок.

— Мария? Это Сергей. Я через десять минут подъеду, спускайтесь к машине.

— Хорошо, спасибо.

Выйдя на улицу, я увидела, как во двор въехал темно-синий «БМВ». Автомобиль остановился возле моей развалюхи, и из него выскочил молодой мужчина в черной коже.

— Вы Мария?

— Я. Здравствуйте!

— Блин! — воскликнул он, но я не поняла, к чему это относилось. — Здорово вы ее уделали! — почему-то засмеялся он. Что тут смешного? Он взял у меня ключи и открыл капот: — Мария, нечего вам на холоде стоять, идите домой, а я тут погляжу, что к чему, и поднимусь. Скажите только этаж и номер квартиры.

— Пятый этаж, квартира пятьдесят шесть.

Он кивнул, уже не глядя на меня, и снова произнес:

— Во блин!

Но тут уж все было более чем понятно. Действительно, блин!

Минут через двадцать он пришел.

— Руки помыть разрешите?

— Пожалуйста. Может, хотите кофе или чаю?

— Чаю я бы выпил.

Я поставила чайник, с волнением ожидая, что он мне скажет. Когда он явился на кухню, я вдруг заметила: а он красивый, даже очень. Только мне-то что за дело?

— Ну, Сережа, что скажете?

— На свалку!

— Прямо так? На свалку?

— Да, Мария, на свалку... Но в принципе тыщи за полторы зеленых я могу вам подыскать вполне пристойную тачку, года два-три поездите, а там, глядишь...

— Что?

— Ну... Может, денег на новую заработаете или мужа богатого найдете... Вы красивая... Аж глаза болят... — вдруг добавил он.

Я почему-то смутилась.

— Сережа, да вы пейте чай, а то остынет. Может, вы голодный? Могу вам яичницу сделать...

— Яичницу? А что, у вас больше ничего нет?

— Чего нет? — растерялась я.

— Ну не знаю, супа там, котлет...

— Суп и котлеты? Нет, чего нет, того нет. Я, Сережа, одна живу, и не стану же для себя суп и котлеты готовить.

— Мария, вы меня, конечно, извините, я может, что-то сморозил, но давайте пойдем в ресторан, а? Я голодный, и у вас в доме есть нечего, по крайней мере поедим, как люди, а?

— В ресторан? Сейчас?

— А что такого?

— Да вообще-то ничего, — решила я и почувствовала, что и в самом деле голодна.

— Так вы согласны?

— Почему бы и нет!

— Отлично! Тогда одевайтесь, а я вас внизу подожду. Вам сколько времени надо?

— Минут пять.

— Жду вас внизу!

Я быстро оделась, причесалась и чуть-чуть подкрасила глаза. Куда ты собралась, задница? — полюбопытствовал внутренний голос. Решила пуститься во все тяжкие с горя? Да никуда я не решила пуститься, я элементарно хочу жрать. В последние дни было столько волнений и мне кусок в горло не лез. И к тому же он очень славный, этот Сережа... И красивый. Почему бы не пойти? А ты не скумекала, он ведь явно на тебя глаз положил? Ну и что? Я же, между прочим, в монастырь еще не ушла. И, в общем-то, не собираюсь. Ах вот даже какие мысли? Никаких мыслей. Это он на меня глаз положил, а не я на него. И потом, машина-то мне нужна, а от того, что я с ним пообедаю, меня не убудет. И помолчи лучше, раньше надо было...

Сергей повез меня в какой-то грузинский подвальчик, где было очень уютно и потрясающе вкусно.

— Мария, вина выпьете? — спросил он, когда

мы изучали меню. — Здесь подают настоящее грузинское вино, без дураков.

— А вы?

— Я не пью!

— Вообще?

— Нет, почему... за рулем не пью, железное правило. Ни граммулечки. А вам можно...

— Ну, зачем же...

— А вкусно! Что предпочитаете, киндзмараули или хванчкару?

— Киндзмараули.

Сергей действительно пил только лимонад из запотевшего кувшина и очень галантно за мной ухаживал.

— Когда сидишь с такой женщиной, любая бурда вкусной покажется, — вздохнул он. — Вы, Мария, здорово красивая. Только плохо питаетесь. Вон, поели, и даже цвет лица изменился. Разве так можно? Что бы в жизни ни происходило, а кушать надо...

— Вы безусловно правы.

— За вами, Мария, присматривать надо.

— Может быть... Только некому...

— А вы кем работаете?

— Я, Сережа, перевожу книги с немецкого на русский.

— И за это прилично платят? — полюбопытствовал он.

— Да нет, как правило, совершенно неприлично...

Я рассказала ему о наших обычных расценках, он просто за голову схватился.

— Е-мое, как же вы живете?

— Да в последнее время удалось кое-что заработать. Но какая у меня машина, вы видели...

— Машина еще та... Ну ничего, я вам подберу
нормальную тачку. Вы меня, конечно, извините, но...
вы что, в разводе?

— Да, в разводе.

— И я тоже в разводе, уже шесть лет.

— А дети есть?

— Нет. Был мальчишка, но умер, когда ему три
недельки стукнуло... после этого мы с женой и раз-
бежались. А у вас дети есть?

— К сожалению, нет. Только кот.

— Куда это годится, Мария, такая женщина, и
одна с котом, прям как старая дева... А чего вы в
какую-нибудь крутую фирму переводчицей не устро-
ились?

— Не попалась мне на пути крутая фирма, где
требуются переводчицы.

— Хотите, я поспрашиваю? У меня клиенты в
разных фирмах работают.

— Да нет, Сережа, спасибо, не стоит. Я предпочитаю работать дома и заниматься своим прямым
делом. Я люблю свою работу.

— Странные вы люди...

— Кто мы?

— Интеллигенция...

— Вы что-то имеете против интеллигенции?

— Наоборот! Я от нее тащусь. И от вас, Мария,
я просто охренел. Прям глаз оторвать не могу. Я для
вас что хотите сделаю...

— Вы очень славный человек, Сережа...

Он рассмеялся, но не без горечи.

— Вы так это сказали, что козе понятно: вы
славный, Сережа, но болван.

— Ничего подобного, вы действительно очень
славный человек и... Я за последние дни совсем
дошла... столько всего случилось, а сейчас вот сижу
с вами и мне хорошо, спокойно.

В его больших серых глазах светилось сочувствие.
Он, очевидно, хотел что-то спросить, но постеснялся.
И подлил мне еще вина.

— Пейте, Мария, вкусно ведь!

— Вкусно, — подтвердила я.

— Мария... А можно задать бестактный вопрос?

— Валяйте, — улыбнулась я.

— Вы что, совсем одна, даже этого... бойфренда
у вас нет?

— Был, до вчерашнего дня.

— Понял.

— Да не берите в голову, Сережа... Это бывает
с женщинами. Все не так страшно.

— Тогда вам надо темные очки надеть, — не
глядя на меня сказал он.

— Темные очки?

— Ну да... У вас, извиняюсь, глаза, как у больной собаки. Ох, простите, что я говорю...

— Ничего, все нормально, Сережа, — усмехнулась я. — Это пройдет. Больная собака не обязательно умирающая.

— Если ее лечить! — довольно решительно заявил Сергей. — Мороженое будете?

— Нет, спасибо.

— А кофе?

— С удовольствием.

Кофе тут был великолепный.

— Ах, хорошо... — сказала я, отпив глоток. — Спасибо вам огромное, Сережа.

— Не за что.

После обеда он отвез меня домой. Когда его «БМВ» въехал во двор, я сразу заметила возле своего подъезда знакомый «фольксваген-пассат». Так, только этого мне и не хватало! Я хотела было попросить Сергея высадить меня у въезда во двор, но потом решила — может, так оно и лучше. Пусть Макс видит, что я могу и без него обойтись.

«БМВ» подкатил к подъезду, Сергей вышел, открыл мне дверцу (откуда он знает все эти штуки?) и, глядя мне в глаза, спросил не без робости:

— Мария, можно я позвоню?

— Конечно, Сережа, я надеюсь, что вы придумаете что-то насчет машины...

— Да, да, обязательно!

— Спасибо вам за все, за обед и за заботу!

Заметив, что Макс вылезает из машины, я встала на цыпочки и поцеловала Сергея в щеку. Он совершенно ошалел.

— Мария! Я...

— До свиданья, Сережа!

Я повернулась и двинулась к двери, делая вид, что просто не замечаю Макса. Он стоял возле своей машины, с интересом за мной наблюдая. И, похоже, то, что он видел, ему совсем не нравилось. Я вошла в подъезд, и тут же за мной вошел Макс.

— Маша! — окликнул он меня. — Не притворяйся, что ты меня не видишь!

— Я просто не хочу тебя видеть! Ты для меня больше не существуешь.

— Я уж вижу... Для тебя теперь существует только этот крутой парень на «БМВ». Быстро же ты утешилась!

— А по-твоему, я должна день и ночь лить слезы из-за того, что ты женишься на этой швабре? Скорее тебе надо сокрушаться по этому поводу.

— Маша, зачем ты так... Я ведь люблю тебя...

— Знаешь, Макс, я женщина скромная, меня вполне устраивала половина, а вот трети мне, извини, маловато. Как, впрочем, и твоей Лидочке. Ты слишком любвеобилен, Макс. Меня предупреждали, а я не верила...

— Ты просто ничего не понимаешь... Это жестоко...

В этот момент из лифта вышла девочка с ирландским сеттером и смерила нас любопытным взглядом.

— И вообще, это не место для объяснений. Да и объясняться нам незачем. Всего хорошего, Макс!

— Позволь мне зайти к тебе... я должен все-таки объяснить...

— Не нужно. Все понятно и так. Прощай, Макс!

И я ступила в лифт. Он на мгновение замешкался, и дверцы лифта сошлись буквально у него перед носом.

— Ну и черт с тобой! Пропади ты пропадом! — донеслось до меня.

Вот это и в самом деле был конец. Отличный финал по всем законам драматургии. Правда, финал не для трагедии, а в лучшем случае для трагикомедии. А вернее, для идиотской комедии, до невозможности глупой и нелепой. Прощай, Макс!

Дома я дала волю слезам. Но наплакавшись, подумала, что надо сегодня же позвонить Вырвизубу и сказать, что могу приступить к работе, не дожидаясь первого числа. Работа — самое лучшее лекарство от любви. Только не связывайся с этим Сережей, предостерег меня внутренний голос. Не пытайся вышибать клин клином, не поможет! Да что я такого сделала? Сходила с ним в ресторан, и только-то. Никаких авансов я ему не давала, а машина новая мне нужна позарез, ну, не новая, но другая. Да этот парень на тебя запал! Ну и что? Я же не виновата, что нравлюсь, просто, по-видимому, сорок лет — мой возраст. У каждого человека есть свой возраст. И мой возраст — сорок! Что ж теперь делать? Постараться не терять голову, совсем тихо прошептал внутренний голос. Молчи, дурак, сказала я ему и позвонила Вырвизубу. Тот безумно обрадовался и пригласил завтра в двенадцать прибыть в редакцию.

Домой я привезла целую стопку рукописей и сразу взялась за дело. Главное — не думать о Максе. Жаль, нельзя отключить телефон. Я конечно же уверена, что он не позвонит, но так... на всякий случай. Однако — нельзя, вдруг позвонит Лиза, или Белка, или Костя... Словом, нельзя. Я налила себе большую кружку чаю с лимоном и открыла первую папку. И тут же расхохоталась. Первая фраза французского романа выглядела так: «Мари-Франс жила в семиэтажном многоквартирном особняке на одной из фешенебельных авеню Марселя». Многоквартирный особняк! Я глянула, кто этот гений. Какая-то Антонина Журасик. И почему она полагает, что ей надо заниматься переводами? Собственно, можно больше и не читать — и так все ясно. Но для очистки совести я решила посмотреть, что там дальше. Ну, про особняк она не понимает, а в остальном, возможно... Нет, невозможно, просто бред какой-то: «Ошуюю от Грегуара сидел Паскаль, одесную Иветт, а визави — Мари-Франс». Антонина Журасик в издательстве Вырвизуба печататься не будет. Слишком очевидно, что эта дама, если и читала в своей жизни хоть что-то, то, скорее всего, романы в подобных же переводах. Это случай почти анекдотический. Я отложила папку с ее переводом в сторонку и открыла следующую. Перевод с немецкого. Австрийская писательница из новых. Я заглянула в оригинал. Написано хорошо, легко, с юмором. Что ж, поглядим, что за перевод. Поначалу все вроде бы гладко, без блеска, но по крайней мере грамотно, и то хлеб. Но на третьей странице я остановилась. Странно... «Это было в те времена, когда люди еще сидели на деревьях и стреляли друг в друга». Интересно, из чего они стреляли? Из пращи? Я заглянула в немецкий текст и чуть не свалилась со стула. Все понятно, переводчик спутал два глагола «scheissen» и «schiessen». В оригинале фраза звучала примерно так: «Это было в те времена, когда люди еще сидели на ветках и какали друг дружке на головы!» Смешно, но... бывает! Исправить такую ошибку несложно. Прочитав сорок страниц, я убедилась, что, несмотря на огрехи, это годный товар. Конечно, придется поработать с переводчиком, но — не катастрофа.

Я прошлась по комнате, чтобы размяться, покормила Гешку и, едва лишь вспомнила о Максе, сразу бросилась к столу. Только работа спасает от этой невыносимой, раздирающей внутренности боли. Я попыталась сосредоточиться, но мне это не удавалось. Господи, неужели Макса не будет в моей жизни? Я вскочила и решила по старой памяти разложить пасьянс. Одно время я страшно им увлекалась, а потом совсем забросила. На большой пасьянс сейчас нет времени, раскину маленькую «косыночку». Итак, если с первого раза выйдет, все с Максом как-то образуется, если со второго — образуется, но далеко не сразу, а если три раза подряд не выйдет, значит, пиши пропало. Пасьянс сошелся с третьего раза. Неужели все-таки есть надежда? Если верить в это, то жить еще можно... А не сходить ли мне к Алисе, соседке, бывшей гадалке? Но если она скажет, что надежды нет, тогда жить станет еще тяжелее...

Я с тоской вспомнила свою, такую еще недавнюю, спокойную жизнь без всякой любви до полосы везения... Зато в той жизни было совсем паршиво с деньгами... А, голубушка, провякал внутренний голос, ты хочешь, чтобы у тебя была любовь, деньги и покой? Так не бывает! А почему, собственно? Да потому, слишком много хочешь! Всего несколько недель назад покоя у тебя было выше головы, зато ни любви, ни денег. Потом появились кое-какие деньги и сумасшедшая любовь, но о покое пришлось забыть, ну и черт с ним, с покоем... А теперь остались только деньги... да разве это деньги? Так, денежки... Если купить машину, их и вовсе не останется.

Перепалку с внутренним голосом прервал телефон. Жаль, что у него нет еще и определителя номера...

— Алло, Мария? Это Сергей!

— Здравствуйте, Сережа.

— Как дела?

— Да ничего, спасибо... Вот сижу, работаю.

— Вы сегодня что-нибудь кушали?

— А? Да, разумеется.

— Мария, у меня сегодня день рождения.

— Поздравляю, Сережа! И желаю вам...

— Нет, Мария, так не надо...

— Как? — не поняла я.

— Я, Мария, хочу пригласить вас нынче к себе на день рождения.

Вот именно этого мне и не хватало!

— Сережа, но мы ведь только вчера познакомились! А у вас своя компания...

— Никакой компании, я один.

Еще того лучше!

— И я хотел бы пригласить вас в ресторан!

— Опять?

— Но вчера мы просто обедали, а сегодня...

— А сегодня будем сложно ужинать?

— Мария, не надо... Просто мне хотелось бы в день рождения посидеть с красивой женщиной... Я, кстати, тут присмотрел одну машину, если вас устроит, она вам совсем недорого обойдется.

— Господи, Сережа, неужели вам совсем не с кем пойти в день рождения в ресторан?

— Да почему? Могу нагнать хоть целую кодлу... Но хочется мне пойти с вами... Ну, пожалуйста!

— Но я же не успею купить вам подарок... — слабо отбивалась я.

— Не надо подарков! Если вы пойдете со мной, это будет самым лучшим подарком.

И я сдалась. В конце концов он вполне приличный парень. Пойду, все лучше, чем сидеть тут, изнывая от тоски по Максу.

На сей раз ресторан был куда более шикарный, чем вчерашний подвальчик, да и Сергей выглядел сногсшибательно — в элегантном и явно дорогом костюме, в белой рубашке с модным галстуком.

— Сережа, что ж вы, и в честь дня рождения не выпьете? — спросила я.

— Обязательно выпью. За мной приедет мой помощник и отвезет. Я так рад, Мария, что вы согласились... Вы... Вы мне очень понравились...

Его простодушие подкупало. И вел он себя более чем корректно. Разговаривали мы в основном о машинах, я, правда, старалась говорить поменьше. А он с удовольствием рассказывал о себе, своем успешном бизнесе, о том, как удачно он нашел «крышу», о том, каких знаменитостей обслуживают у него в автосервисе...

Я представила себе лицо тетушки Лизы, если бы она услышала этот разговор, и чуть не рассмеялась.

— Мария, у меня к вам есть одно дело... Только не подумайте, что я перебрал... Ох, блин, как трудно...

— Что, Сереженька?

— Мария, выходите за меня замуж! — выпалил он и залпом выпил бокал шампанского.

— Что? — опешила я.

— Ну... это... замуж за меня! Мария, вы будете жить...

— Как у Христа за пазухой? — с грустью спросила я.

— Да! Как у царя в бане... Все, что захотите... Какую угодно машину! Дача у меня — зашибись! Вы не думайте, не коттедж краснокирпичный, а старая дача в Абрамцеве, только со всеми удобствами. Раньше там академик жил. Я любить вас буду, как... как... Может, у нас и ребеночек будет... Я... Я хороший отец... буду. И муж...

— Сережа...

— Я все понимаю, Мария, вы не думайте, мы вчера только познакомились, мы... как это... из разных слоев... Только разве все это имеет значение, когда... Я раньше не понимал про любовь с первого взгляда, а теперь... Вот как увидал вас, сразу подумал — она!

Он смотрел на меня своими чудесными глазами, а мне больше всего хотелось плакать.

— Сережа...

— Погодите, Мария, не отвечайте, сначала подумайте... Вы одна, я один, я могу дать вам все, что только душа пожелает... И может, нам с вами будет хорошо, я стану о вас заботиться и вовсе не собираюсь вас на цепь сажать, вы работайте, сколько хотите, а по дому найдется кому все делать, только... только... Ох, блин, не умею я уговаривать... Но я способный, вы меня чему хотите научить сможете, а я, а я...

— Сереженька, позвольте мне сказать...

— Не надо! Пока не надо говорить «нет»! Вы подумайте, я вас торопить не буду... Разве можно такой женщине одной жить, без защиты, когда всякая сволочь обидеть может...

— Сережа, сколько вам лет? — наконец удалось мне вставить слово.

— Тридцать четыре исполнилось.

— А сколько лет мне, знаете?

— Думаю, столько же...

— Нет, милый, мне уже сорок!

Он оторопел. Но тут же воскликнул:

— Ну и что? Мне это не мешает.

— Это мешает мне! И потом, я не могу иметь детей, Сережа.

— Неважно, возьмем ребеночка из детского дома. А не хотите, одни будем жить, вдвоем...

Господи, у меня от жалости разрывалось сердце.

До чего золотой парень, но только мне-то он ни к чему.

— Сережа, это глупости, вам что-то померещилось...

— Померещилось? Ничего подобного, я сразу понял, вы — это она. Мария, ну рискните раз в жизни...

— Раз в жизни? Да я три раза была замужем и больше не хочу. И вообще, Сереженька, есть один человек... Я люблю его.

Он растерянно захлопал глазами, а потом недобро прищурился.

— А почему же он не с вами? Почему вы одна дома не евши сидите?

— Это долгая история, сложная...

— Ну, где уж мне понять, я человек простой...

— Вот только этого не нужно, Сережа, — поморщилась я. — И вовсе вы не такой простой. Мы ведь с вами познакомились только вчера, а вы уже требуете с ножом к горлу, чтобы я за вас замуж мчалась...

— С ножом? — ахнул он.

— Это так говорится... Ну поставьте себя на мое место! Разве так нормальные люди делают?

— А если мы... ну... это... поближе познакомимся?

— Сережа, я допускаю, вы влюбились или вам так показалось...

— Ничего мне не показалось!

— Предположим! Но я-то не влюбилась. Вы красивый, очень искренний, вероятно, прекрасный

человек, широкий, я все это понимаю, я вам благодарна, но...

Он вдруг рассмеялся.

— Я дурак, признаю... Ладно, забудьте то, что я
тут наболтал, давайте будем друзьями. Пока. На это
вы согласны?

— Друзьями? Согласна! Но что значит
«пока»? — улыбнулась я.

— Это значит, что больше я не буду лезть к вам
с дурацкими предложениями, а потом... кто знает...
когда вы ко мне привыкнете... Ну все, с этим мы
закончили! Мария, я вот насчет машины соображал,
я одно место знаю, там за две с половиной продают
девятку.

— Девятку? За две с половиной?

— Да.

— Новую?

— Старую девятку я бы вам не посоветовал...

— Надо подумать.

— Думайте, но не очень долго, а то цены запросто могут снова подскочить. И обещайте мне, если
соберетесь покупать, позовите меня, уж я вам подберу...

— Обещаю! Спасибо!

— Мария, значит, мы друзья?

— Друзья!

— Тогда, может, выпьем на брудершафт? —
предложил он и вдруг покраснел.

Что за прелестный парень!

Мы выпили на брудершафт, троекратно поцело-
вались, что повергло его в некоторое замешательство.

— Сережа, у меня к тебе просьба...

Он с восторгом уставился на меня.

— Не называй меня Марией, ладно? Это как-то уж очень торжественно...

— А как? — с готовностью спросил он.

— Да хоть бы Маша или Маруся.

— А можно — Манечка?

— Можно и Манечка.

— Манечка!

Когда мы подъехали к моему дому, я вдруг увидела, что в окнах квартиры горит свет. Мне стало как-то неуютно. Конечно, я могла просто забыть выключить его... А что, если это таинственный незнакомец, мелькнуло в моей не слишком трезвой голове.

— Сережа, пожалуйста, поднимись со мной, — тихо попросила я

Он глянул на меня с сумасшедшей надеждой в глазах.

— Мне страшно, там горит свет...

— Да? — нахмурился он. — Ты его погасила, я помню.

Он вышел вместе со мной, шепнул что-то шоферу и, деликатно поддерживая под ручку, повел меня к подъезду.

— У кого-нибудь есть ключи от твоей квартиры?

— У брата, но он всегда меня предупреждает...

— И больше ни у кого?

— Еще у Татьяны.

Мы тем временем уже стояли возле моей двери, поэтому переговаривались шепотом.

— Давай ключи! — потребовал Сергей.

— Может, милицию вызовем? Я боюсь!

— Манечка, — хлопнул он вдруг себя по лбу, — вот, возьми, — он выхватил из кармана сотовый телефон и протянул мне. — Позвони!

— В милицию?

— Зачем? Позвони домой! Послушай, кто подойдет.

Мысль была простая и гениальная. Вскоре я услышала голос брата.

— Алло!

— Костя! — закричала я. — Это ты?

— Маруська, ты где? Я приехал, а тебя нет!

— Я сейчас, я тут, открой дверь!

Дверь распахнулась.

— Что это все значит? — удивился Костя, окидывая взглядом Сергея. — Почему ты с телефоном? Что за бред?

— Это не бред! Это была мудрая мысль! Сережа, познакомься, это мой брат, Константин Никитич, а это — Сережа!

— Очень приятно, — благовоспитанно сказал Сергей и пожал Костину руку, но ответной любезности не дождался. — Ладно, Манечка, я пойду, тут все нормально, да?

— Спасибо за все, Сереженька!

Я встала на цыпочки и чмокнула его в щеку.

— Спокойной ночи, — пробормотал он. — Я позвоню.

С этими словами он вошел в лифт. А Костя за руку втянул меня в квартиру.

— Так, что это за тип? Ты пьяная, Маруська?

— Чуть-чуть!

— Где ты была?

— В ресторане.

— Это новый хахаль?

— Это новый друг!

— А Макс? Как же твоя неземная любовь к Максу?

— Макс? Макс — козел, братишка, как вы все...

— Ах вот как? — словно бы обрадовался Костя. — Значит, Макс козел?

— Безусловно!

— Прекрасно! А ты, Маруська, помнишь наш уговор?

— Какой еще уговор?

— Ну как ты могла забыть? Мы же условились, что, если до истечения полугода ты не объявишь Макса козлом, я выполню любое твое желание, и наоборот. Так что ты, сестренка, проиграла.

— Проиграла, — грустно согласилась я. — Ну, и чего ты хочешь?

— Еще не придумал. Но придумаю, будь уверена.

— Костя, ты надолго?

— Я тебе мешаю?

— Глупости, просто спросила.

— На неделю, самое большее. Я, Маруська, уеду

в Швейцарию. На два года. Буду работать в Берне. Когда нормально устроюсь, заберу Белку.

— А она уже знает, что ты приехал?

— Конечно, я у них был. По-моему, они живут душа в душу. Я даже думаю, если все будет хорошо, Лизу тоже взять с собой. Пусть поживет в Швейцарии на старости лет. Как ты считаешь, она согласится?

— Боюсь, что да.

— Боишься? Сестренка, что, так плохо?

— Плохо, Косточка. Совсем хреново.

— А что значит этот молодой парень с сотовым?

— Ничего. Он просто занимается моей машиной...

— Ладно, не надо врать своим ребятам! Я же видел, как он на тебя смотрит.

— Он мне сегодня даже предложение сделал.

— Руки и сердца?

— Ну да.

— Спятила?

— Почему? Я же не согласилась.

— Еще не хватало! Да он же моложе тебя! И вообще...

— Ладно, Косточка, не будем о грустном, скажи лучше, как с Варварой?

— Знаешь, я думал, будет хуже. Она очень легко согласилась на все, при условии, что квартира останется ей.

— А то, что Белка переехала в Москву, ее не трогает?

— По-моему, нет. Во всяком случае, я не заметил, чтобы она огорчилась.

— Сумасшедшая! А на что она собирается жить?

— Сказала, что сдаст комнату. Впрочем, это ее дело. Я устал. А все-таки, Маруся, что произошло с Максом?

Мы проговорили до трех ночи и совершенно вымотанные легли спать.

Утром Костя унесся по каким-то своим делам, а я села за работу, стараясь ни о чем постороннем не думать... Три рукописи я забраковала полностью. Одна оказалась просто отличной, а две с грехом пополам можно было отредактировать. Я позвонила Вырвизубу и сказала, какие сделала выводы.

— А как Журасик? — испуганно спросил он.

— Годится только в помойку!

— Мария Никитична, вы уверены?

— Борис Евгеньевич, я уверена на сто процентов.

— Вы с нею не знакомы?

— Никогда даже не слышала о такой. А что, она какая-то высокопоставленная дама?

— Да нет...

— А в чем дело? Это ваша протеже?

— Боже упаси, просто... Просто я ее боюсь!

— Как боитесь? — не поняла я.

— Понимаете, она приходит и заявляет, что она лучшая переводчица и с французского, и с немецкого, что ей нет равных...

— И вы поверили?

— А Бог ее знает...

— В таком случае, отдайте ее переводы на рецензию ему...

— Кому?

— Богу, кому же еще! Я свое мнение высказала, а решение принимать будете вы. Но в таком случае я не понимаю, зачем я вам нужна?

— Мария Никитична, я вам свято верю...

— Не надо мне свято верить. Вы сами в ее перевод заглядывали?

— Мельком.

— Хорошо, я сейчас ткну пальцем в первую попавшуюся строчку, без выбора... Вот: «Я знал, что она старая дева, но думал, что у нее это прошло».

— Там так написано?

— Я не в состоянии такое придумать! Еще: «Она стояла аккурат возле Мулен-Руж». Как вам такое нравится?

— Кошмар!

— Полный и абсолютный.

— Мария Никитична, дорогая, у меня к вам нижайшая просьба!

— Слушаю вас!

— Не могли бы вы сами поговорить с этой дамой? Она меня подавляет! Мне очень стыдно, но...

Я расхохоталась.

— Да ради бога, Борис Евгеньевич, я уж постараюсь ей все объяснить.

— Только прошу вас, помягче!

— Попробую! Я, правда, сейчас довольно злая, но попробую.

Вырвизуб перезвонил мне через час и попросил приехать в редакцию к пяти. Я еще раз просмотрела рукопись Журасик, сделала пометки в особо выдающихся местах и ровно в пять вошла в помещение редакции.

Меня встретил Вырвизуб, помог снять пальто, поцеловал ручку и сказал:

— Она еще не пришла. Мария Никитична, я предупреждаю вас, это тяжелый случай!

— Не волнуйтесь, разберемся.

Поведение Вырвизуба лишний раз доказывало, что все мужики — козлы. Надо же, испугался какой-то бездарной бабы!

Он усадил меня в кресло, налил кофе из электрической кофеварки. Журасик все не было.

— Она непунктуальна, — заметила я.

— А вдруг она поняла... И больше не явится? — мечтательно произнес Вырвизуб.

— Борис Евгеньевич, к вам пришли, — почему-то шепотом сообщил верзила охранник, добродушный парень по имени Валера.

Вырвизуб выскочил в коридор и вскоре вернулся с дамой лет пятидесяти, очень дорого и хорошо одетой. Темные с проседью волосы были уложены волосок к волоску и сияли лаком. Так, подумала я, для нее переводы — не заработок, а средство самовыражения.

— Антонина Дмитриевна, вот, познакомьтесь, Мария Никитична Шубина — известная переводчица и наш консультант.

Дама смерила меня ироническим взглядом и уселась в кресло напротив.

— Ну, я вас оставлю! — радостно проговорил Вырвизуб.

Я хотела возразить, но он уже исчез.

— Итак, Антонина Дмитриевна, — начала я, но она меня сразу перебила:

— Насколько я поняла, именно вы знакомились с моими произведениями?

— С вашими переводами, хотите сказать?

— Нет, так это назвать нельзя! Это именно мои произведения! Я отдала им столько сил, вложила всю себя, это уже не просто переводы!

О! Кажется, я понимаю, почему сбежал Вырвизуб! Я молчала, ожидая, пока она иссякнет.

— Это мои дети... Часть меня...

По-видимому, она ждала от меня какой-то реакции. Но напрасно. Это ее обескуражило.

— Ах, да, вы, вероятно, хотели мне что-то сказать?

— Антонина Дмитриевна, вынуждена огорчить вас, — решила я сразу взять быка за рога, — ваши переводы в нашем издательстве не могут быть опубликованы.

— Ах, даже так? — она высокомерно вздернула брови. — Позвольте спросить, почему?

— Потому что они не удовлетворяют нашим требованиям.

— Не удовлетворяют вашим требованиям? Что вы хотите этим сказать? По-вашему, это плохие переводы?

— Увы!

— И кто это решил? Уж не вы ли?

— Я.

— Да кто вы такая, чтобы иметь право судить? — возвысила она голос.

— Я переводчица с двадцатилетним стажем, — скромно ответила я.

— Переводчица? Тогда мне все ясно! Вы боитесь конкуренции, потому и не подпускаете талантливых людей, которые не ремесленники, которые вкладывают душу. Но я этого так не оставлю! Я буду жаловаться!

— Жаловаться? — чуть не рассмеялась я. — Позвольте спросить, кому? Это частное издательство, и выбор переводчиков, слава богу, никто не может ему навязать, даже налоговая полиция.

Кажется, она смекнула, что угрозами ничего не добьется.

— Простите, я погорячилась, просто меня так оскорбили ваши слова... Я много лет жила в Германии и во Франции, и лучше меня в Москве никто этих языков не знает! Ни одна душа!

— Охотно верю, но вот с русским языком дела у вас обстоят не так хорошо. Вероятно, вы его немного подзабыли, живя за границей.

— Что? — позеленела дама. — Да как вы смеете?

— Да уж смею, Антонина Дмитриевна. Я не хотела пускаться в подробности, но вы меня вынуждаете. Вот возьмем ваш французский роман.

— Вы знаете французский?

— Знаю. Но тут дело не в нем. Вот первая фраза. «Мари-Франс жила в семиэтажном многоквартирном особняке...»

— Ну и что?

— А вы знаете, что такое особняк?

— Это дом.

— Совершенно верно, дом. Но семиэтажных особняков, и уж тем более многоквартирных, не бывает!

— Много вы понимаете! — фыркнула дама. — Вы бывали в Марселе?

— Я не бывала в Марселе, но знаю, что там могут быть семи-, да хоть тридцатиэтажные дома, здания, дворцы, что угодно, но не особняки! Особняк — это небольшой дом, как правило на одну семью, пройдитесь по Москве, вы увидите множество старинных особняков, но...

— Это советские благоглупости! Нежелание признать, что...

Я молча повернулась к небольшой книжной полке, сняла оттуда словарь Ожегова, нашла нужную страницу, прочитала: «ОСОБНЯК. Благоустроенный небольшой дом городского типа, предназначенный для одной семьи или отдельного учреждения».

— Ну пусть, — вспыхнула она, очевидно, признавая авторитет Ожегова. — Но что стоит заменить слово «особняк» на «дом»? Это такая мелочь. Что вы еще там накопали?

— Да вот у вас есть перл, я сейчас не помню на какой странице, но там один сидит ошуюю, второй

¹/₂9*

одесную, а третий визави. По-вашему, это нормально?

— Вы, я полагаю, не знаете, что такое ошуюю и одесную?

— Представьте себе, знаю, но только у вас получается смешение французского не столько с нижегородским, сколько с...

— Что вы несете? При чем тут Нижний Новгород?

Так, приехали. Я постепенно начинала закипать. Эта особа вообще ничего не знает!

— Если вы сами, Антонина Дмитриевна, не чувствуете, что подобное сочетание чудовищно, то говорить просто не о чем. Или вот: «Я знал, что она старая дева, но думал, у нее это прошло».

— И что вас здесь не устраивает?

— Все! Стародевичество вещь, конечно, прискорбная, но это все-таки не болезнь и пройти никак не может! Вот еще: «Она любила возиться на огороде и вообще, где придется». А вот эта роскошь: «Он его бывший сын»! Что значит «бывший сын»?

— Имеется в виду, что его отец умер!

— Я-то заглянула в оригинал и поняла, а что делать с читателем?

— Подумаешь, это можно исправить... Не бывает переводов без каких-то ляпов...

— Согласна, не бывает. Но когда перевод состоит из одних только ляпов...

— Неправда! Это превосходный перевод! Допускаю, что там попадаются досадные огрехи, но в целом... Это ваши гнусные инсинуации! Пусть отдадут перевод на рецензию! Вы для меня не авторитет!

— Решать этот вопрос не мне, но полагаю, издательство не сочтет нужным тратиться на рецензию. Я это рецензировала по долгу службы, и этого достаточно. Разумеется, у вас есть другие возможности напечатать ваши работы, но только не у нас!

— Где Борис Евгеньевич?

— Не имею представления.

— Позовите его!

— Попробую!

Я встала и выглянула в коридор. Там был только охранник.

— Валера, где Борис Евгеньевич?

— Позвать?

— Да, очень вас прошу!

Между тем мадам Журасик изучала мои пометки на своей рукописи.

— А чем вас не устроила вот эта фраза? «Пора наконец бросить обрыдлую лиру и заняться нашим посконным настоящим делом!»

— Знаете, всем. Какое посконное дело может быть во французском романе?

— Это опечатка.

— Да? Допускаю, но что там было?

— Я сейчас не помню! А вот тут что?

— «Полы халата валялись на полу»! Потрясающе. Как они валялись — отдельно от халата?

— Глупости! Это просто был длинный халат.

— Вот и написали бы просто. А вот тут, где героиня поливает грядки? «У моркови воды навалом, а теперь ее ждет горох». Как воды может быть навалом?

— Так говорят, когда чего-то много.

— Да, можно даже сказать «У меня времени навалом», но воды навалом быть не может, тем более в авторской речи!

В этот момент в комнату заглянул испуганный Вырвизуб.

— Борис Евгеньевич! Это возмутительно! — заявила Антонина Дмитриевна. — Вы отдали мои произведения в руки какой-то наглой особе!

— Антонина Дмитриевна! — вдруг повысил голос Вырвизуб, — я попросил бы вас выбирать выражения...

— Напрасная просьба, — фыркнула я, — вот этого-то как раз Антонина Дмитриевна не умеет!

— Мария Никитична! — укоризненно покачал головой Вырвизуб.

— Я требую, чтобы вы отдали мой перевод на рецензию компетентному человеку, которому я могла бы доверять! Мнение этой... дамы для меня ничего не значит. Она мне просто завидует!

Вырвизуб болезненно поморщился.

— Мария Никитична, каково ваше заключение? — обратился он ко мне.

— Меня не интересует ее заключение! Тоже мне, эксперт, смазливая бабенка будет судить о моем творчестве!

— Во-первых, Мария Никитична всеми уважаемая очень известная переводчица, к тому же член Союза писателей, если хотите знать! — разозлился

Вырвизуб. — А во-вторых, мы не имеем возможности платить рецензентам. Слово Марии Никитичны для нас имеет решающее значение.

— Значит, вы мне отказываете?

— Да. Раз так решила Мария Никитична. Наше издательство не хочет больше печатать первую попавшуюся макулатуру, обратитесь в любое другое. Уверен, многие с удовольствием вас напечатают!

Ай да Вырвизуб! Молодчина!

— Не понимаю, почему вы так слепо доверяетесь этой... этой... Знаете что? Давайте сделаем так! Позовите сюда других сотрудников!

— Зачем это? — оторопел Борис Евгеньевич.

— Мы прочитаем им несколько фраз, которые тут подчеркнула ваша дама...

— И что?

— Посмотрим на их реакцию! Уверена, они подойдут к моему тексту непредвзято...

— Антонина Дмитриевна, я уже все сказал. И отрывать сотрудников от дела не считаю нужным. Могу добавить только, что они уже достаточно повеселились над вашей рукописью, прежде чем она попала в руки Марии Никитичны. Я очень огорчен, что наш разговор принял резкие формы, но моей вины в этом нет.

Он подошел к вешалке, снял шубу мадам Журасик и подал ей. Она машинально влезла в рукава и вдруг залепила ему затрещину. Хрупкий Вырвизуб покачнулся.

— Вы сошли с ума! — пробормотал он, держась за щеку.

— Вам еще мало, слюнтяй! Пошли на поводу у какой-то рыжей твари!

— Валера! — не своим голосом заорал Вырвизуб. — Валера! Немедленно выведи эту даму! И никогда больше не впускай сюда!

Валера растерянно взглянул на Журасик.

— Извиняюсь, дама, вам лучше уйти! — И он протянул руку, чтобы вывести ее, но не тут-то было.

Журасик двинула его коленом между ног, и он, громко взвыв, согнулся пополам от боли. Я умирала со смеху. Но я недооценила ее. Обезвредив мужчин, она каким-то кошачьим прыжком настигла меня и схватила за волосы.

— Я тебе покажу, сука! Ты у меня еще в ногах валяться будешь! — завизжала она и вцепилась в горло. Я почувствовала, как острые наманикюренные ногти впились мне в кожу. Драться я никогда не умела, как-то не приходилось, и я растерялась. А Журасик стала меня душить.

— Вера! Милицию! — раздался жуткий вопль.

И доблестный Вырвизуб вылил на горе-переводчицу воду из графина.

Она мгновенно разжала пальцы. Вид у нее был совершенно безумный.

— Валера! Не отпускай ее до приезда милиции! — потребовал Вырвизуб. — Маша, Машенька, с вами все в порядке?

— Жива, спасибо, вы вовремя пришли на помощь.

— Боже мой, у вас кровь! — позеленел он.

Я глянула в зеркальце. Действительно, на шее

было несколько довольно глубоких царапин, из которых сочилась кровь.

— Кажется, это называется боевое крещение! — нервно засмеялась я.

Валера и Вера вдвоем загораживали дорогу обезумевшей женщине.

— Зачем милиция? — шепнула я Вырвизубу.

— Чтобы потом не было неприятностей, — ответил он также шепотом, — с такими дамами надо соблюдать осторожность.

— Но она же сумасшедшая. Отпустите ее, Борис Евгеньевич, думаю, она сюда больше не сунется. А вам самому нужна тут милиция?

— Вы правы, Маша! И замечательно добры! Вера, отмени вызов, и пусть проваливает отсюда! Боже мой, Маша, надо обработать ваши раны, может быть заражение.

— Это не раны, это царапины. Но промыть всетаки не мешает. У вас есть водка?

— Водка? Нет, только коньяк.

Но тут на пороге возникла Вера с какой-то сумочкой.

— Мария Никитична, сядьте, я обработаю вас! — Она явно продемонстрировала мне свою симпатию.

— Ай, щиплет! — поморщилась я, когда она принялась протирать мне шею.

— Ничего, потерпите! До чего же глубокие царапины! Вот ненормальная! Но вы молодчина, что не захотели вызвать милицию. Кому это нужно?

— Вера, а кто она? Вид у нее такой ухоженный...

— Ее муж был раньше очень крупным дипломатом, сейчас он на пенсии, но у него какая-то невероятная коллекция живописи, он очень богатый человек.

— Господи, откуда эти сведения?

— У нас работает одна женщина, которая давно ее знает. Она предупреждала Бориса Евгеньевича... Ну вот, а теперь я смажу рану йодом.

— Да, интересно, у вас все переводчики такие опасные?

— Ну что вы, обычно это очень мирные люди!

Мы все начали хохотать как ненормальные, до слез, до икоты, и я поняла, что мне здесь будет хорошо, я смогу работать с этими людьми. И очень обрадовалась.

Вырвизуб отвез меня домой и всю дорогу каялся, что оставил один на один с этой ненормальной.

— Нет, Борис Евгеньевич, если уж быть точной, то все случилось, когда вы появились, а пока мы были с глазу на глаз, до драки все-таки не дошло! — смеялась я.

— Маша, а может, заедем в травмпункт, а?

— Боже упаси, и так заживет. Не люблю я врачей.

— Но все-таки я отвечаю за вас в некотором роде, вы ведь теперь наша сотрудница.

— И очень этому рада!

Вырвизуб вспыхнул и чуть не врезался в идущую впереди машину.

...— Куда ты запропастилась? — встретил меня брат. — Даже записки не оставила! Боже мой, что это у тебя на шее? Твой поганец Гешка так тебя отделал?

— Если бы!

Я рассказала ему, что произошло сегодня в редакции. Он долго хохотал.

— Вот уж не думал, что редактору могут угрожать такие страсти. Никогда ничего подобного не слышал!

— Честно говоря, я тоже.

— Сестренка, помнишь наш уговор?

— Ты про пари, которое я проиграла?

— Именно. У меня появилась одна идея...

— Ну, и чего ты хочешь?

— Я хочу, чтобы ты позвала в гости одного иностранца.

— Какого еще иностранца?

— Швейцарца, моего коллегу, мне предстоит с ним работать в Берне и хотелось бы, чтобы он имел представление о русском гостеприимстве.

— Костя!

— Что? Неохота? Понимаю, но ты уж напрягись, сделай милость. Денег я тебе, разумеется, дам и давай по полной программе. Не возражай, ты же проиграла пари.

— И когда надо его звать?

— Послезавтра. Собственно, я уже его позвал.

— Он придет один или с женой?

— Он не женат.

— Костя, ты что, хочешь меня с ним сосватать?

— Ну, если получится, почему бы и нет, но это не главное. А вообще-то это было бы не кисло. У него роскошный дом под Берном, он очень милый человек... И, по-моему, довольно интересный. Так что ты уж не ударь лицом в грязь. Только вот эти царапины... У тебя есть что-нибудь с высоким воротничком?

— Нет!

— Ничего, купим! Ты должна выглядеть на все сто! — горячился Костя. — Вот завтра с утра пойдем в магазин и купим какую-нибудь обновку.

— Костя, зачем тебе это надо? Пригласи его лучше в ресторан.

— Маруська, не вредничай, ты же умеешь накормить человека так, что он до смерти будет это вспоминать. Вот и постарайся, уж будь так любезна!

— Черт с тобой, накормлю твоего швейцарца, но ты должен поехать со мной за продуктами, я же сейчас без машины...

— Завтра я весь день в твоем распоряжении. Да, кстати, звонил твой шоферюга.

— Сережа?

— Ну да.

— И что сказал?

— Мне — ничего. Хотел говорить с тобой.

— Надеюсь, ты ему не нахамил?

— С какой стати мне ему хамить? — удивился Костя.

— А кто тебя знает...

— Между прочим, еще кто-то звонил, но голоса не подал. Два раза.

Макс? Интересно, что он подумал, если не узнал Костин голос? А впрочем, какое мне дело, что он там подумал. К тому же это мог быть и не Макс.

Утром мы с Костей отправились по магазинам и на рынок, потом я кое-что приготовила на завтра — одним словом, была весь день занята и меньше терзалась из-за Макса.

Приятель Кости, Вальтер, оказался вполне импозантным мужчиной лет под пятьдесят. Он свободно говорил по-русски и обладал поистине фантастическим аппетитом.

— Маша, вы превосходная кулинарка, все так вкусно! Это и есть настоящая русская кухня?

— Более или менее.

— Как это у вас говорят — пальцы облизать?

— Пальчики оближешь! — поправил его Костя, который был, кажется, очень всем доволен.

— Маша, вы завоевали мое сердце через желудок! Когда вы приедете к брату в Берн, я буду воевать ваше сердце через уши!

— Что? — не поняла я.

— Я слышал, русские женщины любят, чтобы им на уши вешали лапшу.

Мы покатились со смеху. В общем, обед прошел мило и весело, вопреки моим ожиданиям. Но никакой неземной страсти не возникло ни с той, ни с другой стороны. Когда он ушел, Костя воскликнул, потирая руки:

— Ты ему жутко понравилась!

— Ерунда!

— Он мне сам сказал, когда я провожал его до такси.

— Что он тебе сказал? — полюбопытствовала я.

— Что ты необыкновенно аттрактивная и с тайной в глазах. И еще, что ты обязательно должна приехать в Швейцарию, вот!

— Надо же, а я ничего не заметила.

— У тебя сейчас такой период... вроде течки...

— Что? — задохнулась я от возмущения.

— Нет, правда, ты извини, может, это грубо прозвучало, но суть от этого не меняется. Ты сейчас страшно нравишься мужикам, я же вижу. Давай, давай, приезжай ко мне в Берн и закадри там этого Вальтера. Он, между прочим, благородных кровей, это тебе не фунт изюму. Фон Бок!

— Как? — ахнула я.

— Фон Бок, а что? Ты чего так ржешь, Маруська? Ну прекрати, что я такого сказал?

— Косточка, а ты знаешь, что значит Бок?

— Понятия не имею.

— Козел! Бок по-немецки козел! — едва выговорила я, покатываясь со смеху.

— Ты серьезно? — растерянно заморгал глазами Костя.

— Не веришь, загляни в словарь!

— Тогда это твоя судьба, сестренка! — засмеялся он.

— Нет, Бог любит троицу, швейцарских козлов мне не требуется.

— Да, — почесал в затылке Костя, — бывает же...

— Только со мной!

— Маруська, — он посмотрел мне в глаза, — неужели ты так мучаешься из-за Макса? Я же тебя предупреждал!

— Костенька, не надо об этом. Было и прошло.

— Только обещай мне не связываться с горя с этим Сережей, ладно?

— Я и не собираюсь, хотя он очень хороший парень.

— Но он совсем тебе не пара.

И я вдруг разревелась.

— Ты что? — испугался Костя. — Почему ревешь?

— Костя, ты говорил, что Макс мне не пара, Сережа не пара, а кто же пара? Этот альпийский козел, да? Или мне вообще на этом свете пары нет?

— Да что ты такое плетешь?

— Правду говорю. Мне нет пары... Моя половинка где-то затерялась.

— Дура ты! Посмотри на себя в зеркало.

— Ну и что? Не родись умен, не родись красив... Косточка, ты же знаешь, я последние годы жила нормально, спокойно...

— Стоп, Маруська, у меня родилась гениальная идея! — закричал вдруг Костя. — Тебе не надо покупать машину, ни в коем случае!

— Почему? — поразилась я.

— Я отдам тебе свою! Пригоню из Питера и выпишу доверенность!

— С ума сошел?

— Наоборот! — ликовал он. — И как я сразу не сообразил, идиотина! Конечно, ей уже два года, но она в прекрасном состоянии, в крайнем случае твой Сережа ее немного отладит и езди себе на здоровье!

— Костя, но ты мог бы ее продать... — растерялась я.

— Думаешь, сейчас легко продать подержанную машину? Разве что совсем за гроши. Лучше я ее тебе отдам, она хорошая... удачная... И не сопротивляйся. Маруська, уж если я чего решил... — радовался он.

— Костя, но я...

— Что ты? Что ты? Ты младшая сестра и обязана слушаться старшего брата. Я хочу, понимаешь, хочу, чтобы машина была у тебя. А если уж эти деньги так жгут тебе руки, купи лучше шмоток, что ли. Или съезди на какой-нибудь шикарный курорт, в Испанию, например. Отвлекись, забудь про этого Макса... Пользуйся, сестренка, тем, что ты еще молодая и красивая. Глупо лить слезы из-за какого-то мужика, не стоит он твоих слез.

Много ты понимаешь, подумала я, он-то как раз стоит. Но я промолчала, чтобы снова не заводить эту волынку, скучную для всех, кроме меня, и к тому же я была безмерно благодарна брату: шутка ли, получить в подарок, пусть и не новую, «дэу-нексию»!

Костя пробыл у меня еще два дня, а потом уехал в Питер и вернулся на машине.

— Какая красавица! — воскликнула я при виде ярко-алой «дэу».

— Сейчас поедем, оформим доверенность — и владей!

— А можно я сяду за руль?

— Естественно, это же теперь твоя машина!

Пока мы дожидались в приемной у нотариуса, меня вдруг посетила мысль: что, если это начинается новая полоса везения? И Макс... Нет, Макс тут ни при чем... Он был из той полосы, а это — новая. И может быть, кто знает, меня ждет новая встреча? Короче говоря, я воспряла духом.

— Косточка, ты самый лучший в мире брат!

— Неужели ты не знала? — засмеялся он. — Ты, в общем, тоже неплохая сестричка, так что, считай, мы с тобой еще довольно-таки везучие люди! И должен заметить, что эта машина тебе здорово к лицу, хоть ты и рыжая!

А еще через несколько дней Костя улетел в Швейцарию, предварительно сняв полдачи, чтобы Белка с Лизой летом жили за городом.

— Боюсь, что раньше осени мне будет не до визитов, — с грустью сказал он. — Пока войду в курс дела, пока устроюсь нормально... А вы живите на воздухе. И ты, Маруська, тоже! Там две комнаты и огромная веранда, места всем хватит.

Но до лета было еще очень далеко. Середина февраля. Я жила напряженной жизнью, очень много работала, редактировала, рецензировала и переводила. Геша Глюк рос и хорошел. Он оказался весельчаком и хулиганом, и я в нем души не чаяла. Примерно раз в десять дней мне звонил Сережа и приглашал то пообедать, то поужинать с ним. Иногда я принимала приглашение, чаще отказывалась. Но мы все-таки подружились. Он был на редкость деликатен, внимателен. Словом, все было совсем неплохо, как говорят, грех жаловаться, и лишь боль от потери Макса жила во мне. Иногда она была тупой и ноющей, иногда такой острой, что хотелось кричать...

Я гнала от себя мысли о нем, но однажды по пути из издательства я в очередной раз попала в пробку. Посмотрела влево, и сердце забилось где-то в горле: увидела «фольксваген» Макса. Он сидел за рулем, а рядом с ним молоденький парнишка, страшно на него похожий. Сын! Они о чем-то оживленно беседовали. Я внутренне заметалась. Как быть? Привлечь чем-то его внимание или лучше не надо? Сам он меня вряд ли заметит: алая «дэу-нексия» ему не знакома. Ну и пусть... Незачем ему меня видеть, лучше я сама вдоволь на него нагляжусь. Господи, Макс! Ну почему, почему он так легко от меня отказался? Не любил? Скорее всего... Я ему просто нравилась, не более. А уж когда про меня узнала Лидочка, я и вовсе стала обузой. Хорошо, что и я проявила характер. Зачем ему знать, что я без него почти умираю... Да что там, уже умерла...

Только Татьяна понимала, что со мной творится, ведь внешне я жила нормальной трудовой жизнью. Подруга уговаривала меня плюнуть на все и ответить на чувства Сережи.

— Он — чистое золото, Машка. Добрый, щедрый, преданный. Что тебе еще надо? И он красивый. К тому же молодой и наверняка в койке даст твоему Максу сто очков вперед.

— Ну это вряд ли, и потом, Танька, дело не в этом. Мы же с Максом можем часами говорить обо всем на свете, мы как бы настроены на одну волну, у нас на все похожие взгляды... Мне иногда казалось, что у нас... одна душа на двоих.

— Да, это очень заметно... У него, дурища, одна душа на двоих с его Лидочкой, да и то только потому, что у нее какая-никакая все-таки есть душа! Она его любит и борется за него. А ты... Курица!

Я жадно смотрела на Макса и не могла наглядеться. До чего же милое лицо, невыносимая улыбка. Но вот пробка начала рассасываться, и вдруг он встретился со мной глазами. На лице его отразилось изумление, а я поспешила отвернуться и больше уже не смотрела в его сторону. А когда наконец повернулась, рядом ехала совсем другая машина.

Домой я вернулась разбитая и выпила полстакана водки, чтобы снять жуткую, почти физическую боль. Потом отключила телефон и легла спать в половине десятого.

На подушку ко мне забрался Геша Глюк, свернулся клубочком и громко замурлыкал, словно бы утешая меня. Я разревелась. Хорошее дело — тяпнула водки в гордом одиночестве и реву в подушку! Черт, я же хотела сменить кровать! Вот завтра с утра, благо я свободна, поеду по мебельным магазинам. Хотя лучше сначала изучить рекламу, позвонить, а потом уж ехать.

Мысль о конкретном деле немного успокоила меня, и я заснула. А проснувшись, вспомнила, что сегодня восьмое марта и большинство магазинов, наверное, закрыто. Ладно, раз так, дам себе отдых, поваляюсь, посмотрю телевизор... Только придется включить телефон, а то меня чего доброго еще объявят в розыск.

Первым с поздравлением позвонил Вырвизуб, который хворал гриппом и вчера не был на работе. За ним — Сережа.

— Манечка, я тебя поздравляю с праздником! Можно я к тебе сегодня заеду?

— Нет, Сереженька, я через полчаса еду к тетке, и когда вернусь, не знаю, — соврала я. Мне не хотелось его видеть, я боялась сорваться и уступить его нежным чувствам, а что делать потом, как расхлебывать эту кашу?

— Но я думал только подарить тебе цветы, ты же любишь...

— Давай отложим это, ладно?

— Как скажешь, — вздохнул он. — К машине претензий нет?

— Ни малейших, я страшно довольна...

Мы поговорили немного, а потом я сказала, что уже тороплюсь. Неблагодарная скотина.

Еще звонили старые знакомые мужского пола, и вдруг раздался звонок домофона. Кто бы это мог быть?

— Кто там?

— Шубина Мария Никитична?

— Да.

— Откройте, пожалуйста, вам цветы прислали!

Я машинально нажала на кнопку домофона. Цветы? От кого? Неужели опять от таинственного незнакомца? Я открыла дверь. Молодой человек, очень похожий на студента-математика, вручил мне огромный, завернутый в красивую кружевную бумагу букет и пластиковый мешок с чем-то довольно увесистым.

— Распишитесь, будьте так добры!

— От кого это?

— Не знаю, вероятно, внутри есть карточка, — пожал плечами посыльный.

— От какой вы фирмы?

— Фирма называется «Сюрприз».

— А где ваш офис находится?

— Зачем вам это? Прошу вас, распишитесь.

— Что значит зачем? Я хочу тоже заказать подарок для своей родственницы, вот думала, куда обратиться, а тут вы...

— Только, знаете, к нам надо обращаться минимум за неделю, очень много заказов. Вот вам наши координаты! — И он протянул мне отпечатанную на плотной бумаге рекламу. — Там есть все телефоны. Звоните!

— Спасибо!

Едва дверь за ним закрылась, я сорвала бумагу с цветов, и, разумеется, это были хризантемы, желтые и сиреневые. А в пакете конечно же коробка бельгийских конфет. Изумительные цветы, изумительные конфеты на сей раз ничего, кроме глухого раздражения, не вызвали. Интересно, кто этот козел? И не надоело ему так развлекаться? Мне это уже обрыдло. Человек начисто лишен чувства меры. Сколько можно? И что ему нужно? Ну ничего, теперь я попробую все-таки раскрыть этот секрет. Я позвонила Белке.

— Маша! — обрадовалась она. — С праздником!

— Белка, еще не хватало, чтобы бабы друг друга с этой дурью поздравляли! — взорвалась я. — Слушай, у меня к тебе дело!

— Да? Какое?

— Ты должна мне помочь, я хочу провести расследование...

— Что? Расследование? — задохнулась от восторга Белка. — Какое?

— Да мне вот опять цветы и конфеты неизвестно кто прислал!

— Правда? А какие цветы?

— Как всегда, желтые и сиреневые хризантемы.

— И конфетки опять такие же клевые?

— Именно.

— Здорово!

— Нет, мне это надоело! И я хочу выяснить, кто это дурью мается.

— А чем я могу тебе помочь?

— Сама еще не знаю, только, по-моему, надо что-то выдумать и сунуться в эту фирму.

— Ты хочешь, чтобы я туда сунулась?

— Ну да.

— Прямо сегодня?

— Нет, сегодня вряд ли. Все-таки праздник...

— Маш, знаешь что, я посоветуюсь с одним парнем, у него котелок здорово варит...

— Что за парень? — насторожилась я.

— Из нашего класса, мы с ним дружим, Володька Шмаков...

— Это роман? — поинтересовалась я.

— Я же говорю — дружим! — раздраженно ответила Белка. — Что, нельзя с парнем просто дружить?

— Почему, можно, я всегда дружила с парнями. Но о чем ты собираешься с ним советоваться?

— Я ему расскажу всю историю, может, он придумает, как ее распутать. Понимаешь, ведь в фирме эти сведения, кто что послал, могут быть засекречены. Мы сегодня идем с ним на дискотеку, я все ему расскажу...

— На дискотеку? — ужаснулась я.

— Да успокойся, дискотека будет в школе! И что вы, взрослые, так боитесь дискотек?

— Начитались всякого... И потом, Белка, я же за тебя отвечаю перед папой...

— Маша, я уже сама могу за себя отвечать! И я не придурочная! Если ты насчет наркоты волнуешься...

— Белка!

— Не бурли! Я сама все прекрасно понимаю. Насмотрелась, мне такого не надо! Мы за мир без наркотиков! — хохотнула она.

— Кто мы?

— Мы! Я и мои знакомые!

— Дай-то бог! Но кроме наркотиков...

— Знаю, знаю, СПИД и все такое? Мы за безопасный секс!

— Белка! Ты что, издеваешься? — завопила я.

— Ага! Ты так смешно беспокоишься, помереть можно.

— Дурища!

— Ладно, пусть. Но я тебе обещаю, что мы что-нибудь выясним. Ты только скажи адрес и телефон этой фирмы.

Я продиктовала ей все, что было написано в рекламке.

— Порядок, тетка, жди сведений! Ну пока, мне еще надо погладить. Лизы нет дома, она пошла к подруге. Передать ей что-нибудь?

— Только привет!

Работать не хотелось, какой-никакой, а все-таки праздник. Я включила телевизор. Сегодня политикой нас не перегружали, но зато по всем программам шла пытка любовью! Любовь счастливая и несчастная, песни о любви, фильмы и спектакли, все о любви. Естественно, что может быть интереснее для женщин любого возраста? Но вынести этого я не могла. Интересно, что сегодня делает Макс? Наверное, дарит цветы своим дамам, жене и Лидочке. А каково сейчас его жене, если она понимает, что максимум через полгода срок его заточения истечет и он женится на этой выдре Лидочке? Я очень посочувствовала супруге Макса, хотя она сочувствия не заслуживает. Что это такое — на семь лет привязать мужика к дому насильно? Но, с другой стороны, если бы он по-настоящему захотел уйти, так ушел бы... Значит, не больно-то хотелось... Слабак... Козел... Врал обеим бабам, и время от времени заводил еще кого-то. Не самый приглядный портрет, между прочим, Мария Никитична... Ну и пусть, а все равно он создан для меня. А я для него, и тут уж ничего не попишешь. Я это понимаю, а он — нет! Так может, надо ему объяснить? Нет, как любила говорить Зинаида Гиппиус, «если надо объяснять, то не надо объяснять».

Ладно, с разумом и чувствами я еще могу справиться, а вот что делать с телом, которое жаждет Макса? И только его! Как спокойно я жила до встречи с ним. В последние два года я и думать забыла об этой стороне жизни, а теперь... Ночами мне снятся какие-то причудливые эротические сны, чего раньше никогда не случалось. Но при этом даже подумать о близости с другим тошно. Вот это очень странно. Я помню, когда-то, лет десять назад, когда Инга была замужем за своим первым мужем и он уехал в долгую командировку, у нее возникли эти проблемы, а рядом никого подходящего не было. Она случайно разговорилась по телефону с каким-то мужиком, по ошибке набравшим ее номер. По голосу он ей понравился, она недолго думая с ним встретилась и решила все свои проблемы. Но я-то понимала, что, например, Сережа мне не поможет. Мне никто во всем свете не поможет, кроме Макса...

Нет, так я сойду с ума. Я выключила телевизор

и села за перевод. Через полчаса я успокоилась, любимая работа вновь помогла мне.

Прошла неделя, и вдруг мне позвонила Белка.

— Маш, кто такой П. М. Попов? — спросила она. — Ты такого знаешь?

— П. М. Попов? Понятия не имею, а что?

— Мы с Володькой на уши встали и в конце концов выяснили, что к Восьмому марта тебе все это прислал П. М. Попов. Неужели тебе это ни о чем не говорит?

— Ни о чем!

— За всю жизнь ни одного знакомого Попова? Так не бывает!

— Да нет, были какие-то... В школе я училась с мальчиком, Мишей Поповым...

— С Мишей, говоришь? Значит, именно он тебе и посылает это все.

— Белка, но ты же сама говорила, что П. М.

— Он поручил это своему сыну.

— Бред сивой кобылы!

— Почему это?

— Потому что Миша Попов умер еще в десятом классе, у него проворонили воспаление легких...

— Правда?

— Боже, зачем же мне такое выдумывать?

— А еще Поповы были?

— Да, в институте была девочка Саша Попова.

— А брат у нее был?

— Было две сестры.

— Машенька, ну подумай, может, еще какие-то Поповы были?

Но сколько я ни напрягала свои несчастные мозги, ничего вспомнить не могла.

— Ну Маш, — канючила Белка.

— Отвяжись, — не выдержала я, — скорее всего, это выдуманная фамилия. И вот что, Белка, хватит этим заниматься. Мне это уже поперек горла. Ненавижу такие штучки.

— Ну, в принципе есть выход, — таинственным голосом проговорила она.

— Это какой же?

— Нанять частного сыщика! Он в два счета докопается!

— Еще чего! — возмутилась я. — Стану я деньги тратить на такую чепуху! Много чести. Рано или поздно этот болван захочет как-то проявить себя, вот тогда и поглядим.

— Да ну, Маш, какая ты... Ведь этот человек наверняка тебя любит!

— Зато я его уже возненавидела, кретин эдакий.

— А Лиза вот думает, что это все-таки Роман!

— Лизе хочется так думать, только и всего. Роман давно и думать обо мне забыл, и уж никогда он не стал бы себя утруждать такими историями. Так что это глупости. Ну все, Белка, мне даже обсуждать это скучно.

— Маш, ты знаешь... Володька сказал, что ему жутко охота на тебя посмотреть.

— Зачем это?

— Интересно, говорит, поглядеть на женщину, которой таинственные незнакомцы шлют такие подарки.

— Перетопчется, — засмеялась я. — А то будет очень разочарован и решит, что поклонник просто выжил из ума. Кстати, я не исключаю такой вариант. Все, Белка, мне работать надо.

— Маш, ты у нас прямо трудоголик какой-то.

— Ну, это все же лучше, чем алкоголик, верно? К тому же я трудоголичка, если уж на то пошло. Как-никак существо женского пола.

Меня пронзила острая боль. Я ведь действительно уже не женщина после разрыва с Максом, а так... существо женского пола... И трудоголичкой стала с горя... Я раньше очень любила лениться, а теперь хватаюсь за работу как за соломинку. Интересно, сколько времени понадобится, чтобы притупилась боль? Ох, боюсь, что много.

А все же интересно, кто такой П. М. Попов? И настоящая ли это у него фамилия? Но ответить на этот вопрос некому. Не нанимать же в самом деле частного сыщика.

Через несколько дней мне вдруг позвонила Нина Корабельникова.

— Машка, привет!

— Привет, у вас уже кто-то родился?

— Девочка, слава богу! Назвали Анастасией! Хорошенькая, сил нет!

— Поздравляю! Ты уже полоумная бабушка?

— Более или менее. Аришка меня к ней не очень-то подпускает. У нее со свекровью полный контакт, так что во мне особой нужды нет.

— Ты ревнуешь?

— Самую чуточку! Машка, а я тебе чего звоню... У нас с Олегом в субботу двадцатилетие свадьбы!

— Господи, а ведь и правда... Давно ли, кажется, женились...

— Давно, Машка, ох давно... Но суть не в этом! Мы решили это дело отпраздновать и приглашаем тебя!

— В субботу? Обязательно приду! В котором часу?

— В шесть! Но мы не дома, а в ресторане! Праздновать так праздновать! Не готовить, не мыть посуду...

— Это мудро, Нинуля. А где ресторан-то?

— Да тут у нас поблизости, очень милое заведение, не слишком дорогое, но уютное. Но ты приезжай к нам, вместе пойдем. Только давай без машины, хоть выпьешь как человек.

— Хорошо, — согласилась я. Меня почему-то очень обрадовала эта перспектива, я так давно не бывала на шумных сборищах, а Корабельниковы очень умеют развлечь компанию. — Нин, а форма одежды какая?

— По мере возможности парадная, — засмеялась она. — А вообще надевай, что хочешь.

— Поняла. Ох, Нина, знала бы ты, как мне твое пальтишко пригождается.

— Очень рада. Машка, кстати, если хочешь прийти с хахалем — ради бога. Только скажи заранее.

— Да какой там хахаль, его и след простыл!

— Да? Может, и к лучшему?

— Вполне возможно! Так что я приду одна! Нин, а что тебе подарить?

— Машка, да брось ты...

— Прекрати, у меня сейчас как раз есть деньги, я на машину откладывала, а мне Костя свою отдал. Так что...

— Хорошо, если найдешь, купи мне махровую простыню на резиночке, знаешь такие?

— Знаю. А какого размера?

— Двуспальную!

— Отлично. Обожаю четкие задания!

— Это только со своими можно... Правда, я считаю, мы свои.

— Я тоже.

Меня пронзила мысль: с Ниной можно будет откровенно поговорить про Макса, что-то узнать о нем, но, разумеется, не на празднике, а через день-другой. И эта мысль меня страшно обрадовала. Идиотка, произнес внутренний голос, тебе надо забыть о нем, а не бередить душу разговорами. Сама знаю, огрызнулась я, но тут такой случай... Тем более Нинка человек надежный, она не выдаст. Все это вихрем пронеслось у меня в голове, пока Нина что-то говорила о внучке.

— Нин, а народу много будет?

— Не безумно, человек двадцать — двадцать пять. Многих ты знаешь!

— Мне уже хочется к тебе в гости! — засмеялась я.

— Мне тоже хочется тебя повидать, мы тогда так хорошо посидели... Ну все, подруга, мне еще кучу людей обзвонить надо. Значит, в субботу в шесть у нас!

— Договорились!

Господи, ну почему мы так редко ходим сейчас друг к другу в гости? А ведь раньше недели не проходило, чтобы ко мне кто-то не пришел или я куда-то не отправилась. И без всяких поводов, просто так собирались. А тогда поди еще достань продукты, но ничего, исхитрялись как-то. Подумать только, мы же ничего почти не покупали, мы доставали! Сейчас это слово практически ушло из нашего обихода. И слава богу! Но в гости мы не ходим и к себе не зовем. Вот такие парадоксы!

Но как бы там ни было, а в субботу я приглашена на двадцатилетие свадьбы, там будет много знакомых, и, значит, я должна не ударить лицом в грязь. Я машинально открыла шкаф, хотя точно знала, там нет ничего, что я бы надела с удовольствием. Что же из этого следует? «Следует жить, шить сарафаны и модные платья из ситца...» Чудесная песенка, но для ситцевых платьев еще не сезон, и надо с утра пройтись по магазинам — во-первых, поискать для Нины простыни, а во-вторых, купить себе что-то подходящее к случаю. Разумеется, никаких вечерних платьев, лучше всего какой-нибудь элегантный костюм, вероятно, шелковый. И обязательно черный, что называется — и в пир, и в мир, и в добрые люди. Но где найти такой и не разориться? Понятия не имею! Я позвонила Татьяне и объяснила ей, что мне нужно.

— Машка, я только вчера видела просто охренительный черный костюм с белой блузкой. Умереть — не встать, но мне он был не по фигуре, сидел отвратно. А тебе, думаю, подойдет! И недорого — двести пятьдесят баксов!

— По-твоему, это недорого? — ужаснулась я.

— Для вещи такого класса — недорого, поверь мне. Машка, раз в жизни можно себе позволить. И потом, столько вариантов, его можно и без блузки носить, как платье-костюм. Черный, скромный, но жутко элегантный. Сменила блузку, надела шарфик, другую бижутерию — и опять новая вещь...

— Тань, а где ты его видела? — с замиранием сердца спросила я.

— Я с тобой поеду, такую вещь в одиночку покупать кисло! Возьмешь меня?

— Только с условием, что ты не станешь на меня давить!

— И не собираюсь.

— Тогда завтра утречком я за тобой заеду.

Костюм сидел идеально и был воплощением моей мечты. Узкая, довольно длинная юбка с широким шелковым поясом, свободный, умопомрачительного покроя жакет и ослепительно белая блузка из мягчайшего шелка с воротником апаш. Плохо только, что в вырезе блузки раны, нанесенные мадам Журасик, были особенно заметны.

— Тань, смотри... — расстроилась я. — Это нельзя надеть.

— Ну не вечно же у тебя эти следы будут, надень костюм без блузки, тоже потрясающе красиво...

Хотя, честно говоря, царапины все равно видны...
Вот чертова кукла, какую отметину оставила...

— Ну как? — заглянула продавщица в приме-
рочную. — Ой, вам так идет!

— Идет-то идет, да...

— Понимаю, — кивнула девушка, — одну минутку!

И она принесла другую блузку из такой же ткани,
но более закрытую и с шарфом.

— То, что надо! — завопила Татьяна. — Кстати, тебе этот фасон даже больше идет.

Я была с ней согласна.

— Ну что? Берем?

Я все еще не могла решиться потратить на себя
столько денег разом.

— Уговаривать тебя я не буду, — проворчала
Танька, — но ты подумай, вещь для тебя создана.
Бабки у тебя сейчас есть, а главное — есть работа.
Машка, ты же собиралась покупать дубленку, а тебе
даром досталось шикарное пальто. Ты собиралась
купить машину, она тебе тоже даром досталась, так
купи раз в жизни хорошую шмотку, не пожалеешь.

Мне так нравился этот костюм, а главное нравилась я в костюме, что недрогнувшей рукой я запла-
тила двести семьдесят пять долларов. Блузка с шарфом оказалась немного дороже.

— А туфли? — сказала Татьяна уже на улице.

— Туфли у меня приличные.

— Вот именно, что только приличные, — фыркнула Татьяна, — а к такому прикиду нужны шикарные!

Она заставила меня купить еще и туфли. Я согласилась с удивительной легкостью.

— Вот и умница, в наше время и главное в нашем возрасте уже надо хорошо одеваться, — глубокомысленно изрекла она. — Даже такой красотке, как ты. Во всякой одежде красива — это уже не про нас. И между прочим, этот костюм можно и летом надевать, если с топиком... да и вообще куча вариантов! Ты не прогадала, Машка.

Дома я опять примерила обновку, долго крутилась перед зеркалом, то так, то эдак завязывая шарф, пробуя то одни, то другие сережки, и осталась довольна.

Простыни для Нины я тоже успела купить. Она говорила об одной, а я купила две, хотя они и стоили недешево. Бирюзовую и бледно-розовую. Надеюсь, Нина будет довольна. И еще надо будет купить цветов.

Утром в субботу позвонила Нина и предупредила, чтобы я приезжала прямо в ресторан. Они с Олегом будут там уже с половины шестого встречать гостей.

Погода была просто чудовищная. Холодрыга, сильный ветер, мокрый снег. Если ехать без машины, до ресторана доберешься уже в таком виде, что впору домой возвращаться. Такси тоже в такую погоду не больно-то поймаешь. И я решила ехать на машине. В конце концов, выпью одну-две рюмки и хватит с меня.

Хорошо в выходные, никаких тебе пробок, и ровно в шесть я уже входила в ресторан.

— Машка! — кинулась ко мне Нина. — Молодчина, не опоздала!

Подоспел и Олег:

— Машенька, сколько же мы не виделись! Отлично выглядишь!

Я вручила им подарок и цветы, и тут кто-то сзади закрыл мне глаза руками.

— Кто это? — воскликнула я, ощупывая эти руки, явно мужские, но какие-то незнакомые.

— Угадай! — засмеялась Нина.

Я потянула носом воздух. От мужчины пахло хорошим одеколоном. Но тоже незнакомым.

— Ну, напряги память, подружка, — прошептал он.

И вдруг меня осенило:

— Ленька, ты?

— Я!

Это был Ленька Мельников, старый приятель еще институтских времен, с которым мы не виделись уже лет десять, не меньше. Мы обнялись на радостях.

— Машка, дай я на тебя погляжу! Да ты похорошела! Черт, иногда встречаешь давнишних знакомых и думаешь, что с нами время делает, а ты... Машка, я буду за тобой волочиться!

— Ты, между прочим, тоже неплохо смотришься... — засмеялась я.

— Но я-то живу и тружусь в Европах, а ты в

нашем благословенном отечестве. Машка, до чего я рад тебя видеть!

— А ты надолго в Москву?

— На месячишко!

— Ну все, проходите к столу! — потребовал Олег. — Садитесь, почти все уже собрались. Леня, я могу тебе доверить Машу?

— Еще бы! Я надежен как скала, буду весь вечер преданно за ней ухаживать и домой провожу.

— А я на машине!

— Машка, ну зачем? — огорчилась Нина. — Будешь весь вечер трезвая сидеть, тебе же скучно будет!

— Ничего, я ее довезу! — засмеялся Ленька. — Можешь напиваться, Машка, до потери пульса!

— Да что вы из меня какую-то пьяницу делаете! На самый худой конец я просто оставлю машину здесь, а завтра заберу. Так что и говорить не о чем.

Народу было много, а зал ресторана небольшой. Нина и Олег рассаживали гостей. Знакомых оказалось не так уж мало, и все с самого начала задалось. Еда была вкусная, настроение у всех приподнятое. Вдруг Олег вскочил из-за стола и бросился навстречу опоздавшим гостям. Их было трое. Женщина и двое мужчин. Один очень высокий, с седеющей бородкой, а второй... Я не поверила своим глазам. Это был Макс. А женщина, конечно же, Лидочка. Господи, что же делать? Какое счастье, что рядом Ленька, пронеслось у меня в мозгу. Я дернула его за рукав.

— Ленечка, я могу на тебя рассчитывать? — прошептала я.

— Ну, разумеется. А в каком смысле?

— Ты должен делать вид, будто я... ну... твоя женщина.

— С чего это? Но все равно я готов, Машуня. — Он оглянулся. — Это как-то связано с вновь прибывшими?

— Ну да... — смутилась я и уже пожалела о своей поспешности.

— Который? — прошептал Ленька.

— Тот, что пониже.

— Понял. А эта баба с ним?

— В том-то и дело...

— Это что, любовь?

— Ленька...

— Ладно, подружка. Не волнуйся, не подведу, но и ты тоже не сиди с убитым видом... Будешь меня слушаться, все получится на пять с плюсом. Договорились?

Я кивнула. Наконец новые гости подошли к столу, и Олег усадил их так, что мы не могли друг друга видеть, — в одном ряду с нами. То есть у меня было время успокоиться и прийти в себя. А Ленька, казалось, был в восторге от возложенной на него задачи. И время от времени шепотом сообщал мне:

— Пьют, едят. Это его жена?

— Пока нет.

— Невеста, что ли? Ну, знаешь, он болван... Она неинтересная. Машка, если ты не съешь этот жюльен, я тебя брошу! И выпей хоть вина... Никто не должен видеть, что ты... Ох, у меня гениальная идея. Ты поймешь, что во мне умер великий режиссер.

Он вскочил, подбежал к Олегу, что-то зашептал ему на ухо, тот засмеялся, кивнул и подозвал какого-то молодого человека из обслуги, который скрылся за занавесками вместе с Ленькой. И оттуда вдруг донеслась музыка. Танго «Кумпарсита»! Это танго мы с Ленькой когда-то танцевали на институтских вечерах, и всегда с неизменным успехом. Ленька подбежал ко мне и пригласил на танец. Нина и еще несколько человек, помнившие тот номер, захлопали в ладоши. Да, нечего сказать, выход предстоял эффектный. А что, в самом деле?

— Тряхнем стариной, Машка, — прошептал Ленька, выводя меня на свободное пространство. Зажигательные звуки «Кумпарситы» всколыхнули что-то в душе. — Забудь обо всем и положись на меня.

Я так давно не танцевала, но тело само помнило все, что требовала музыка, и мне вдруг стало хорошо, весело, как бывало в ранней молодости.

— Молодец, Машка, давай, давай!

А танго все звучало, и я готова была танцевать бесконечно.

Но вот музыка смолкла и раздались аплодисменты. Ленька шутливо раскланялся, поцеловал мне руку, потом достаточно интимно обнял меня за плечи и повел к столу. Краем глаза я заметила совершенно ошеломленное лицо Макса.

— Ну, разве я не Мейерхольд и Таиров в одном лице?

— Да, Ленечка, выход был что надо, — порадовалась я и мысленно поблагодарила Таньку за то, что она заставила меня купить этот костюм.

Потом мы еще танцевали, но уже не одни. Мало-помалу люди начали отваливаться от стола. Официанты убирали грязную посуду. Происходили перегруппировки, так сказать. Вокруг нас с Ленькой собрались старые знакомые. Макса с Лидочкой я практически не видела.

— Маш, можно тебя на минутку? — позвала меня Нина.

— Да?

— Отойдем в сторонку! Машка, что у тебя с Максом?

— Что? — опешила я.

— Слушай, я же не слепая... Я видела, как он на тебя смотрел, когда вы танго танцевали. Так на чужую женщину не смотрят...

— Нина...

— Маш, я ведь сопоставила это с твоими вопросами, когда ты его на фотографии увидела... У вас что, неудачный роман?

— Нинка, но если ты уже тогда все поняла, почему же не сказала, что они будут? Я бы не пришла...

— Слушай, Машка, уведи его от этой мымры! Тебе же это раз плюнуть!

— Нет... Я не хочу...

— Ну и дура! Потрясающий мужик... ой!

Я оглянулась. Прямо на меня шел Макс.

— Вы позволите пригласить вас? — спросил он.

Нинка тут же ретировалась, и мы остались одни.

— Маша, потанцуем? — он подошел ко мне вплотную.

У меня закружилась голова, и, чтобы не упасть, я схватилась за него, он тут же обнял меня, я машинально положила руки ему на плечи.

— Машенька, — прошептал он, — Машенька, чудо мое...

— Осторожнее, Макс, тебе влетит, — не удержалась я. — Удивляюсь, как у тебя храбрости хватило подойти? А, она, наверное, в уборной, и ты надеешься, что у нее расстройство желудка...

— Машка, ты дуреха, но я тебя обожаю... Слушай, кто этот тип, что все время вертится вокруг?

— А тебе какое дело, Макс? — слабеющим голосом проговорила я. Я чувствовала, что, находясь так близко от него, перестаю владеть собой.

— Да пойми же, я люблю тебя! — прошептал он. — Я без тебя...

— Макс, прекрати... Ты свой выбор уже сделал.

— Но ведь ты не дала мне возможности все тебе объяснить...

— Зачем? Мне и так все объяснили. А я понятливая, Макс. Вон идет твоя Лидочка, ух какой у нее недовольный вид. Беги, Макс, а то плохо будет!

— А ведь ты меня любишь, несмотря на всех мужиков, которые вертятся вокруг, — сказал он с такой улыбкой, что я чуть не спятила. — Потому и злишься, и норовишь укусить побольнее... Машка, милая...

Наконец музыка смолкла, он отпустил меня, и тут же ко мне подскочил Ленька.

— Маш, все в порядке? — шепотом осведомился он. — Я проворонил момент...

— Ничего, все нормально.

Мы вернулись к столу. Подали горячее. Я ковыряла вилкой котлету по-киевски, в голове и в душе был полный сумбур... И вдруг я увидела, что Макс танцует с Лидочкой. Я чуть не завопила от ревности.

— Машка, не обращай внимания, — проговорил Ленька, — она тебе в подметки не годится. И еще... я наблюдал за вами, когда вы танцевали... Он в тебя влюблен, Машка, это совершенно очевидно...

— Я знаю, но что толку... Лень, налей мне водки!

— Правильно, хлопни рюмашку-другую, легче станет, а вообще, Машка, ты дура, и я давно это знаю.

— Я тоже знаю, — вздохнула я.

— Ну почему ты в институте выскочила за этого олуха Пашку Козелькова?

— Он красивый был...

— Лучше б ты за меня вышла! Может, мы до сих пор жили бы счастливо, кто знает.

— Лень...

— Что Лень, что Лень?

— Мы же не любили друг друга, о чем ты говоришь!

— Много толку от этих браков по любви? Ты вон сколько раз замуж бегала, и вроде все по любви...

— Именно что вроде... Ты прав, Ленечка, я дура, корова...

— Пьяная корова, — ласково добавил он. — Ну, хочешь, я приглашу танцевать его даму? Для тебя я готов на любые жертвы!

— Не надо жертв и вообще... Ни к чему все это...

— Машка, только не вздумай реветь! Вот уже глаза полны слез! Не делай этой бабе такого подарка!

Я постаралась взять себя в руки. Но в этот момент к Лидочке подошел Олег и пригласил ее на танец. И тут же ко мне подбежал Макс.

— Вы позволите? — обратился он к Леньке.

— Как будет угодно даме!

— Не могу, я устала...

— Маша...

— Дама устала! — отрезал Ленька.

Макс позеленел.

— Ну что ж... — И быстро отошел от меня.

Наверное, Лидочка была очень довольна, если видела эту сцену. Я встала.

— Сейчас приду! — и направилась в сторону туалета.

Мне казалось, меня сейчас вырвет. Но нет, мне хотелось блевать чисто психологически. Я посмотрела на себя в зеркало. Ну конечно, все лицо в красных пятнах, хорошо еще шея закрыта... Вечная беда рыжих — чуть что, покрываешься красными пятнами... Я достала пудреницу и вдруг в зеркале заметила Лидочку, стоявшую за моей спиной.

— Здравствуйте! — негромко сказала она.

— Мое почтение! — почему-то вырвалось у меня.

— Не понимаю, зачем вы это подстроили? Глупо. И бесполезно.

— Подстроила? — ахнула я. — Что, по-вашему, я подстроила?

— Эту встречу, все совершенно ясно. А я еще удивилась, с какой это стати малознакомые люди зовут нас в гости... Но как только увидела вас...

— Вы ненормальная! Да я бы за приплату сюда не пришла, если бы знала, что здесь будете вы и ваш Макс. За приплату! Мне чужие объедки не нужны!

Я хотела выйти, но она преградила мне путь.

— Не хорохорьтесь, меня это не убеждает. Я только хочу предостеречь вас от повторения таких попыток...

— Да что это вы все время угрожаете? Это, наконец, просто неприлично. Неужто вы думаете, что таким образом убережете его?

— Неважно, что я думаю, вам тут ничего не светит! Не спорю, вы были очень эффектны, когда выплясывали перед Максом это танго, но латиноамериканские ритмы не его стихия, уверяю вас.

Я вспыхнула. Мне ужасно хотелось залепить ей по физиономии, но я сдержалась.

— Да, я уже поняла, что его стихия — среднеевропейская зеленая тоска!

Я оттерла ее плечом и вышла. Меня трясло. Я вернулась к столу и налила себе водки.

— Машка, — попытался меня остановить Ленька.

— Отвянь! — фыркнула я и выпила.

Ко мне подсела Нина.

— Маш, что случилось?

— Ничего! Нина, можно я уйду, а? — шепнула я.

— Да ты что? Одна? Ты же пьяная! Собираешься сесть за руль?

— Нет, я поймаю такси!

— Только если Ленька тебя проводит!

— Нет, я сама... Не хочу ни с кем разговаривать...

— Одну я тебя не отпущу. Или отдай мне ключи от машины! Обещаю, что завтра тебе их привезу. Заодно ты мне все расскажешь. А вообще, я бы на твоем месте не убегала... С какой стати? Ты моя старая подруга, а их я едва знаю. Если им что-то не нравится, пусть проваливают! Да, Машка, не вздумай уходить.

— Ты так считаешь?

Через несколько минут я поняла, что Нина была права. Макс подошел к Олегу, что-то ему сказал, и они с Лидочкой тихонько слиняли.

— Ну? Что я говорила? — торжествовала Нина. — Ой, Машка, почему у тебя такое лицо?

— Я люблю его, Нинка, просто умираю от любви...

— Вот черт, — прошептала Нина, — не могла ничего умнее придумать?

— Нет... Не могла...

...Как я попала домой, не помню. Но проснувшись, первым делом выглянула в окно. Машина стояла внизу. А ключи от нее висели на гвоздике, как всегда. Интересно, кто меня привез? Наверное, Лёнька.

Отчаянно болела голова, а в сердце как будто застряла иголка. Я поплелась в ванную принять душ, чтобы как-то жить, хотя жить совсем не хотелось. А может, и не надо? Чем так мучиться... Нет, это глупости... Кончать с собой из-за мужика? Ни за что! Ни один из этих козлов не стоит моей драгоценной жизни. Надо просто понять, что я не создана для любви, для семьи. Но тогда для чего же я создана? Для одной только работы? Это скучно. А может, надо просто жить, спать время от времени с каким-то мужиком, который не вызывает отвращения, так, для здоровья, и не принимать ничего близко к сердцу. Все это я думала, стоя под душем, и головная боль помаленьку отступала.

Я сварила себе кофе, налила в стакан апельсиновый сок. И тут позвонил Серёжа.

— Манечка, как ты?

— Да неважно... Я вчера была в гостях... Перебрала немного.

— Манечка! — голос его звучал укоризненно. — А ты без машины, надеюсь, в гости ездила?

— Конечно! — соврала я, не желая слушать нотаций.

— Я хотел тебе предложить за город съездить, воздухом подышать. Как ты на это смотришь?

— За город? А что, хорошая мысль, сто лет не была за городом.

— Правда? — обрадовался он. — Тогда через полчасика я за тобой заеду. Собирайся!

Какая же ты идиотка, проговорил внутренний голос, парень — загляденье, и похоже, любит тебя, а тебе все этого Макса подавай. Что в нем хорошего? Обычный обаятельный потаскун. Может, на этот раз стоит прислушаться? — мелькнула мысль.

Сережа действительно приехал через полчаса.

— Манечка, ты бледненькая, — с огорчением заметил он. — Неправильно живешь... На воздухе не бываешь, напилась вот вчера... Куда это годится? Не жалеешь себя...

— Сережа, а куда мы поедем?

— Куда скажешь! Но можно ко мне на дачу... — Он вдруг покраснел. — Только ты ничего такого не подумай...

Но я уже подумала. И решилась.

— Давай на дачу. Хоть погляжу, что у тебя за дворец.

Он просиял.

— Какой там дворец, просто хороший дом. С удобствами.

Я чувствовала, что он страшно волнуется, и меня это забавляло. Что ж, если он так этого хочет, пусть... Меня не убудет, а может, и отвлечет от непереносимой боли, что засела в груди. Клин клином? А почему бы и нет? Кому я должна хранить верность? Уж не Максу ли? Еще чего.

Сережа время от времени бросал на меня испуганные взгляды, а я нежно ему улыбалась. Он и в самом деле был хорош. Большой, красивый, добрый...

— Манечка, у тебя что-то случилось? — вдруг сказал он. — Что-то плохое?

— Плохое? Нет, просто я... устала... И ужасно рада, что ты везешь меня за город.

Дача у него оказалась просто великолепной. Двухэтажный деревянный дом, такие строили еще до войны, но отремонтированный, сияющий свежей краской, пахнущий смолой, с большущей верандой.

— Да, красота!

— Нравится? — с гордостью спросил он.

— Не то слово! У тебя отличный вкус, Сереженька.

— Ну, тут еще многое надо сделать...

— Пойдем, погуляем, а?

— Пойдем, — согласился он. — Я пока включу отопление.

Мы гуляли часа два, а когда вернулись, в доме уже было тепло и уютно.

— Голодная?

— Ужасно!

— Сейчас... У меня тут ничего нет, но я по дороге все купил...

Вскоре на столе уже красовалась курица-гриль, огурцы, свежие и соленые, помидоры, лаваш и яблочный сок.

— Ешь, Манечка!

Я с удовольствием взялась за еду. После прогулки аппетит разгулялся, и я уписывала за обе щеки.

— Манечка, какая ты красивая сейчас... Цвет лица совсем другой.

— Естественно, — засмеялась я, — погуляла, поела...

— Манечка... а хочешь... Поживи тут, возьми своего Гешку, машинку и живи. Одна, без меня. Просто на свежем воздухе. Тут есть магазин недалеко. Там все купить можно...

— Нет, Сереженька, спасибо, но нет.

— Почему?

— Я боюсь одна... вот если бы с тобой...

— Что? — не поверил он своим ушам.

Я молча и призывно смотрела на него. Он рванул ворот рубашки и недоверчиво помотал головой. А потом вдруг подлетел ко мне, за руку поднял со стула. И обнял. Прижал к себе изо всех сил, а я вдруг с ужасом поняла, что ровным счетом ничего не чувствую. Ни желания, ни отвращения, ничего. Притворись, корова, провякал внутренний голос. И я послушно обвила его шею руками. И поцеловала в губы.

— Манечка...

Он подхватил меня на руки и понес к дивану. Я закрыла глаза. Будь что будет... Он бережно опустил меня на диван.

— Манечка, открой глаза...

Я открыла глаза. И он отпрянул.

— Нет, так я не хочу, — дрожащим голосом произнес он. — Не хочу.

— Почему? — опешила я.

— У тебя глаза... Чужие... Ты меня не хочешь, ты уступаешь... А я так не хочу. Извини.

Он отвернулся.

Я вскочила и бросилась к вешалке, где висела моя куртка. Сорвала ее и выбежала на улицу. Он в мгновение ока догнал меня.

— Постой, куда ты? Я тебя отвезу.

— Не надо, я прекрасно доеду на электричке!

— Нет, я тебя привез, я тебя и отвезу. И вообще... — голос его смягчился. — Давай считать, что ничего этого не было... Пусть все останется по-прежнему... А если ты меня по-настоящему позовешь...

— Я больше не позову! — вырвалось у меня.

— Ну, значит, не судьба... Но так... Так не надо, блин!

Всю обратную дорогу мы молчали. Какая же я дура, испортила такие хорошие отношения... Он, возможно, и сможет вернуться к прежнему, а я — нет. Я никогда не смогу забыть, что меня отвергли. Я понимала, что он прав, нельзя сходиться с влюбленным мужчиной, чтобы забыть другого. Но все равно, он козел... оттолкнул меня... Неужели ждал от меня неземной страсти? Одним словом, мне стало еще хуже, чем было утром. Впору удавиться!

Сергей довез меня до дому, но подниматься ко мне не стал.

— Манечка, ничего не изменилось. Я буду звонить.

— Звони, — пожала я плечами. Для меня эти отношения кончились. Да и вообще все кончилось...

Не успела я войти в квартиру, как позвонила Нина.

— Машка, привет, очухалась?

— Более или менее.

— Ну, ты и надралась вчера...

— Боже, Нина, а кто меня домой привез?

— Мы с Олегом. И Ленька. Он был за рулем.

— Нина, а как я себя вела? — с ужасом спросила я.

— Да как тебе сказать... — засмеялась она.

— Уж говори как есть.

— Да в общем ничего, только все порывалась дать кому-то по роже.

— Господи, кому?

— Кому-то отсутствующему, вероятно, Максу... Машка, это что, так серьезно?

— Для меня — да. Более чем... — мертвым голосом ответила я.

— Машка, можно я сейчас к тебе заеду, а? И ты мне все расскажешь?

Еще раз пережить это с самого начала?

— Приезжай, Ниночка!

Через час она пришла, и я ей все рассказала.

— Да, история... — растерянно проговорила она. — Угораздило же тебя так втрескаться... Только зря ты тогда от меня это скрыла, вчера я бы не допустила. Хотя, это Олег их позвал, они с Максом случайно где-то столкнулись, и он почему-то решил их пригласить... А эта сучка, значит, поджидает, когда он от жены уйдет... Семь лет... Видно, здорово

любит его... А он, выходит, элементарный подкаб-
лучник. Ну и черт с ним, Машка. Плюнь.

— Плюнула уже, но попала себе же в морду.

— Ладно, не расстраивайся... Ты, конечно, зря в
Таллин помчалась. Нельзя мужикам такие сюрпризы
устраивать, опасно. Я когда за Олега замуж собиралась, мне моя бабушка сказала: «Ты, Ниночка,
должна запомнить: нет таких мужиков, чтобы не
изменяли, но лучше об этом не знать, правда? Поэтому никогда не устраивай мужу сюрпризов — не
возвращайся раньше времени из отпуска без предуп-
реждения, не езди за ним тайком. Тебе же лучше
будет, и семья сохранится».

— У меня такой мудрой бабушки не было, —
вздохнула я. — Конечно, в сорок лет я и сама могла
бы уже что-то соображать... Только от любви сооб-
ражалка отсохла. А может, Нина, все к лучшему в
этом лучшем из миров? По крайней мере никаких
иллюзий.

— Слушай, Машка, не надо последние годочки
тратить на слезы из-за мужика. Поревела и будет.
Ты сейчас в такой форме, найдешь себе еще десяток!

— Да ну их, они все козлы!

— Ты же давно это знаешь, так в чем дело?

— Я думала, Макс исключение...

— Не бывает исключений, пойми, дурья башка!
Не бывает!

— И твой Олег тоже?

— А ты думала? Еще какой козлище...

— Но любовь зла, да?

— Вот именно!

...Наступила весна. Первой мне сообщила об этом соседка с третьего этажа, тетя Валя.

— Здравствуй, девка! Весна началася, яйца подешевели! — приветствовала она меня, когда мы встретились во дворе.

Каких только примет весны нет на этом свете! Яйца подешевели! Почему-то меня это развеселило, хотя в последнее время мало что могло улучшить мне настроение. И все равно весна радовала. Даже какие-то смутные надежды зарождались в глупом сердце.

Но вечером звонок Нины положил им конец. До нее случайно дошло, что Макс разводится с женой.

— Добила она все-таки его, — вздохнула Нина. — И что за радость от такого мужа, скажи? Он всегда на сторону смотреть будет. И все эти годы тоже смотрел... Неужели ей просто нужен штамп в паспорте? Но в ее возрасте это странно, была б она зеленой писюшкой, а так...

— Я думаю, она его просто любит. — На меня вновь навалилась мучительная боль. — И добивается всеми доступными средствами.

— Но ведь они эти годы и так были вместе, только формально он не был ее мужем.

— А теперь будет и формально.

— Машка, ты расстроилась? — испугалась вдруг Нина. — Может, не стоило тебе это говорить?

— Стоило, Ниночка, стоило... а то знаешь ли, весна, надежды... Нет, спасибо, что избавила от... — Мне вдруг стало так тошно, что я едва говорить могла.

— Машка, ты что, плачешь?

— Нет, что ты... Просто борюсь с тошнотой... Наверное, что-то съела...

— Ой, Машка, а ты не беременная? — ужаснулась Нина.

— Да нет... Я же не беременею... Была бы беременная, я бы ничего другого уже и не хотела от жизни.

— От него или вообще? — деловито осведомилась Нина.

— От него, — призналась я.

— Господи, Машка... Ты же обещала плюнуть на него.

— Я плюну, Ниночка, обязательно плюну!

Ненавижу, когда меня жалеют, а в последнее время я, похоже, вызываю у близких одну только жалость. И с этим надо кончать! Но как? Первым делом необходимо прекратить всякие разговоры о Максе, чтобы окружающие попросту позабыли о нем. Им это будет нетрудно, они же не любят его так, как я... Затем нужно как можно больше работать и сказать себе: мне всего только сорок лет, в наше время это чепуха, а не возраст, я хороша собой, у меня все еще в жизни будет, я успею, главное — не суетиться. И не жалеть себя. Да и действительно, из-за чего? Из-за очередного мужика, оказавшегося козлом, как и все прочие? Не стоит, Маша, ей-богу, не стоит...

Я, как могла, боролась с собой, и довольно даже успешно, только иногда какое-то случайное слово, песня вдруг опять вызывали приступ боли. Как-то по дороге в издательство я включила радио и вдруг

услышала песню, где была такая строчка: «Придет
весна, и лед сломают реки, пускай «прощай!», но
только не навеки!» Я чуть не завыла. Сейчас я тем
и занимаюсь, что прощаюсь с Максом навеки.

Но мало-помалу любая боль притупляется. Или
больной умирает. Однако умирать я не собиралась.

Настало лето, жаркое, засушливое. Я с благодарностью думала о брате, который так предусмотри-
тельно снял дачу, куда я перевезла Лизу с Белкой.
Сама я дачу не люблю, я до мозга костей городской
человек. Но в эту жарищу даже я иногда с удовольствием оставалась ночевать за городом. Гешу Глюка
я сначала не собиралась туда везти, но, видя, как он,
бедолага, мучается от духоты, все-таки отвезла,
страшно боясь, что он удерет. Однако мой котишка
очень быстро освоился, без конца жрал какую-то
траву и не собирался никуда сбегать.

Работать на даче мне не удавалось, и я неизменно
возвращалась в свою одинокую квартиру. Как-то под
вечер я в полном изнеможении валялась на диване,
когда раздался телефонный звонок. И кому это неймется в такую жару?

— Алло?

— Маша? — донесся женский голос, мучительно
знакомый.

— Да.

— Не узнаешь?

— Нет...

— Машка, зараза!

— Галка, ты?

— Ну наконец-то! Как жизнь?

— Галка, ты где?

— Пока в Торонто! Но через два дня прилечу! Машка, дарлинг, приютишь на недельку?

— Спрашиваешь! Галка, как я рада!

— Я тоже соскучилась, ужас! Ты сможешь меня встретить?

— Еще бы, говори номер рейса!

— Что тебе привезти?

— Ничего, в Москве сейчас есть абсолютно все! Главное, приезжай. Сколько же мы не виделись? Как Матвей?

— Приеду, все расскажу! Потреплемся, как бывалоча! Ну все, Машка, до встречи!

Подумать только, Галка Белиловская, моя подруга еще со школы. Это она прислала мне блузку с Максом. Интересно, она про него спросит? Если спросит, расскажу, а если нет... Наверное, все равно расскажу, во мне еще живет эта идиотская потребность говорить о нем. А Галка конечно же самый подходящий для этого человек: поживет недельку и уедет к себе в Канаду. Черт, а ведь ее придется чем-то кормить. Сама я в такую жарищу почти ничего не ем. Для начала сделаю бадью окрошки, она ее любит, а там видно будет... Вообще-то Галка раньше была на редкость легким человеком. Думаю, такой она и осталась. Теперь я точно вспомнила: мы не виделись десять лет. Немало!

К счастью, Галкин самолет прилетал ночью, и я без проблем добралась до Шереметьева, тем более в машине есть кондиционер. Минут через пять объявили о прибытии Галкиного рейса. Я уже была сама не своя от нетерпения, так мне хотелось увидеть старую подругу. Но вот и она, тащит на поводке громадный чемоданище и внушительных размеров сумку. Глаза испуганные. Она почти не изменилась, только приобрела какой-то заграничный лоск.

— Галка! — бросилась я к ней.

— Машка! Слава богу, ты здесь! Ох, до чего ж я рада...

Мы обнялись.

— Выглядишь потрясно, Машка!

— И ты тоже не погано! — засмеялась я. — Почему тележку не взяла?

— Не нашла... Мы на такси?

— Зачем? У меня тачка...

— Да ну? Это хорошо, а то мне наговорили всяких ужасов про здешних таксистов...

Наконец мы погрузились в машину.

— Галка, ты по делам или просто так?

— Просто так... — как-то неуверенно проговoрила она. — Я давно собиралась... Я у тебя побуду денька три, потом смотаюсь во Владимир к родне... Маш, а ты одна живешь?

— Как перст!

— Хорошо.

— Галка, у тебя что-то случилось?

— А что, заметно?

— В чем дело? Что-то с Матвеем?

— Да! Я, Машка, обнаружила, что у него есть баба...

— И что?

— Хреново мне от этого. А там такая жизнь... поделиться не с кем.

— Но, насколько я знаю, там с такими проблемами к психоаналитику ходят...

— Вот-вот... Ну, я и подумала, мне этот психоаналитик обойдется дороже, чем поездка в Москву, к своим... К тебе, дарлинг...

— Умница! У нас пока еще душу подругам изливают, дешево и сердито!

— Машка, мне уже легче стало, — удивленно проговорила она. — Бог ты мой, как Москва-то изменилась, какое освещение, реклама...

— Мы вот завтра с тобой погуляем, то ли ты еще запоешь. Хотя жара несусветная... Но что-нибудь придумаем. Завтра суббота, движения такого не будет, мы на машине с кондиционером поездим.

— Маш, а у тебя поесть что-нибудь найдется, в самолете такой гадостью кормили...

— Окрошку будешь?

— Не может быть!

— Может, может...

Приняв душ и надев на себя только майки, мы уселись на кухне и принялись за окрошку.

— Ой, как вкусно... Сто лет окрошки не ела! Я думала, мы с тобой выпьем, привезла две бутылки виски, в дьюти-фри купила... Но такая жара...

— Я, Галка, виски не пью, с души воротит. Но

у меня есть водка, можем выпить по рюмке за встречу, не развалимся.

— Это точно! Давай!

Мы выпили по две рюмки, а больше не хотелось. Жарко.

— Ну, Галка, что там у тебя?

И она поведала мне весьма банальную историю о том, как совершенно случайно обнаружила, что муж ей изменяет с молоденькой соседкой. Но подобные истории кажутся банальными только посторонним, для жертвы это всегда новая и невиданная трагедия. Во всяком случае, Галка воспринимала это именно так. Она обожала своего Матвея, поехала с ним в Канаду, хотя вовсе не хотела уезжать, а он...

— А он такой же козел, как все мужики. Не огорчайся, поблядует и перестанет. Только не устраивай скандалов.

— Это я понимаю... Я даже виду не подала, что знаю.

— А он не удивился, что ты вдруг в Москву собралась?

— Обрадовался,   —   горестно   вздохнула Галка. — На свободе погулять охота.

Мы еще долго обсуждали Матвея, Галка рассказала, как они трудно входили в новую жизнь, но теперь, казалось бы, все устроилось, дочка вышла замуж, Матвей работает в крупной фирме, производящей телеаппаратуру, а она сама преподает русскую историю в университете... И вдруг молоденькая красотка, поселившаяся неподалеку... Я всем сердцем сочувствовала ей. Неожиданно она спросила:

— Машка, дарлинг, я совсем забыла... Ты получила наше письмо и блузку?

— Да, конечно, спасибо огромное. Как раз ко дню рождения. Вернее, на следующий день.

— Постой, у тебя день рождения двадцать второго декабря?

— Да.

— Странно... Столько времени прошло... А скажи, какой мужик потрясающий?

— Да уж, потряс меня до основания!

— Боже, у вас с ним что-то было?

— Было... — И я все ей рассказала.

— Ничего себе... Но, честно говоря, я так и думала, что у вас получится.

— Ничего не получилось, Галочка. Ничего.

— Это еще не факт!

— Факт, факт.

— Понимаешь, как было дело... Обычно никто не соглашается брать посылки, а тут Матвей привел этого Макса к нам, ну, я стала его уговаривать, он, правда, особенно не сопротивлялся, но я для убедительности показала ему твою фотографию — помнишь, ты мне лет пять назад присылала?

— Не помню.

— Ты там еще снята с корзинкой яблок, очень удачный снимок! Ну я ему говорю: «Смотрите, какая красотка!! Просто грех не отвезти подарочек такой женщине!» Он так долго смотрел на фотографию, что я даже удивилась, и потом сразу согласился. Только я не понимаю, почему он столько времени не отдавал тебе посылку. Странно.

— Действительно... Он вообще-то обязательный, насколько я успела его узнать. Впрочем, мало ли что, может, заболел. Ой, Галка, кстати о болезни: тут со мной еще история приключилась...

И я поведала ей о таинственном незнакомце.

Она страшно заинтересовалась.

— Попов, говоришь?

— Попов. Но я такого не знаю.

— И никакой это не Попов! — заявила она.

— Это и ежу понятно. Но кто? Ума не приложу. Вообще, мне это жутко надоело. К Первому мая опять прислал букет и конфеты. Ну не козел этот тип, скажи?

— Не знаю, не знаю... Есть у меня одно подозрение...

— Какое?

— Ты не помнишь, в каких числах это было?

— Дай сообразить... Ну где-то числа седьмого-восьмого декабря.

— Точно! Это Макс!

— Макс? Что за бред, Галка? Макс объявился двадцать второго. Вечером он позвонил, а утром мы встретились... Да и как он попал в квартиру? И с какой стати он стал бы все это делать? А главное, почему ж он потом-то не признался? Нет, этого не может быть. Тем более зачем он сейчас продолжает присылать эти дары?

— Любит, наверное...

— Мог бы как-то иначе проявить свою любовь. Нет, это чушь!

— Ничего не чушь! Машка, больше просто некому! — воодушевилась Галка. — Он же буквально глаз оторвать не мог от твоей карточки.

— Ну и что?

— Вот, напряги воображение. Я так это вижу... Ты же сама говоришь, что ничего не помнишь. Допустим, он тебе позвонил, ты была еще в сознании и дала ему адрес. Он приехал, ты ему из последних сил открыла... Может такое быть?

— Вряд ли, но вообще-то все бывает. Ты представляешь, в каком виде я ему открыла?

— Не имеет значения! Ты уже запала ему в душу, и вдруг он видит одинокую женщину, в тяжелом состоянии, может, ты сознание потеряла или еще что-нибудь...

— Еще что-нибудь потеряла? — засмеялась я. — Разве что невинность, но это со мной случилось гораздо раньше.

— Ты зря смеешься, дарлинг, думаю, что я права... И, кстати, могу завтра же все выяснить!

— Как?

— Позвоню ему! Он мне оставил все свои координаты.

— Не надо!

— Ладно, погоди, дай развить мысль.

— Развивай!

— Значит так, он приходит и видит, что ты в самом плачевном состоянии, одна-одинешенька, у тебя жуткий жар... Или... Машка, слушай, а у тебя случайно нет привычки оставлять ключи в замке снаружи?

— Снаружи? Сколько раз оставляла.

— Ну, вот видишь!

— Но я уже не первый день была больна...

В который уж раз я припомнила начало болезни.

— Галка, слушай... Я, кажется, ходила вниз, за почтой...

— Ага, значит, могла запросто оставить ключи в дверях! — с торжеством закричала Галка. — Тебе еще повезло, что тебя не убили и не ограбили.

— Да, тогда полоса везения уже началась, — задумчиво проговорила я. — Ну, допустим, оказал он мне первую помощь... Но цветы, конфеты, еловая веточка, полный холодильник деликатесов — согласись, это уж как-то чересчур. Да еще и стирка!

Теперь задумалась Галка.

— А что тут такого? Представь себе, он оказал тебе, как ты выражаешься, первую помощь, увидел, что ты больная, потная, в грязной рубашке...

— Ужас какой!

— Ну, он тебя переодел, перестелил постель и решил сунуть грязное белье в машину, а пока она стирает, смотался за продуктами, а заодно и цветы купил... Ой, Машка, это точно Макс!

— Но в таком случае почему он не оставил твою посылку и письмо?

— Как ты не понимаешь? Чтобы потом появиться как ни в чем не бывало, когда ты поправишься. Да, чем больше я думаю, тем больше уверена...

— Но тогда почему же он не признался?

— Он же сделал это сгоряча, импульсивно. А потом, может, ему стало неудобно, он все-таки был не очень-то скромен, если переодевал тебя.

— Ну, у нас одно время были такие отношения, что подобная мелочь уже не могла его смутить.

— Если хочешь знать, его мог смутить собственный романтический порыв.

— А зачем же он это продолжает? Даже теперь?

— Заигрался. И еще ему, наверное, приятно, что он хоть как-то с тобой связан...

— Да ну, Галка, это уж какая-то неземная любовь получается. Непохоже. И потом, почему Попов?

— А если б он назвался Ивановым или Сидоровым, тебе бы легче было? Нет, точно, я ему завтра позвоню и потребую ответа!

— Под каким предлогом?

— Без предлога. Скажу, что тебе это надоело. И вообще... Ой, Машка, все, я испеклась... Спать хочу, умираю... Большая же разница во времени, в Канаде сейчас вечер...

Галка легла и мгновенно уснула. А ко мне сон не шел. Галкины подозрения не оставили меня равнодушной. А что, может, и в самом деле это был Макс? Надо вспомнить все детально. Он позвонил вечером и в первый момент хотел заехать ко мне, а потом почему-то передумал и назначил встречу на улице. А почему передумал? Бог его знает. Возможно, боялся показать, что как-то ориентируется в моей квартире. Но так или иначе, а это мне и тогда показалось странным. Дальше... Встречу он назначил в двух шагах от моего дома. И как-то уж очень быстро начал за мной ухаживать. Впрочем, мне он тоже сразу глянулся... И еще у него был немного удивленный вид... Это понятно: если таинственным незнакомцем был он, то запомнил меня с длинными волосами, а тут я явилась стриженой. Он потом еще спросил, давно ли я постриглась, что-то плел насчет манеры встряхивать волосами... Похоже, очень похоже... Вот, правда, перед Новым годом, когда он заехал вручить мне подарок — радиотелефон, он спросил, откуда хризантемы. Но это же ровным счетом ничего не значит. А если это и вправду был Макс, зачем же он продолжает эту игру? Любит меня? Странно... более чем странно, но... Похоже! Очень похоже! Макс все-таки еще из поколения романтиков. Походы, песни у костра... Недаром же я в какой-то момент решила, что это дело рук Кости. Я вполне могла себе представить, что Костя способен на такие шутки, а они ведь из одной компании... И все равно глупо! Что, впрочем, неудивительно, они ведь все козлы. Макс, козлик мой... Господи, как один уменьшительный суффикс может коренным образом изменить все. Козел — очень грубое, злое слово, а козлик — нежное, нисколечки не обидное... Да, это как дурак и дурачок... Нет, лучше: дурачок имеет и ласковое и презрительное значение — деревенский дурачок... А козлик — просто ласковое слово. Козлик мой...

Вся эта лингвистика так меня утомила, что я наконец заснула. И мне приснился хорошенький белый козленочек, который вдруг превратился в отвратительного старого борова...

Я проснулась в полном смятении. Оказалось, что я спала не так уж мало. Часы показывали половину двенадцатого, в квартире было невыносимо душно. Я вскочила и бросилась в ванную. Там меня и застала сонная Галка.

— Машка, какая духота, сдохнуть можно. Надо что-то придумать...

— Предлагаю поехать на дачу.

— Там купание есть?

— Есть речка.

— Тогда поехали. А окрошка еще осталась?

— Кажется, да.

На даче мы проторчали до понедельника. Во вторник Галка должна была ехать во Владимир. По дороге с дачи мы заехали в магазин и купили напольный вентилятор. Лишь запустив его и устроив в квартире сквозняк, мы смогли как-то жить.

— Первым делом я позвоню Максу, — заявила Галка. — Я ему обещала, что непременно звякну, если буду в Москве. О тебе пока ни слова не скажу, посмотрю, как пойдет разговор, а потом огорошу вопросом.

— Может, не надо? — робко сказала я.

— Надо! Еще как надо! Терпеть не могу неопределенности. Мне ее и в своей жизни хватает...

Она решительно достала из сумки хорошо знакомую мне визитную карточку Макса и набрала его рабочий номер. Я замерла.

— Максим Павлович? Нет? Что вы говорите? А как мне его найти? Очень жаль. — Она положила трубку, и вид у нее был растерянный. — Машка, он там больше не работает.

— Как? — опешила я. Макс любил свою работу и всегда говорил, что у них сложился хороший коллектив. Странно...

— Я спросила, как его найти, а мне сказали, что не знают. Позвоню ему домой!

— Не надо!

— Ерунда, это у тебя рыло в пуху, а я тут при чем?

— Да ты и есть главная виновница всего, если разобраться, — нервно засмеялась я.

Она вновь взялась за телефон.

— Добрый день, можно попросить Максима Павловича? Да? А как мне его найти? Спасибо, записываю! Извините.

— Ну что?

— Это был сын... Сказал, что... Что Макс там больше не живет и дал какой-то номер.

— Все ясно, телефон Лидочки. Но уж туда ты звонить не будешь!

— Да, туда мне звонить и самой что-то не хочется. Кретин, тряпка, идиот!

Так вот что значил мой сон...

— Машка, только ты не расстраивайся... Ой, Машка, я знаю, я придумала...

— Не надо ничего придумывать, за нас Лидочка уже давно все придумала.

— Нет, я не про то... Я эту кашу заварила, я ее и расхлебаю! Вернее, я тебя вылечу! Ты, дарлинг, про него и думать забудешь!

— Каким образом? — заинтересовалась я, мечтая поскорее начать лечение. Уж слишком непереносимой была боль.

— Я вернусь домой и сразу же вышлю тебе приглашение! Ты приедешь ко мне на месяц, я тебе покажу Канаду...

— «Над Канадой небо синее, меж берез дожди косые...» — вспомнила я старую песню.

— Машка, любовные горести испокон веку лечили путешествиями. Вот увидишь, ты вернешься совсем другим человеком. Я беру на себя все расходы, ты только оплати дорогу! Потянешь?

— Пожалуй, да.

— Нет, Машка, мы сделаем иначе. Я вернусь из Владимира, пойду в посольство и прямо там все оформлю, кажется, так можно сделать. Тогда быстрее получится. Знаешь, странно, я в Москве почти совсем не думаю о Матвее с его девкой. Я почему-то уверена, что ему там без меня плохо.

— Это возможно, только не вздумай сделать ему сюрприз и вернуться раньше времени.

— Нет уж, это я бы и сама сообразила, — фыркнула Галка. — Ну, а что же делать с Максом?

— Бога ради, ничего! Заграбастала его Лидочка, ну и на здоровье.

— Но почему ж он с работы ушел?

— Откуда я знаю? Галка, отвяжись, не трави душу! — взмолилась я. — Только зря с дачи уехали, там все-таки не так жарко.

— А Лиза твоя молодец, бодренькая...

— Да, она молодчина, а уж с тех пор как Белка

у нее поселилась, вообще помолодела, такая стала деятельная. И Белка просто оттаяла у нее. Они друг в дружке души не чают. На меня, слава богу, у Лизы времени не остается. А то она бы замучила меня советами.

— Машка, кончай... У тебя глаза, как у больной собаки. Пристрелить хочется, чтоб не мучилась.

— Да? Мне это уже говорили, правда, хотели не пристрелить, а вылечить...

— Мужик?

— Мужик.

— Мужику остается только лечить, а я могу разве что пристрелить. Жалко пистолета нет.

— А как же лечение Канадой?

— Ты права, подруга, будем лечиться!

Пока Галка была у меня, я еще держалась. Но когда она уехала во Владимир, я впала в отчаяние. Сумасшедшая жара только способствовала этому. Работать не было сил. Я целыми днями лежала на диване под вентилятором, изредка поднималась, чтобы выпить воды со льдом. Есть не могла. Я не плакала и даже не думала о Максе, просто тупо лежала, не включая телевизора, не беря в руки книги. Спала, просыпалась, принимала душ и снова валилась на диван. Телефон почти не звонил, все либо разъехались, либо тоже помирали от жары.

Через два дня Галка вернулась. Посмотрела на меня и только головой покачала. А потом отправилась в посольство и вернулась злая-презлая.

— Бюрократы чертовы! Какие-то им бумажки понадобились! Сказали, сделают запрос и оформят сами, уже без меня, но не раньше, чем недели через две... Сама туда съездишь. И еще справки соберешь.

— Ладно, съезжу, соберу.

— Машка, ты на улицу эти дни выходила?

— Нет. Зачем?

— А ела что-нибудь?

— Ела.

— Врешь!

— Да нет, что-то ела...

— Чахнешь, значит? Ишь вы какие романтики с Максом, два сапога пара! Он тайком шлет цветы, а ты чахнешь от любви... Представляешь, если Лидочка узнает про цветы, что будет? Она его выгнать может!

— Дожидайся! Она уж если заполучила свое сокровище, никогда его не выгонит! Просто отберет деньги или еще что-нибудь предпримет.

— И тебе не стыдно, что ты его отдала ей с потрохами?

— Ни капельки. Он сам ей сдался.

Прошло еще три дня, и Галка улетела, взяв с меня клятвенное обещание, что я сразу займусь добыванием справок для канадского посольства. А я, вернувшись из Шереметьева, в изнеможении рухнула на диван. Слава богу, хоть Галка уехала довольная и успокоенная.

— Машка, дарлинг, я буквально вылечилась Москвой, а ты вылечишься Канадой, я знаю! — сказала она на прощание.

Но я не была в этом так уверена. Провалявшись еще сутки, я почувствовала, что жить мне больше не хочется. Незачем. Все лучшее уже позади — так что, ждать старости? Встречаться со случайными, по сути совсем ненужными мужиками? А разве в жизни мало прелести помимо мужиков? Видимо, я еще не была полностью готова свести счеты с жизнью, однако мысли такие уже бродили в моей глупой голове. Я еще не дошла до той точки, когда жить уже настолько невмоготу, что можно выпить уксусную эссенцию или выброситься в окошко. И вешаться не хотелось. Представляю, в каком виде меня найдут! Фу! Значит, самый лучший способ — снотворное. Засыпаешь — и все. Но в такую жару нельзя... Я очень быстро начну разлагаться, завоняю... Нет, не годится. Но как же быть? Жить, дура, жить! — пискнул давно умолкший внутренний голос. Да, наверное, он прав, но... все-таки надо иметь что-то про запас... Я полезла в коробку с лекарствами. Снотворного у меня нашлось всего двенадцать таблеток. Мало, годится только для симуляции. Значит, нужно спокойно подкопить снотворного, а там, глядишь, и жара спадет. Так, а вот это что за флакончик? Клофелин. И тут меня вдруг осенило! То, что надо! Клофелин в сочетании с водкой частенько приводит к летальному исходу. И, чтобы не гнить в квартире, эту адскую смесь вполне можно выпить ночью на Самотечном бульваре. Тогда меня сразу найдут! В карман я положу записку «В моей смерти прошу никого не винить!» А может, плюнуть еще разок на колбаску Лидочке и обвинить ее? Фу, Машка, это же подлость, а подлой ты никогда не была. К тому же я не знаю ее фамилии... Машка, кончай эту дурь, доиграешься! А я и не играю, мне плохо, мне по-настоящему плохо, я умираю без него... Прекрати, корова! Я пока ничего делать не собираюсь, но если станет совсем невыносимо, то надо быть наготове. Чтобы ненароком не хлебнуть нашатыря или уксусной эссенции. Это больно и некрасиво, а если вдруг меня спасут, то останусь инвалидом. Нет уж! Клофелин с водкой лучше... Только у меня, кажется, нет водки. Я полезла в холодильник. Да, водки нет. Значит, надо пойти в магазин и купить. Машка, кончать с собой из-за очередного козла? Мало их в твоей жизни было? Не вздумай! Я пока не собираюсь, просто должна же в доме быть водка!

Я натянула сарафанчик и выбежала из квартиры. На улице было жарко, но все-таки дул ветерок. Войдя в магазин, ближайший к дому, я вдруг поняла, что безумно проголодалась. И накупила еды. Впрочем, бутылку водки я тоже прихватила. Подумав, купила и вторую. Одна пусть стоит где-нибудь в темном уголке, ждет своего клофелина...

Есть хотелось нестерпимо, и я прошла несколько метров до маленького уличного кафе, где жадно съела два горячих хачапури, запивая холодным тархуном. Потом еще покурила и, чтобы продукты в сумке не испортились, поплелась домой, хотя и без всякой охоты. Мне обрыдла моя квартира, а умирать я почему-то раздумала. Поеду сегодня на дачу! Побуду на свежем воздухе, а там поглядим. Поспешишь, людей насмешишь.

Когда я вышла из лифта, на площадку выглянула соседка, Алиса Семеновна.

— Маша, наконец-то! — воскликнула она. — Зайдите-ка ко мне.

— Что-то случилось?

— Да нет, просто тут для вас прислали подарки...

— Хризантемы и конфеты? — в бешенстве спросила я.

— Нет, почему? Розы и пейджер.

— Что? — опешила я и вбежала в квартиру соседки.

В большом Алисином кувшине на столе стояли сногсшибательные чайные розы, в кружевах и бантиках. А рядом лежала коробка с изображенным на крышке пейджером. Это что-то новенькое!

— Алиса, кто это прислал?

— Откуда же мне знать? Принес какой-то юноша из фирмы «Сюрприз».

— Но зачем мне пейджер?

— Вероятно, вам хотят передать какое-то сообщение, — догадалась Алиса.

— Но я не умею с ним обращаться!

— Это несложно, достаточно нажать кнопку.

Из коробки раздался сигнал. Мелодия «Вечернего звона».

Я дрожащими руками вытащила пейджер, Алиса ткнула пальцем в какую-то кнопку, и на экранчике появились слова: «Маша! Я свободен как ветер! Выходи за меня замуж! Я люблю тебя. Макс».

— Какая прелесть! — всплеснула руками Алиса. — Поистине современное объяснение.

Я была в полном замешательстве. Не веря своим глазам, перечитывала слова на экранчике.

— Маша, у вас такой задумчивый вид, что вы мне напоминаете того нового русского из анекдота. «Вчера перечитывал пейджер. Много думал!» — захохотала Алиса.

— Алиса... Все так странно... Прошу вас, дайте стакан воды!

— Сию минуту. И простите, если я невольно обидела вас.

— Да что вы... Ерунда... Просто я вконец растерялась... У нас все было кончено и вдруг...

— Маша, поверьте, у вас все будет прекрасно! Я это чувствую!

— С ним? — показала я на пейджер.

— Да, разумеется...

Но тут пейджер снова подал сигнал. И я прочитала: «Машка, не сердись, я без тебя не могу! И прости за все. Макс».

— Какой изобретательный господин, — смеялась Алиса. — Он, наверное, боится вашего... взрывного характера. И хочет подготовить почву. Маша, мне он нравится!

Я по-прежнему ничего не соображала. Сообщения на пейджер поступали через каждые десять минут. «Любимая! Ты лучше всех на свете! Макс». «Машенька, я так перед тобой виноват! Но я исправлюсь. Честное слово!» «Маша, если ты меня не примешь, я удавлюсь».

— Воображаю, как наслаждаются девушки-операторы! — веселилась Алиса.

Но вот в очередном послании появилось уже что-то конкретное: «Любимая, позвони мне на сотовый! Умоляю! Макс».

— Маша, немедленно позвоните человеку! Ступайте домой и звоните!

— Я...

— Маша, это ваша судьба, поверьте мне!

И я, подхватив сумку, кинулась домой.

— Маша, цветы! Пейджер! — крикнула мне вслед Алиса.

— Что? — очумело оглянулась я, уже дрожа от нетерпения.

— Цветы заберите и пейджер. Он вам еще пригодится.

Я набрала номер. Макс тут же откликнулся.

— Маша? Слава богу! Ты позвонила...

— Макс... Я ничего не понимаю...

— Машенька, милая, я развелся, ушел с работы, ушел от Лиды... Я свободен, я... Я должен тебя увидеть. Можно мне сейчас приехать?

— Да... Да, конечно.

— Ты меня еще любишь, Машенька?

— Какой дурацкий вопрос...

— Машка, чудо мое рыжее! Еду!

Он отключился. Я осталась стоять посреди комнаты с трубкой в руке. Неужели? Неужели такое возможно? И тут я спохватилась, глянула на себя в зеркало и с воплем ужаса ринулась в ванную. Мыть голову уже времени нет. Я сунулась под душ, потом натянула на себя хоть и не новый, но очень любимый сарафан, а что еще наденешь в такую жару? У меня все валилось из рук. Как же так, еще утром я думала о смерти, пусть не вполне всерьез, но все же... А сейчас...

Прошло, наверное, не больше двадцати минут, и он позвонил в дверь.

— Машка!

Он схватил меня и подбросил в воздух. Я завизжала, но он меня, конечно же, поймал и тут же отпустил, даже не поцеловав.

— Машенька, я должен объяснить...

— Потом объяснишь! Ответь мне на два вопроса, нет, на три!

— Валяй, задавай свои вопросы, только дай пепельницу!

— Макс, почему ты ушел с работы?

— Не хотел больше... Дело в том, что меня туда в свое время устроила Лида. Но я уже нашел другую работу, не хуже. В другой телекомпании. Вот только отгуляю отпуск... с тобой... А с сыном я поговорил. Он меня не осуждает. Он давно все понял.

— Где ты живешь?

— У мамы.

— Макс, кто такой П. М. Попов?

Он вдруг покраснел и расхохотался:

— Это я, Машка. Попова — девичья фамилия моей мамы, а инициалы я просто переставил. Я так и знал, что ты в конце концов докопаешься...

— Значит, это с самого начала был ты?

— Я.

— Но как? Почему?

— Понимаешь, я увидел у Белиловских твою фотографию и влюбился, как мальчишка. Просто дождаться не мог, когда увижу тебя во плоти... И пришел без звонка, чтобы застать тебя врасплох... такой, какая ты есть. Но, подойдя к твоей двери, я обнаружил в замке связку ключей. Звонил, звонил, но мне никто не открывал. Тогда я собрался с духом и вошел. Ты лежала на диване еле живая... вся горела и бредила. Я знал, что ты живешь одна, тебе некому помочь... Мне стало так тебя жалко, так захотелось что-то для тебя сделать, оберечь... Я поднял тебя и понес в спальню, а там...

— Что? — испуганно спросила я.

— Ничего, просто я понял, что ты так и будешь валяться там на грязных простынях, одна, больная... А я в юности два года проучился в медицинском, так что кое-какие понятия у меня были... И я помнил, как в детстве мама обтирала меня спиртом, когда у меня был жар...

— Ты меня обтирал?

— Да, водкой... У тебя была бутылка в холодильнике. Я... Я увидел, что там хоть шаром покати... И сразу решил: надо смотаться в магазин, а чтобы не терять времени, сунул белье в стиральную машину.

— Боже, до чего ж ты расторопный! А зачем цветы и все прочее?

— Сам не знаю... Мне безумно хотелось что-то

еще для тебя сделать... Чтобы у тебя был праздник, ощущение чуда, когда ты очнешься.

— Но почему же ты не признался потом?

— Потому что дурак. Мне вдруг стало совестно... все-таки я вел себя не слишком сдержанно. Обтирал тебя, переодевал... Ты была такая беспомощная и такая... соблазнительная... — И он густо покраснел. — Только ты не подумай, что я что-то себе позволил.

— Макс, ты все-таки ко...

Молчи, кретинка, завопил внутренний голос, он все-таки исключение!

Литературно-художественное издание

Екатерина Николаевна Вильмонт

ПОЛОСА ВЕЗЕНИЯ,
ИЛИ ВСЕ МУЖИКИ КОЗЛЫ

Редактор *О. Л. Русина*
Художественный редактор *О. Н. Адаскина*
Технический редактор *Н. А. Сперанская*
Корректор *И. Б. Курникова*

Подписано в печать 03.11.2000.
Формат 84×108^1/$_{32}$. Гарнитура «Академическая».
Усл. печ. л. 17,64. Тираж 8000 экз. Заказ № 1972.

Налоговая льгота — общероссийский классификатор
продукции ОК-00-93, том 2; 953000 — книги, брошюры

Гигиеническое заключение
№ 77.99.14.953.П.12850.7.00 от 14.07.2000

ООО «Издательство «Олимп»
Изд. лиц. ЛР № 065910 от 18.05.98
129085, Москва, пр. Ольминского, д. 3а, стр. 3
E-mail: olimpus@dol. ru

ООО «Издательство АСТ»
Изд. лиц. ИД № 02694 от 30.08.2000
674460, Читинская обл., Агинский р-н,
п. Агинское, ул. Базара Ринчино, д. 84.
www.ast.ru
E-mail: astpub@aha.ru

Отпечатано с готовых диапозитивов в типографии издательства
"Самарский Дом печати"
443086, г. Самара, пр. К. Маркса, 201.
Качество печати соответствует предоставленным диапозитивам.

ЛИРИЧЕСКАЯ ДИЛОГИЯ ЕКАТЕРИНЫ ВИЛЬМОНТ, ИЛИ

НУЖНЫ ЛИ БАБАМ-ДУРАМ МУЖИКИ-КОЗЛЫ?

Екатерина Вильмонт.
Полоса везения,
или Все мужики козлы.

Екатерина Вильмонт.
Путешествие оптимистки,
или Все бабы дуры.

Екатерина Вильмонт — мастер лирической прозы. Ее привлекает душевный мир независимых женщин, способных управлять обстоятельствами.

У переводчицы Марии Шубиной из повести «Полоса везения, или Все мужики козлы» есть хорошая работа, деньги. К ней наконец приходит любовь. К тому же таинственный незнакомец постоянно присылает ей роскошные букеты цветов и дорогие конфеты. Но два вопроса терзают Марию: кто же этот незнакомец и действительно ли все мужики козлы, или встречаются исключения?

Героиня повести «Путешествие оптимистки, или Все бабы дуры» Кира Мурашева неожиданно встречает отца своей взрослой дочери, которого не видела двадцать лет. Он и теперь клянется в своей любви, но можно ли верить этим словам?..